JUNTOS para SEMPRE

W. Bruce Cameron

JUNTOS para SEMPRE

W. Bruce Cameron

Tradução
Carolina Caires Coelho

Rio de Janeiro, 2019

Copyright © W. Bruce Cameron 2012
Título original: *Dog's journey*

Direitos de edição da obra em língua portuguesa no Brasil adquiridos pela Casa dos Livros Editora LTDA. Todos os direitos reservados. Nenhuma parte desta obra pode ser apropriada e estocada em sistema de banco de dados ou processo similar, em qualquer forma ou meio, seja eletrônico, de fotocópia, gravação, etc., sem a permissão do detentor do copyright.

Contato:
Rua da Quitanda, 86, sala 218 – Centro – 20091-005
Rio de Janeiro – RJ – Brasil
Telefone: (21) 3175-1030
www.harpercollins.com.br

Diretora editorial: *Raquel Cozer*
Gerente editorial: *Alice Mello*
Copidesque: *Marina Góes*
Revisão: *André Sequeira*
Capa: *Gabinete de Artes*
Diagramação: *Abreu's System*

CIP-Brasil. Catalogação na Publicação
Sindicato Nacional dos Editores de Livros, RJ

C189j

    Cameron, W. Bruce
        Juntos para sempre / W. Bruce Cameron; tradução Carolina Caires. – 1. ed. – Rio de Janeiro: Harper Collins, 2018.
        320 p.: il. ; 23 cm.

        Tradução de: Dog's journey
        ISBN 978-85-9508-326-4

        1. Romance americano. I. Caires, Carolina. II. Título.

18-48963   CDD: 813
                           CDU: 821.111(73)-3

Leandra Felix da Cruz – Bibliotecária – CRB-7/6135

Capítulo 1

SENTADO AO SOL, NO DEQUE QUE FICAVA À BEIRA DO LAGO, EU SOUBE DE uma coisa: meu nome era Amigão, e eu era um bom cachorro.

O pelo das minhas patas era tão preto quanto o restante do corpo, mas as extremidades das quatro tinham ganhado um toque branco com o tempo. Eu havia vivido uma vida longa e plena ao lado de um garoto chamado Ethan, tendo passado muitas tardes preguiçosas nesse mesmo deque, aqui na Fazenda, curtindo a água ou latindo para os patos.

Era o segundo verão sem Ethan. Quando ele morreu, senti uma dor muito mais aguda do que qualquer outra que eu já tivesse experimentado. Com o tempo ela havia diminuído e agora era mais parecida com uma dor de barriga. Eu ainda a sentia o tempo todo. Só dormir amenizava — Ethan corria comigo em meus sonhos.

Eu era um cachorro velho e sabia que um dia, em breve, um sono muito mais profundo viria, como sempre acontecia. Aconteceu quando eu me chamava Toby, naquela primeira vida boba em que meu único propósito era brincar com outros cães. Aconteceu quando eu me chamava Bailey, quando conheci meu menino e amá-lo tornou-se todo o meu foco. Aconteceu quando eu fui Ellie, quando meu trabalho era Trabalhar, Encontrar pessoas e Salvá-las. Por isso, quando o sono mais profundo viesse da próxima vez, ao fim desta vida como Amigão, eu tinha certeza que não voltaria a viver, que havia completado meu propósito e que não havia mais motivos para continuar sendo um cão. Então, não importava se aconteceria nesse verão ou no seguinte. Ethan, o amoroso Ethan, era meu propósito final e eu o havia cumprido da melhor maneira que pude. Eu era um bom cachorro.

Mas ainda assim...

Mas ainda assim, sentado ali, eu observava uma das muitas crianças da família de Ethan caminhando meio instáveis em direção ao fim do deque. Era uma menina e não fazia muito tempo que tinha aprendido a andar, por isso cada passo era oscilante. Usava calça branca bufante e uma camiseta fina. Eu me imaginei pulando na água e puxando-a de volta para a superfície pela roupa, e choraminguei baixo.

O nome da mãe da criança era Gloria. Ela também estava no deque, deitada totalmente imóvel em uma cadeira reclinada com pedaços de legumes em cima dos dois olhos. Na mão, segurava uma guia que ia até a cintura da menininha. Só que a guia havia se soltado da mão de Gloria e agora era arrastada atrás da criança que seguia em direção à ponta do deque e ao lago além dele.

Quando eu era filhote, minha reação a uma guia solta era sair explorando, e a reação da menininha foi exatamente a mesma.

Aquela era a segunda visita de Gloria à Fazenda. A vez anterior tinha sido no inverno. Ethan ainda estava vivo, e Gloria havia dado a bebê para ele e o chamado de "Vovô". Quando Gloria foi embora, Ethan e a companheira dele, Hannah, disseram o nome Gloria em voz alta muitas vezes em muitas noites, com emoções tristes sustentando as conversas.

Eles também disseram o nome Clarity. O nome da bebê era Clarity, apesar de, frequentemente, Gloria chamá-la de Clarity June.

Eu tinha certeza que Ethan desejaria que eu ficasse de olho em Clarity, que parecia estar sempre se metendo em encrenca. Outro dia mesmo eu estava triste, sentado ali perto, quando a bebê engatinhou por baixo do alimentador das aves, encheu as mãos com as sementes caídas e enfiou tudo na boca. Uma das minhas principais tarefas era espantar os esquilos quando eles fizessem isso, mas eu não soube bem o que fazer ao ver Clarity fazendo a mesma coisa, apesar de imaginar que provavelmente era contra as regras uma criança comer sementes. E eu tinha razão, pois depois que eu lati algumas vezes, Gloria se levantou de onde estava deitada com uma toalha no rosto e ficou muito brava.

Olhei para Gloria naquele momento. Eu deveria latir? Com frequência, as crianças pulavam no lago, mas nunca tão pequenas quanto aquela garotinha. Pelo jeito com que estava indo, parecia inevitável que se molhasse. Os bebês só podiam entrar na água quando adultos os seguravam. Eu olhei para trás em direção à casa. Hannah estava do lado de fora, ajoelhada diante do canteiro de flores na frente da casa, longe demais para fazer alguma coisa se Clarity caísse no lago. Eu tinha certeza que Hannah também desejaria que eu cuidasse de Clarity. Era meu novo propósito.

Clarity estava se aproximando da beirada. Choraminguei de novo, mais alto.

— Quieto — disse Gloria sem abrir os olhos.

Eu não entendi a palavra, mas o tom forte foi inconfundível.

Clarity sequer olhou para trás. Quando chegou à beirada do deque, hesitou um pouco e caiu direto na água.

Minhas unhas se afundaram na madeira quando parti para a lateral do deque e mergulhei na água morna. Clarity boiou um pouco, batendo os braços sem parar, mas a cabeça ficou, na maior parte do tempo, abaixo da superfície do lago. Cheguei até ela em segundos e segurei levemente sua camiseta com os dentes. Tirei a cabeça dela da água e virei em direção à beirada.

Gloria começou a gritar.

— Meu Deus do céu, Clarity!

Ela deu a volta correndo e entrou na água bem no momento em que minhas patas conseguiram se firmar no fundo lodoso do lago.

— Cachorro malvado! — gritou ela quando pegou Clarity de mim. — Você é um cachorro muito malvado!

Abaixei a cabeça, envergonhado.

— Gloria! O que aconteceu? — gritou Hannah ao se aproximar correndo.

— Seu cachorro acabou de derrubar a bebê dentro da água. Clarity podia ter se afogado! Tive que pular na água para salvá-la e agora estou toda molhada!

O desespero na voz de todos ficou bem claro.

— Amigão? — disse Hannah.

Não ousei olhar para ela. Abanei um pouco o rabo e ele bateu na superfície do lago. Eu não sabia o que tinha feito de errado, mas ficou claro que eu havia chateado a todos.

Ou melhor: todos, menos Clarity. Arrisquei olhar para ela porque vi que se esforçava para sair do colo da mãe, esticando os bracinhos na minha direção.

— Bigão — disse a pequena, com água escorrendo pelas pernas da calça.

Olhei para baixo de novo. Gloria bufou um pouco.

— Hannah, se importa de pegar a bebê? A fralda dela está toda molhada e eu quero me deitar de bruços para poder ficar da mesma cor dos dois lados.

— Claro — disse Hannah. — Vamos, Amigão.

Felizmente, acabamos com aquilo, e eu saí da água, abanando o rabo.

— Não se chacoalhe! — disse Hannah, afastando-se de mim no deque.

Percebi seu tom de alerta, mas não tinha certeza do que ela estava tentando me dizer. Eu me chacoalhei da cabeça ao rabo, livrando-me da água do lago.

— Ai, não! — gritou Gloria.

Ela me deu uma bronca daquelas, apontando o dedo e usando uma série de palavras que eu não entendia, mas disse "cachorro malvado" algumas vezes. Eu baixei a cabeça, piscando.

— Amigão, vamos.

Hannah me chamava com seu tom de voz era delicado. Eu a segui com obediência até chegarmos à casa.

— Bigão — repetia Clarity sem parar. — Bigão.

Quando chegamos aos degraus que levavam à casa, eu parei por causa de um gosto esquisito na boca. Já tinha sentido aquilo antes — e me fazia lembrar de quando peguei um recipiente fino de metal do lixo, que estava cheio de restos de coisas doces e, depois de lambê-lo até não sobrar mais nada, tentei morder o recipiente. O metal tinha um gosto tão ruim que cuspi. Mas aquele gosto em especial, eu não consegui cuspir — ele ficou na minha língua e invadiu meu nariz.

— Amigão?

Hannah estava de pé na porta, olhando para mim.

— O que foi?

Eu abanei o rabo e subi até a varanda, entrando na casa quando ela abriu a porta.

Era sempre divertido passar pela porta, fosse entrando ou saindo, porque era sinal de que íamos fazer algo novo.

Mais tarde, fiquei de guarda enquanto Hannah e Clarity faziam uma brincadeira nova. Hannah colocava Clarity no primeiro degrau e observava a menininha se virar e descer os degraus engatinhando para trás. Normalmente, Hannah dizia "isso mesmo", e eu abanava o rabo. Quando Clarity chegava ao último degrau, eu lambia seu rosto e ela ria, e então ela levantava os braços para Hannah. "Maish", pedia ela. "Maish, vovó. Maish". Quando dizia isso, Hannah a levantava, beijava e a levava ao topo dos degraus para fazer de novo.

Quando tive certeza de que as duas estavam seguras, fui ao meu lugar preferido na sala de estar, dei uma volta ao redor de mim mesmo e me deitei, suspirando. Alguns minutos depois,

Clarity se aproximou de mim, trazendo seu cobertor. Estava com aquela coisa na boca que sempre mastigava, mas nunca engolia.

— Bigão — disse.

Então ficou de quatro, engatinhou os últimos metros que nos separavam e se encostou em mim, puxando o cobertor para cima de si com as mãos pequenininhas. Cheirei sua cabeça — ninguém no mundo tinha o cheiro de Clarity. O cheiro dela me dava uma sensação quentinha que me fazia cochilar.

Ainda estávamos dormindo quando ouvi a porta de tela se fechar e Gloria entrar na sala.

— Ah, Clarity! — disse ela.

Abri os olhos quando Gloria se abaixou e pegou a menininha de onde ela estava deitada. O lugar onde Clarity havia se aconchegado junto a mim ficou estranhamente frio e vazio sem ela ali.

Hannah saiu da cozinha.

— Vou fazer biscoitos — disse ela.

Eu me sentei porque *aquela* palavra eu conhecia bem. Abanando o rabo, fui cheirar as mãos de Hannah, que tinham um cheiro doce.

— A bebê estava dormindo encostada no cachorro — disse Gloria.

Ouvi a palavra cachorro e, como sempre, parecia que ela estava brava comigo. Fiquei me perguntando se isso significava que não haveria biscoitos para mim.

— Isso mesmo — disse Hannah. — Clarity deitou bem juntinho a ele.

— Prefiro que minha filha não durma ao lado do cachorro. Se Amigão tivesse rolado para o lado, teria amassado Clarity.

Observei Hannah para tentar entender por que meu nome havia acabado de ser dito. Ela levou a mão à boca.

— Eu... Tudo bem, claro. Não vou deixar acontecer de novo.

Clarity ainda estava adormecida, a cabecinha encostada no ombro de Gloria, que entregou a bebê a Hannah, depois se sentou suspirando à mesa da cozinha.

— Tem chá gelado? — perguntou ela.

— Vou pegar para você.

Segurando a bebê, Hannah foi até o balcão da cozinha.

Pegou coisas de dentro dele, mas não vi nenhum biscoito, embora eu tivesse certeza de ter sentido o cheiro deles, açucarados e quentes. Fiquei sentado bem obediente, esperando.

— Só acho que seria melhor se o cachorro ficasse no quintal quando Clarity e eu estivermos aqui — disse Gloria.

Ela tomou um gole de sua bebida e Hannah se juntou a ela à mesa. Clarity estava se remexendo e Hannah deu um tapinha em suas costas.

— Ah, eu não poderia fazer isso.

Eu me deitei resmungando, sem entender por que as pessoas sempre faziam isto: falavam em biscoitos, mas não davam nenhum a um cachorro merecedor.

— Amigão é parte da família — disse Hannah.

Sonolento, eu ergui a cabeça para olhar para ela, mas ainda assim não vi biscoito nenhum.

— Eu já te contei como ele uniu Ethan e eu?

Congelei ao ouvir o nome "Ethan". O nome dele era dito cada vez menos na casa agora, mas sempre que eu o ouvia, pensava no cheiro dele ou em sua mão em meu pelo.

— Um cachorro uniu vocês? — perguntou Gloria.

— Ethan e eu nos conhecíamos desde a infância. Fomos namorados no ensino médio, mas depois do incêndio... Você sabe a respeito do incêndio que fez com que ele tivesse que amputar a perna, não sabe?

— Seu filho pode ter falado a respeito, não me lembro. Na maior parte do tempo Henry só falava de si mesmo. Você sabe como são os homens.

— Certo. Bem, depois do incêndio, Ethan... havia algo de sombrio dentro dele e eu, por ser muito nova, não tinha maturidade suficiente para... Para ajudá-lo a lidar com aquilo.

Senti algo parecido com tristeza em Hannah e sabia que ela precisava de mim. Ainda embaixo da mesa, fui até ela e apoiei a cabeça em seu colo. Ela acariciou meu pelo delicadamente, e os pés descalços de Clarity pendiam logo acima de mim.

— Ethan tinha um cachorro na época, um Golden Retriever maravilhoso chamado Bailey. Era o "cachorro misturado" dele.

Abanei o rabo ao ouvir Bailey e cachorro misturado. Sempre que Ethan me chamava de cachorro misturado, seu coração se enchia de amor e ele me abraçava, e eu beijava o rosto dele. Naquele momento, senti uma saudade de Ethan como há muito tempo não sentia — e percebi que Hannah também sentia o mesmo. Beijei a mão que me acariciava e Hannah olhou para mim com a cabeça em seu colo e sorriu.

— Você é um bom menino também, Amigão — disse Hannah.

Abanei mais o rabo por ser chamado de bom menino. Parecia que com aquela conversa, era possível que aparecessem biscoitos, afinal.

— Bem, cada um seguiu seu caminho. Conheci Matthew, nós nos casamos, e eu tive Rachel e Cindy e, claro, Henry.

Gloria deu uma resmungada, mas não olhei para ela. Hannah ainda estava acariciando minha cabeça e eu não queria que ela parasse.

— Depois que Matthew morreu, concluí que sentia saudade dos meus filhos e voltei para a cidade. Um dia, quando Amigão provavelmente tinha um ano de vida, ele estava no parquinho de cachorros e seguiu Rachel até em casa. Ele tinha uma identificação na coleira e, quando olhei para ela... Bem, fiquei muito surpresa ao ver o nome de Ethan gravado. Mas não tão surpresa quanto Ethan ficou quando entrei em contato por telefone! Eu estava pensando em passar para vê-lo, mas provavelmente nunca faria isso. Era besteira minha, eu sei, mas coisas não tinham terminado bem entre nós e apesar de fazer muito tempo, eu me senti... Não sei, talvez eu estivesse com vergonha.

— Sei bem como são rompimentos ruins. Já tive muitos, com certeza — disse Gloria, rindo com desdém.

— Sim, tenho certeza — disse Hannah, olhando para o colo e sorriu para mim. — Quando vi Ethan, depois de todos aqueles anos, era como se nunca tivéssemos nos separado. Tínhamos que ficar juntos. Eu não diria isso a meus filhos, claro, mas Ethan era minha alma gêmea. Se não fosse por Amigão, talvez nunca tivéssemos nos reencontrado.

Adorava ouvir meu nome e o nome de Ethan ditos pelas pessoas, e senti o amor e a tristeza de Hannah quando ela sorriu para mim.

— Uau, olha só que horas são — disse Hannah.

Ela se levantou e entregou Clarity a Gloria. O bebê se remexeu, erguendo um bracinho e bocejando. Com um som de algo metálico batendo, os biscoitos saíram do forno quente e com eles veio um cheiro delicioso, mas Hannah não me deu nenhum.

Para mim, essa tentação de ter biscoitos tão próximos do meu focinho sem ganhar petisco de tipo algum era a maior tragédia do dia.

— Vou passar uma hora e meia fora, talvez — disse Hannah a Gloria.

Ela foi até o lugar onde guardava alguns daqueles brinquedos chamados "chaves" e ouvi o tilintar metálico que eu associava a andar de carro. Observei com atenção, dividido entre meu desejo de passear de carro e minha vontade de ficar perto dos biscoitos.

— Você fica aqui, Amigão — disse Hannah. — Ah, e Gloria, deixe a porta do porão fechada. Clarity adora descer qualquer escada que vê, só que eu tive que colocar veneno de rato lá embaixo.

— Rato? Tem rato aqui? — perguntou Gloria imediatamente.

Clarity estava totalmente desperta agora, querendo descer do colo da mãe.

— Sim, estamos numa fazenda. Às vezes, aparecem ratos. Está tudo bem, Gloria. É só manter a porta fechada.

Percebi certa raiva em sua voz e, ansioso, observei Hannah à procura de sinais do que estava acontecendo. Como era o normal em situações assim, no entanto, as emoções fortes que senti no ar não foram explicadas — as pessoas são assim, têm sentimentos complexos demais para um cachorro entender.

Quando ela saiu, segui Hannah até o carro.

— Não, você fica, Amigão — disse ela.

Hannah foi bem clara, especialmente quando entrou no carro e fechou a porta na minha cara, com as chaves tilintando. Abanei o rabo, esperando que ela mudasse de ideia, mas assim que o carro desceu a rampa da garagem, percebi que não haveria passeio para mim naquele dia.

Voltei a entrar pela passagem para cachorro. Clarity estava em sua cadeira especial, aquela com a bandeja na frente. Gloria estava curvada sobre ela, tentando enfiar comida na boca de Clarity com a colher, mas Clarity, na maior parte do tempo, cuspia tudo. Eu já tinha provado a comida de Clarity e conseguia compreendê-la totalmente. Geralmente ela colocava alguns pedaços de comida na boca com as próprias mãos, mas no que dizia respeito às coisas ruins, a mãe e Hannah tinham que forçá-la a comer com uma colher.

— Bigão! — gritou Clarity, batendo as mãos na bandeja, toda feliz.

Um pouco da comida espirrou no rosto de Gloria e ela se levantou abruptamente, fazendo um barulho alto. Limpou o rosto da menina com uma toalha e arregalou os olhos para mim. Eu olhei para baixo.

— Não acredito que ela deixa você andar por aí como se fosse o dono do pedaço — murmurou.

Eu não tinha a menor esperança de que Gloria algum dia na vida me desse um biscoito.

— Pois nada disso vai acontecer enquanto eu estiver no comando — disse ela.

Ela olhou para mim em silêncio por vários segundos, e então fungou.

— Certo. Venha aqui.

Eu a segui obedientemente até a porta do porão. Ela a abriu.

— Pode entrar aí. Vamos!

Entendi o que ela queria e passei pela porta. Uma área pequena e acarpetada no alto da escada era grande o suficiente para eu parar, me virar e olhar para ela.

— Fique aí — disse ela, fechando a porta.

Na mesma hora, ficou bem mais escuro.

Os degraus que levavam para baixo eram de madeira e rangeram quando eu desci. Eu não ia com frequência ao porão e senti o cheiro de coisas novas e interessantes que eu quis explorar. Explorar e talvez comer.

Capítulo 2

Embora a luz do porão fosse muito fraca, as paredes e cantos eram repletos de odores fortes e úmidos. Em prateleiras de madeira, havia garrafas empoeiradas e uma caixa de papelão que estava com as laterais moles. Ela estava repleta de roupas que tinham uma mistura incrível de cheiros das muitas crianças que tinham passado pela Fazenda ao longo dos anos. Respirei fundo, lembrando de quando corria pela grama no verão e me enfiava na neve no inverno.

Apesar dos cheiros incríveis, entretanto, eu não tinha interesse em comer nada.

Depois de um tempo, ouvi o som facilmente identificável do carro de Hannah estacionando. Com um clique, a porta do porão foi aberta.

— Amigão! Venha aqui agora mesmo! — gritou Gloria para mim.

Eu subi a escada correndo, mas tropecei no escuro e senti uma dor na pata esquerda traseira, aguda e profunda. Parei, olhei para Gloria, que estava parada à luz da porta aberta. Queria que ela me dissesse que independentemente do que tivesse me ferido naquele momento, estava tudo bem.

— Eu mandei você vir! — disse ela mais alto.

Choramingei um pouco ao dar meu primeiro passo, mas sabia que tinha que fazer o que ela estava mandando. Tirei o peso de uma pata e isso pareceu ajudar.

— Quer subir logo?

Gloria desceu dois degraus e me pegou. Eu não queria a mão dela em meus pelos e eu sabia que ela estava brava comigo por algum motivo, por isso tentei me afastar.

— Oi? — chamou Hannah, e sua voz ecoou escada acima.

Apressei o passo e a perna pareceu estar um pouco melhor. Gloria se virou e ela e eu entramos na cozinha juntos.

— Gloria? — disse Hannah.

Ela colocou as sacolas de papel do mercado no chão e eu fui até ela, abanando o rabo.

— Onde está a Clarity?

— Finalmente consegui fazer com que ela tirasse um cochilo — respondeu Gloria.

— O que você estava fazendo no porão?

— Estava... estava procurando um vinho.

— Estava? Lá embaixo?

Quando cheirei a mão abaixada de Hannah, detectei algo adocicado. Fiquei feliz por ela estar em casa.

— Bem, pensei que a adega ficasse lá.

— Ah. Bem, não fica. Acho que temos alguns dentro do armário embaixo da torradeira.

Hannah estava olhando para mim e eu abanei o rabo.

— Amigão? Está mancando?

Fiquei sentado. Hannah deu alguns passos para trás e me chamou, e eu fui até ela.

— Você acha que ele está mancando? — perguntou para Gloria.

— Como eu vou saber? Minha especialidade são crianças, não cachorros.

— Amigão? Você machucou a pata?

Abanei o rabo só pelo prazer de receber sua atenção. Hannah se abaixou e me beijou entre os olhos e eu dei uma lambida nela. Ela foi até a bancada da cozinha.

— Ah, você não quis nenhum biscoito? — perguntou ela.

— Não posso comer *biscoitos* — disse Gloria de modo sarcástico.

Nunca antes ouvi a palavra "biscoitos" ser dita de modo tão negativo.

Hannah não disse nada, mas eu a ouvi suspirar baixo enquanto começava a guardar as coisas que tinha levado para casa nas sacolas. Às vezes, ela me dava um osso ao chegar em casa, mas pelo cheiro, vi que hoje não tinha encontrado um. Eu a observei com atenção, para o caso de eu estar enganado.

— Não quero que Clarity coma também — disse Gloria depois de um minuto. — Ela já está gorduchinha.

Hannah riu, e então parou.

— Você está falando sério.

— É claro que estou falando sério.

Depois de um momento, Hannah voltou-se para as sacolas do mercado.

— Ok, Gloria — disse baixinho.

Alguns dias depois, Gloria estava sentada ao sol no quintal da frente com os joelhos dobrados junto ao peito. Havia bolinhas de pelos entre os dedos dos pés e ela mexia nas unhas com um palitinho cheio de um líquido que fazia os olhos arderem. As unhas iam ficando mais escuras depois que ela passava aquilo.

O cheiro era tão forte que superava o gosto estranho na minha boca, que agora vinha ficando mais forte e mais persistente a cada dia.

Clarity estava brincando com um brinquedo, mas ficou de pé e começou a se afastar.

Olhei para Gloria, que estava olhando com os olhos semicerrados para os dedos dos pés e mantinha a ponta da língua para fora da boca.

— Clarity, não vá para longe — disse Gloria de modo distraído.

Ao longo dos vários dias passados desde que chegara à Fazenda, Clarity tinha passado do andar lento e vacilante, que acabava sempre fazendo com que ela decidisse engatinhar, a uma segurança que a permitia quase correr. Caminhava com determinação em direção ao celeiro e eu fui logo atrás, me perguntando o que deveria fazer.

O cavalo chamado Troy estava lá dentro. Quando Ethan estava vivo, ele às vezes montava Troy, o que eu não aprovava muito porque cavalos não são confiáveis como cachorros. Uma vez, quando era jovem, Ethan caiu de um cavalo — ninguém nunca caiu de um cachorro. Hannah nunca montava em Troy.

Clarity e eu entramos no celeiro, e eu ouvi Troy relinchar quando sentiu nossa presença. O ar estava tomado pelo cheiro de feno e de cavalo. Clarity marchou até a baia de Troy, e ele ergueu e baixou a cabeça com um movimento rápido e relinchou. Clarity chegou às barras do portão e as segurou com as mãozinhas.

— Cavalinho — disse ela, animada, dobrando e esticando as perninhas com alegria.

Senti uma tensão crescente em Troy. O cavalo não ligava muito para mim, mas, em visitas anteriores, eu havia notado que minha presença o deixava nervoso. Clarity passou a mão entre as barras e tentou acariciar Troy, que se afastou.

Fui até Clarity e a toquei com meu focinho, para mostrar para ela que, se quisesse acariciar alguma coisa, não havia nada melhor do que um cachorro. Ela arregalou os olhos brilhantes e abriu a boca. Animada, ela não tirava os olhos de Troy.

Uma volta da corrente mantinha o portão fechado, mas quando Clarity se encostou nas barras, a volta mais frouxa deixou uma abertura e eu sabia o que ela ia fazer antes mesmo que agisse. Fazendo barulhos de alegria, ela percorreu o portão e passou pela abertura, pressionando o corpo para conseguir atravessar.

Bem dentro do espaço de Troy.

Troy andava de um lado a outro agora, balançando a cabeça e bufando. Os olhos dele estavam arregalados e os cascos pareciam bater cada vez com mais força no chão. Senti o cheiro de sua agitação; subia à superfície de sua pele, como suor.

— Cavalinho — disse Clarity.

Eu passei a cabeça pela abertura e me empurrei com força, tentando passar.

Ao fazer isso, senti de novo aquela dor na pata traseira esquerda, mas a ignorei e me concentrei em passar os ombros, e depois, meu traseiro pelas barras. Ofegante, entrei na baia exatamente no momento em que Clarity começou a avançar com as mãos levantadas para Troy. Ele batia os cascos e fungava e eu vi que ele acabaria pisando na bebê.

Eu tinha medo do cavalo. Ele era grande, forte e eu sabia que se ele me acertasse com um dos cascos, me machucaria. Meus instintos me mandavam ficar longe dele, me mandavam sair dali, mas Clarity estava em perigo e eu tinha que fazer alguma coisa, *imediatamente*.

Engoli meu medo e lati para o cavalo com toda a fúria que havia dentro de mim.

Arreganhei a boca, mostrando os dentes, e avancei, me colocando entre Clarity e Troy. O cavalo emitiu um relincho alto, erguendo as patas da frente por um instante. Eu recuei, ainda latindo, empurrando Clarity para o canto com meu traseiro. Os passos de Troy estavam mais intensos e os cascos ainda batiam no chão perto do meu rosto. Eu não parava de rosnar e mostrar os dentes para ele.

— Amigão? Amigão!

Ouvi Hannah chamando desesperadamente de fora do celeiro. Atrás de mim, senti as mãozinhas de Clarity afundadas em meu pelo para me impedir de derrubá-la. O cavalo podia me acertar, mas eu me manteria entre ele e a bebê. Um casco passou zunindo pela minha orelha e eu avancei contra ele.

E então, Hannah entrou correndo.

— Troy!

Ela tirou a volta da corrente, abriu o portão e o cavalo passou com tudo por ela e através dos portões duplos, indo para o quintal grande.

Eu senti o medo e a raiva em Hannah. Ela se abaixou e pegou Clarity no colo.

— Ah, querida, você está bem, está tudo bem — disse ela.

Clarity bateu as mãozinhas, sorrindo.

— Cavalinho! — exclamou, animada.

Hannah baixou a outra mão e me tocou, e eu fiquei aliviado por saber que não estava encrencado.

— Sim, querida. Isso mesmo, um cavalão. Mas você não deveria estar aqui.

Quando saímos, Gloria se aproximou. Seu jeito de andar estava esquisito, como se seus pés estivessem doendo.

— O que aconteceu? — perguntou ela.

— Clarity entrou na baia do Troy. Ela poderia ter sido... foi assustador.

— Ah, não! Ah, Clarity, que coisa feia! — Gloria esticou os braços e a pegou, colocando a bebê junto ao peito. — Nunca, nunca mais assuste a mamãe desse jeito, entendeu?

Hannah cruzou os braços.

— Não sei como você não viu quando ela veio para cá.

— Ela deve ter seguido o cachorro.

— Entendi.

Senti que Hannah ainda estava brava e então baixei um pouco a cabeça, sentindo remorso na mesma hora.

— Você pode pegá-la? — perguntou Gloria, estendendo Clarity na direção de Hannah.

A dor em meu traseiro continuou comigo depois daquele momento, não tão forte a ponto de eu não conseguir andar, mas era uma dor esquisita que não passava. Não havia problema nenhum com a pata, nada a lamber.

* * *

Na hora do jantar, eu gostava de ficar embaixo da mesa e comer as coisas que caíam. Quando havia muitas crianças por perto, normalmente eu conseguia comer mais, mas naquele momento só havia Clarity e, como eu disse, a comida dela era péssima. Naturalmente, eu comia o que caía mesmo assim. Eu estava bem ali, deitado embaixo da mesa algumas noites depois do incidente com o cavalo quando notei que Hannah parecia um pouco nervosa e ansiosa. Eu me sentei e encostei o focinho nela, mas quando ela me acariciou, parecia meio distraída.

— Aquele médico me ligou? Bill? — perguntou Gloria.

— Não, eu disse que a avisaria.

— Não sei por que os homens fazem isso. Eles pedem o número e não ligam.

— Gloria, eu estava... estava pensando em uma coisa.

— Em quê?

— Bem, primeiro quero que saiba que apesar de você e Henry não estarem... não estarem mais juntos, e de nunca terem se casado, você é a mãe da minha neta e sempre terei você como parte da família. Você sempre será bem-vinda aqui.

— Obrigada — disse Gloria. — Eu me sinto da mesma forma.

— E sinto muito que o trabalho de Henry o obrigue a ficar fora. Ele me disse que continua procurando emprego na cidade para poder passar mais tempo com a Clarity.

Quando ouvi o nome dela, olhei para os pezinhos de Clarity, que eram tudo o que eu conseguia ver embaixo da mesa. Ela os mexia sem parar, como era comum sempre que jantava aquelas coisas horríveis. Quando Gloria a alimentava, Clarity se remexia na cadeira.

— Paralelamente, sei que você está querendo retomar sua carreira de cantora — disse Hannah.

— É. Só que ter um bebê não me ajudou muito nisso. Ainda não perdi o peso que ganhei na gravidez.

— É por isso que eu estava pensando. E se a Clarity ficasse aqui?

Elas ficaram em silêncio por muito tempo. Quando Gloria voltou a falar, sua voz estava muito baixa.

— Como assim?

— Rachel estará de volta na cidade semana que vem, e quando o ano letivo começar, Cindy vai sair às quatro da tarde todo dia. Nós e os primos de Clarity poderíamos dar a ela toda a atenção necessária e, assim, você teria a chance de lutar pela sua carreira. E como eu disse, sempre que você quiser ficar aqui, temos muito espaço. Você teria muita liberdade.

— Então é isso o que vocês querem — disse Gloria.

— Não entendi.

— Eu estava pensando. Vocês me convidaram para vir para cá dizendo que eu poderia ficar quanto tempo quisesse. Agora entendi tudo. A Clarity moraria aqui com vocês? E depois?

— Não sei se entendi o que você está querendo dizer, Gloria.

— E então Henry entra na justiça para cortar a pensão, e eu acabo sem nada.

— O quê? Não, eu nem pensei nisso...

— Sei que todo mundo da sua família pensa que eu estava tentando dar o golpe da barriga em Henry, mas eu conheci muitos homens ricos. Não preciso prender ninguém a nada.

— Não, Gloria, ninguém nunca disse isso.

De repente, Gloria se levantou.

— Eu sabia. Eu sabia que era algo assim. Todo mundo *tão* bonzinho.

Senti a raiva nela, e fiz questão de ficar bem longe de seus pés. De repente, a cadeira de Clarity começou a balançar para a frente e para trás, e seus pezinhos subiram.

— Vou arrumar nossas coisas. Nós vamos embora.

— Gloria!

Ouvi Clarity gritar quando Gloria subiu a escada. Clarity quase nunca chorava — a última vez de que me lembrava tinha sido quando ela entrou no jardim e puxou uma folha de um cheiro tão forte que fez meus olhos arderem mais do que aquela coisa nos dedos dos pés de Gloria. Apesar de eu claramente perceber que aquelas folhas não deveriam ser comidas por ninguém, Clarity enfiou uma na boca e mastigou. Ela fez uma cara de surpresa quando isso aconteceu, e chorou como estava chorando agora — meio chocada, meio magoada, meio irada.

Hannah também chorou, e Gloria e Clarity foram embora no carro. Tentei consolá-la da melhor maneira que pude, apoiando a cabeça em seu colo, e tenho certeza que ajudou, embora estivesse muito triste quando adormeceu na cama.

Não entendi muito bem o que tinha acontecido além da partida de Gloria e de Clarity, mas imaginei que as veria de novo. As pessoas sempre voltam para a Fazenda.

Dormi na cama de Hannah, o que eu tinha começado a fazer logo depois da morte de Ethan. À noite, ela me abraçava por muito tempo e às vezes também chorava. Eu sabia por que ela estava chorando: sentia saudade de Ethan. Todos sentíamos saudade de Ethan.

Na manhã seguinte, quando desci da cama de Hannah, algo parecia quebrado no lado esquerda da minha bacia e não consegui segurar um grito de dor.

— Amigão, o que foi? O que está acontecendo? O que você tem na pata?

Pude sentir o medo dela e lambi a palma de sua mão como um pedido de desculpas por chateá-la, mas não conseguia apoiar a pata esquerda traseira no chão — doía demais.

— Vamos ao veterinário, Amigão. Você vai ficar bem.

Fomos lenta e cuidadosamente até o carro, eu pulando em três patas e fazendo o melhor que podia para parecer que não estava com muita dor, para não deixar Hannah ainda mais triste. Apesar de ser um cachorro que andava no banco da frente, ela me colocou no banco de trás, o que me deixou feliz porque era mais fácil subir ali do que tentar pular na frente só com três patas funcionando.

Quando ela ligou o carro e partiu, eu estava sentindo aquele gosto horrível na boca de novo, mais forte do que nunca.

Capítulo 3

Quando chegamos à sala fria e eu fui colocado em cima da mesa de metal, abanei meu rabo e estremeci de prazer. Adorava a Veterinária, que se chamava Doutora Deb. Ela me tocava com mãos delicadas. Na maioria das vezes, seus dedos cheiravam a sabão, mas eu sempre sentia o cheiro de gatos e de cachorros em suas mangas. Deixei que ela examinasse minha pata dolorida e não doeu nada. Fiquei de pé quando a Doutora Deb quis que eu me levantasse. Depois, deitado, fiquei esperando pacientemente com Hannah em uma sala pequena até que ela entrou e se sentou num banquinho de frente para Hannah.

— Não tenho boas notícias — disse a Doutora Deb.

— Ah — disse Hannah.

Senti que ela estava triste e olhei com solidariedade, apesar dela nunca ter ficado triste com a Doutora Deb antes. Eu não sabia bem o que estava acontecendo.

— Poderíamos remover a perna, mas cachorros de grande porte não costumam ficar bem sem a pata traseira. E não há garantias de que o câncer já não tenha se espalhado. A amputação pode servir apenas para deixá-lo menos confortável durante o tempo que ele ainda tiver. Se dependesse de mim, eu só administraria analgésicos a partir de agora. Ele já tem onze anos, não é?

— Ele foi resgatado, por isso não temos certeza. Mas sim, por aí — disse Hannah. — Isso é muita coisa?

— Olha, dizem que labradores costumam viver cerca de doze anos e meio, mas já vi alguns irem muito além disso. Não estou dizendo que ele já está no fim da vida. É que, às vezes, em cães mais velhos, os tumores crescem mais lentamente. O que seria outro fator a considerar se estivermos pensando em amputação.

— Amigão sempre foi um cachorro tão ativo. Não consigo pensar em simplesmente tirarmos a perna dele — disse Hannah.

Abanei o rabo ao ouvir meu nome.

— Você é um bom menino, Amigão — disse a Doutora Deb.

Eu fechei os olhos e me encostei nela enquanto ela coçava minhas orelhas.

— Vamos dar algo para passar a dor agora mesmo. Os labradores nem sempre demonstram quando estão sofrendo. Eles têm muita resistência à dor.

Quando chegamos em casa, ganhei um petisco especial de carne e queijo e fiquei com muito sono. Fui para meu lugar de sempre na sala de estar e caí num cochilo profundo.

Naquele verão, eu me sentia melhor mantendo a pata de trás encolhida, para não encostar no chão, e me movimentar usando as outras três, então foi o que fiz. Os melhores dias eram quando eu entrava no lago, pois a água fria dava uma sensação gostosa e eu não precisava sustentar meu peso. Rachel voltou de onde estava e todos os filhos dela vieram também, assim como os de Cindy. Todo mundo me dava atenção como se eu fosse um filhotinho. Eu adorava ficar deitado no chão enquanto as duas filhas pequenas de Cindy amarravam laços em meu pelo; as mãozinhas delas me relaxavam. Eu comia os laços depois.

Hannah me deu muitos petiscos especiais e eu tirei muitos cochilos. Eu sabia que estava ficando velho porque meus músculos normalmente ficavam tensos e minha visão estava um pouco falha, mas eu me sentia muito feliz. Adorava o cheiro das folhas que ficavam secas depois de cair, e o perfume seco das flores de Hannah que murchavam nos ramos.

— Amigão voltou a perseguir os coelhos.

Eu estava dormindo, mas despertei ao ouvir Hanna mencionar meu próprio nome. Acordei meio desorientado e demorei um pouco para lembrar de onde estava. Eu estava tendo um sonho muito vívido no qual Clarity caía do deque, mas no sonho, em vez de ser chamado de cão malvado, Ethan estava ali, dentro da água até a altura dos joelhos. "Bom menino", disse para mim, e eu tive a impressão de que ele estava feliz por eu ter cuidado da Clarity. Quando ela voltasse para a Fazenda, eu cuidaria dela de novo. Era isso o que Ethan gostaria que eu fizesse.

O cheiro de Ethan foi sumindo da Fazenda aos poucos, mas eu ainda sentia sua presença em alguns lugares. Às vezes, eu ficava dentro de quarto dele, e era como se ele estivesse bem ali, dormindo, ou sentado na poltrona olhando para mim. Essa sensação era reconfortante. E às vezes eu me lembrava de Clarity me chamando de "Bigão". Embora eu soubesse que, por ser sua mãe, Gloria provavelmente estava tomando conta dela direitinho, eu sempre me sentia um pouco ansioso quando pensava em Clarity. Esperava que ela voltasse logo à Fazenda para que eu pudesse ver com meus próprios olhos que ela estava bem.

O frio chegou e eu saía de casa cada vez menos. Na hora de fazer minhas necessidades eu escolhia a árvore mais próxima e resolvia tudo depressa, agachando porque não conseguia mais erguer a pata direito. Mesmo quando chovia, Hannah saía e ficava do meu lado.

A neve naquele inverno foi uma delícia. Ela sustentava meu peso como se fosse água, e por ser tão gelada a sensação era ainda melhor. Eu ficava de pé nela, fechava os olhos e me sentia tão confortável que parecia que acabaria adormecendo.

O gosto ruim em minha boca não passava, mas às vezes ficava bem forte e, outras vezes, eu me esquecia dele. A dor na perna estava igual, mas alguns dias eu acordava do cochilo assustado, com ela muito forte, uma pontada de tirar o fôlego.

Certo dia eu levantei para ver a neve derretendo do lado de fora e simplesmente não pareceu valer a pena sair para brincar, mesmo que eu costumasse adorar ver a grama nova surgindo da terra molhada. Hannah estava me observando.

— Certo, Amigão, certo.

Naquele dia, todas as crianças vieram me ver, e me acariciaram e falaram comigo. Eu me deitei no chão e me deliciei com toda aquela atenção e as mãozinhas em cima de mim, fazendo carinhos e dando tapinhas. Algumas das crianças estavam tristes, e algumas pareciam entediadas, mas todas ficaram comigo no chão até chegar a hora de irem embora.

— Você é um bom menino, Amigão.

— Vou sentir muito a sua falta, Amigão.

— Eu te amo, Amigão.

Eu abanei o rabo todas as vezes que alguém disse meu nome.

Não dormi na cama de Hannah naquela noite. Foi simplesmente delicioso ficar deitado ali no meu cantinho no chão e me lembrar de todas as crianças me tocando.

Na manhã seguinte, eu acordei quando o sol estava começando a iluminar o céu. Precisei fazer o máximo de esforço para me sentar, e então fui mancando até a cama de Hannah. Ela acordou quando levantei a cabeça e a apoiei ao lado dela no cobertor, ofegante.

Eu sentia uma pressão no estômago e na garganta e minha pata latejava de dor.

Eu não sabia se ela entenderia, mas eu olhava dentro de seus olhos, tentando mostrar o que eu precisava que ela fizesse. Aquela mulher maravilhosa, a companheira de Ethan, que amava tanto a nós dois. Eu sabia que ela não me decepcionaria.

— Ah, Amigão, você está me dizendo que está na hora — disse ela com tristeza. — Está bem, Amigão. Está bem.

Quando saímos da casa, fui mancando até uma árvore para fazer minhas necessidades.

Então, fiquei parado olhando para a Fazenda à luz do sol nascente, todas as coisas tingidas de laranja e dourado. A água escorria das calhas, uma água com um cheiro puro, frio. O chão sob minhas patas estava úmido e pronto para se encher de flores e grama — eu sentia o cheiro logo abaixo da superfície da grama fragrante. Era um dia muito perfeito.

Consegui ir até o carro sem problemas, mas quando Hannah abriu a porta de trás, ignorei e me remexi de lado até meu focinho apontar para a porta da frente. Ela riu um pouco, abriu a porta e levantou meu traseiro para me ajudar a entrar. Eu era um cachorro que viajava no banco da frente.

Eu me sentei e observei o dia; carregava em si a promessa de brisas mais quentes. A neve ainda persistia nas partes mais densas da mata, mas já havia desistido no pátio onde Ethan e eu costumávamos brincar, rolando juntos pelo chão. Eu quase conseguia ouvi-lo naquele momento, dizendo que eu era um bom menino. Abanei o rabo contra o banco ao me lembrar de sua voz.

Hannah esticou o braço muitas vezes naquela ida ao consultório da Doutora Deb. Quando ela falava, a tristeza vinha com tudo, e eu lambia a mão que me acariciava.

— Ah, Amigão.

Eu abanei o rabo.

— Sempre que olho para você eu me lembro do meu Ethan. Amigão. Bom menino. Você foi o companheiro dele, o amigo especial dele. O cachorro dele. E você me levou de volta a ele, Amigão. Sei que você não entende, mas quando apareceu na minha porta, você fez com que Ethan e eu nos reencontrássemos. Você fez isso. Foi... Nenhum outro cachorro poderia ter feito mais por seus donos, Amigão.

Eu me senti feliz ao ouvir Hannah dizer o nome de Ethan tantas e tantas vezes.

— Você é o melhor cachorro, Amigão. Um menino muito, muito, muito bom.

Eu abanei o rabo no banco por ser um bom menino.

Quando chegamos à Doutora Deb, fiquei esperando enquanto Hannah abria minha porta. Sabia que não teria como pular para fora, não com a pata daquele jeito. Olhei para ela com cara de tristeza.

— Ah, tudo bem, Amigão. Espere aí.

Hannah fechou a porta e saiu. Alguns minutos depois, a Doutora Deb e um homem que eu nunca tinha visto chegaram perto do carro. O homem tinha cheiro de gatos nas mãos e também um odor agradável de carne. Ele e a Doutora Deb me levaram para dentro do consultório. Fiz o melhor que pude para ignorar a dor que me tomava enquanto eles me carregavam, mas ela me deixou ofegante. Eles me colocaram na mesa de metal e eu estava sentindo muita dor para conseguir abanar o rabo, então só baixei a cabeça. Foi bom sentir o metal geladinho quando me deitei.

— Você é um menino muito bom, muito bom — sussurrou Hannah para mim.

Eu sabia que não demoraria muito. Eu me concentrei em seu rosto; Hannah sorria, mas também chorava. A Doutora Deb estava me acariciando, e senti seus dedos procurando uma dobra de pele em meu pescoço.

Eu me peguei pensando na pequena Clarity. Esperava que ela logo encontrasse um outro cachorro para cuidar dela. Todo mundo precisa de um cachorro, mas para Clarity era uma necessidade ainda maior.

Meu nome era Amigão. Mas antes disso, foi Ellie, e antes disso, foi Bailey, e antes de Bailey, Toby. Eu era um bom menino que havia amado meu menino Ethan e cuidado de seus filhos. Eu havia amado a companheira dele, Hannah. Sabia que não mais renasceria, e tudo bem. Eu tinha feito tudo o que um cachorro tinha que fazer neste mundo.

O amor ainda fluía de Hannah quando senti o leve beliscão entre os dedos da Doutora Deb. Quase instantaneamente a dor em minha pata diminuiu. Fui tomado por uma sensação de paz; uma onda quente e deliciosa que sustentava o meu peso como a água do lago. O toque das mãos de Hannah aos poucos foi me deixando e, ao flutuar na água, eu me senti muito feliz.

Capítulo 4

As imagens tinham acabado de se ajustar em meus olhos cansados quando me lembrei de tudo. Em um momento eu era um filhote recém-nascido, sem direção nem propósito além de encontrar o leite de minha mãe, e no momento seguinte, eu era eu mesmo, ainda um filhote, mas com a lembrança de ter sido Amigão e de todas as outras vidas em que eu fui um filhote.

O pelo da minha mãe era preto, curto e enroladinho. Meus membros eram escuros também — pelo menos na parte deles que eu conseguia ver com meus olhos recém-abertos —, mas meu pelo macio não era tão enrolado. Todos os meus irmãos tinham a mesma cor escura, mas, quando nós nos enrolávamos, eu sentia que apenas um tinha o pelo parecido com o meu — o restante era enroladinho como o da nossa mãe.

Eu sabia que em breve minha visão ficaria clara, mas duvidava que chegasse a clarear o suficiente para que eu entendesse por que era um filhote de cachorro outra vez. Eu sempre tivera a convicção de ter um propósito importante, e que por isso eu sempre renascia. Então, fui acumulando aprendizados na intenção de ajudar meu menino Ethan, de quem eu havia sido companheiro e a quem eu havia guiado ao longo dos últimos anos de vida. E esse, pensei, era meu propósito.

E agora? Eu renasceria muitas vezes para sempre? Um cachorro podia ter mais do que um propósito? Como era possível?

Todos os filhotes dormiam juntos em uma caixa grande. À medida que meus membros foram ficando mais fortes, eu explorava o ambiente ao redor e era tão emocionante quanto uma caixa poderia ser. Às vezes, eu ouvia passos descendo a escada e então uma forma escura se inclinava sobre a caixa, falando com voz de homem ou de mulher. O modo com que nossa mãe abanava o rabo indicava que eram aquelas as pessoas que cuidavam dela e a amavam.

Em pouco tempo, vi que eles eram, de fato, um homem e uma mulher — e era assim que eu pensava neles, como o Homem e a Mulher.

Um dia, o Homem trouxe um amigo para sorrir para nós. O amigo não tinha pelos na cabeça, só ao redor da boca.

— Eles são muito lindos — disse o Careca com a boca cabeluda. — Seis filhotes, é uma ninhada e tanto.

— Quer ficar com um? — perguntou o Homem.

Parei ao sentir o que pareciam ser mãos enormes me pegando. Eu permaneci parado, um pouco intimidado, quando o homem de boca cabeluda me levantou e olhou para mim.

— Este não é como os outros — disse o Careca.

Seu hálito tinha um cheiro forte de manteiga e açúcar, então lambi o ar um pouco.

— Não, e tem um irmão que é igual. Não sabemos bem o que aconteceu porque Bella e o macho são poodles, ambos com *pedigree*, mas esse com certeza não se parece com a raça. Estamos achando que... Bem, certa tarde, nós esquecemos de fechar a porta dos fundos. Bella pode ter saído. Talvez outro macho tenha pulado a cerca — disse o Homem.

— Espera, isso é possível? Dois pais diferentes?

Eu não fazia ideia do que eles estavam falando, mas se ele só pretendia me segurar e ficar soprando aquele cheiro gostoso na minha cara, eu queria ser posto no chão de novo.

— Acho que sim. O veterinário disse que é possível, dois pais diferentes.

— Que comédia!

— Sim, mas como não vamos conseguir vender os dois cães de origem misteriosa, quer ficar com esse? De graça, já que você é amigo.

— Não, obrigado — disse o Careca, rindo e me colocando no chão.

Minha mãe sentiu o cheiro do desconhecido em mim e, protetora e gentil, me lambeu para me acalmar, enquanto meus irmãos e minhas irmãs se levantaram apoiados nas patinhas nada firmes porque provavelmente tinham se esquecido quem eu era e queriam me desafiar. Eu os ignorei.

— Ei, como está seu filho? — perguntou o Careca.

— Ainda está doente, com aquela tosse. Provavelmente vou ter que levá-lo ao médico. Obrigado por perguntar.

— Ele já veio ver os filhotes?

— Não, eles ainda são muito novinhos. Quero que fiquem mais fortes antes de ele mexer neles.

Os dois homens se afastaram, virando um borrão além de meu campo de visão.

À medida em que os dias passaram, notei a voz de uma criança pequena no andar de cima, um garoto, e fiquei assustada com a ideia de começar de novo com um novo menino. Esse não podia ser meu propósito, não é? Parecia errado, de certo modo, como se eu fosse um cachorra malvada se tivesse outro garoto que não fosse Ethan.

Uma tarde, o Homem juntou a mim e aos meus irmãos em uma caixa menor que ele levou para o andar de cima, nossa mãe andando ofegante logo atrás dele. Ele colocou a caixa no chão e então e virou a abertura delicadamente para que todos nós saíssemos.

— Filhotes! — gritou um menininho de algum ponto atrás de nós.

Abri um pouco as pernas para ter equilíbrio e espiei. Era como a sala de estar na Fazenda, com um sofá e cadeiras. Estávamos em um cobertor macio e naturalmente a maior parte dos meus irmãos tentou sair dele, seguindo em todas as direções para encontrar o chão liso além da ponta do cobertor. Eu fiquei parada. Pela minha experiência, as cadelas que eram mães gostavam mais de ficar em lugares macios do que duros, e é sempre mais inteligente seguir a Mãe.

O Homem e a Mulher, rindo, pegaram os cãezinhos fujões e os colocaram de novo no meio do cobertor, o que deveria ter sinalizado que não deveriam sair correndo, embora a maioria tenha tentado fazer isso de novo. Todo feliz, dando pulinhos, um menino circulou o local onde estávamos. Eu me lembrei das perninhas de Clarity subindo e descendo ao ver aquele cavalo idiota no celeiro.

Embora estivesse relutante em amar outro garoto que não fosse Ethan, foi difícil não me deixar afetar por toda a alegria que sentíamos com um humano pequeno estendendo os braços para nós.

O menino pegou meu irmão, aquele que, como eu, tinha um pelo mais comprido e mais liso, e nesse momento senti o desespero dos meus irmãos.

— Cuidado, filho — disse o Homem.

— Não machuque ele, pegue com carinho — disse a Mulher.

Aqueles eram como concluí, a mãe e o pai do menininho.

— Ele está me beijando! — disse o menininho, rindo quando meu irmão lambeu sua boca.

— Tudo bem, Bella. Você é uma boa menina — disse o Homem, dando um tapinha carinhoso em nossa mãe, que andava pelo cobertor ansiosa, bocejando sem parar.

O menininho estava tossindo.

— Você está bem? — perguntou a mãe.

Ele assentiu, colocou meu irmão no chão e imediatamente pegou uma de minhas irmãs.

Meus outros dois irmãos estavam à beira do cobertor e tinham parado, farejando, desconfiados.

— Detesto ouvir essa tosse, parece que está piorando — disse o Homem.

— Ele não estava mal hoje cedo — falou a Mulher.

O menininho respirava alto agora, tossia e emitia um barulho esquisito. A tosse estava piorando. Os pais se assustaram, olhando para ele.

— Johnny? — disse a Mulher.

Havia medo em sua voz. Nossa mãe foi até ela, abanando o rabo ansiosamente. O Homem colocou no chão o filhotinho que estava segurando e pegou o menino pelo braço.

— Johnny? Consegue respirar?

O menino se inclinou para a frente, com as mãos nos joelhos. Ele respirava com dificuldade, cada inspiração alta e pesada.

— Ele está ficando roxo! — gritou a Mulher.

Meus irmãos e eu nos retraímos ao notarmos o terror em sua voz.

— Chame a ambulância! — gritou o Homem para ela. — Johnny! Fique comigo! Olhe para mim!

Conscientemente ou não, todos nós tínhamos encontrado uma maneira de ficarmos perto de nossa mãe e estávamos aos pés dela, procurando segurança. Ela abaixou o focinho perto de nós, mas estava ofegante e ansiosa, e foi até o Homem para cutucá-lo.

O Homem a ignorou.

— Johnny! — gritou, angustiado.

Vários filhotes tentavam seguir nossa mãe, e quando ela notou isso, veio correndo até nós, empurrando com o focinho para nos manter no cobertor, sem atrapalhar.

O Homem deitou o menino no sofá. Os olhos dele abriam e fechavam, sua respiração ainda era difícil e fazia um barulho horroroso. A Mulher entrou com as mãos cobrindo a boca, chorando.

Ouvi a sirene e seu som foi ficando mais alto. De repente dois homens e uma mulher entraram na sala. Colocaram algo no rosto do menino e o tiraram da casa em uma cama. O Homem e a Mulher foram juntos, e então ficamos sozinhos.

É da natureza dos filhotes sair explorando, por isso meus irmãos imediatamente saíram do cobertor para cheirar os cantos mais distantes da sala. Nossa mãe andava de um lado para o outro, gemia e não parava de se apoiar nas patas traseiras para olhar pela janela da frente. Dois dos meus irmãos a seguiram.

Eu me sentei no cobertor e tentei entender. Apesar de ele não ser meu menino, senti muita preocupação pela criança. Não significava que eu não amava Ethan; só estava sentindo um medo.

Por sermos filhotes, fazíamos bagunça na casa toda. Eu sabia que quando fosse mais velho, teria mais autocontrole, mas naquele momento eu não conseguia desviar da vontade quando ela vinha, sempre tão de repente. Esperava que o Homem e a Mulher não ficassem bravos comigo.

Estávamos todos dormindo quando o Homem chegou em casa sozinho. Ele nos colocou no porão e ouvi enquanto ele andava no andar de cima, o ar trazendo até nós um cheiro de sabonete. Com o Homem em casa, nossa mãe finalmente estava calma e nós mamamos.

No dia seguinte, fomos levados a um porão diferente de uma casa diferente. Uma mulher com cheiro de comida caseira, de roupa lavada e de cachorros nos recebeu com beijos e barulhinhos agradáveis. A casa tinha o cheiro de muitos, muitos cães, apesar de eu só ter visto um: um macho que se movimentava lentamente e andava bem juntinho ao chão, quase arrastando as orelhas grandes e compridas.

— Obrigada por isso. Agradeço muito, Jennifer — disse o Homem para ela.

— Cuidar de cães é o que faço — respondeu ela. — Acabei de adotar um boxer ontem, por isso sabia que outros viriam. É sempre assim. Sua esposa disse que seu filho sofre de asma?

— Sim. Aparentemente ele tem uma alergia muito severa a cães. Nós não fazíamos a menor ideia, porque temos a Bella...

Ao que tudo indica ele não é alérgico a poodles especificamente. Mas eu me sinto muito idiota. A reação alérgica foi o que provocou o ataque de asma e nós nem sabíamos que ele era asmático! Pensei que íamos perdê-lo.

Ao ouvir seu nome, minha mãe abanou o rabo. Ela estava estressada quando o Homem foi embora. Estávamos em uma caixa de bom tamanho no porão, mas ela saiu de dentro assim que o Homem foi embora e ficou sentada à porta da escada, chorando. Isso estressou os filhotes, que ficaram parados e não brincaram mais. Tenho certeza que fiquei do mesmo jeito. O estresse da minha mãe ficou claro.

Naquele dia, não mamamos. A mulher chamada Jennifer não notou, mas nós sim e em pouco tempo estávamos todos chorando. Nossa mãe estava triste e estressada demais para se deitar para nós, mesmo quando suas tetas ficaram chcias e começaram a pingar e a liberar aquele cheiro delicioso que nos deixava zonzos.

Eu sabia por que ela estava tão triste. Um cachorro precisa ficar com sua família.

Nossa mãe andou de um lado a outro a noite toda, chorando baixinho. Todos dormimos, mas pela manhã estávamos com dor de tanta fome.

Jennifer veio até nós para ver por que estávamos chorando e disse a Bella que tudo estava bem, mas notamos o susto em sua voz. Ela saiu da sala e choramos por nossa mãe, mas Bella não parava de andar, gemer e nos ignorar. E então, depois do que pareceu ser muito tempo, Bella estava à porta, com o focinho na fresta junto ao chão, farejando. Ela começou a abanar o rabo e então o Homem abriu a porta. Bella começou a chorar e a pular no Homem, mas ele a afastava.

— Você precisa se acalmar, Bella. Preciso que você se deite.

— Ela não está amamentando os filhotes. Está muito triste — disse Jennifer.

— Certo, Bella, venha aqui. Venha.

O Homem levou Bella até a caixa e fez com que ela se deitasse. Manteve a mão na cabeça dela e ela ficou parada. Desesperador, fomos na direção dela aos trancos, brigando por espaço e mamando ao mesmo tempo.

— Eu tenho medo de que os pelos na minha roupa causem outro ataque em Johnny. Ele está usando inalador e tudo.

— Se a Bella não amamentar, os filhotes vão morrer — disse Jennifer.

— Tenho que fazer o que é melhor para o Johnny. Vamos desinfetar a casa inteira — disse o Homem.

Minha barriga estava ficando quente e pesada. Mamar era algo incrível.

— Bem, e se você levasse Bella e os filhotes de poodle para casa com você? Poderia dar banho neles, tirar qualquer resquício dos outros dois filhotes. Você salvaria quatro deles, pelo menos, e seria melhor para Bella também.

O Homem e Jennifer ficaram quietos por muito tempo. Totalmente cheio, eu dei um passo para trás, tão sonolento que só queria subir em um dos outros filhotes e cochilar.

— Você sacrificaria os outros dois, então? Eu não quero que eles morram de fome — disse o Homem.

— Eles não sofreriam — disse Jennifer.

Alguns minutos depois, fiquei surpresa quando o Homem e Jennifer se abaixaram e cada um pegou dois filhotes. Bella saiu da caixa e os acompanhou. Meu irmão, o que tinha os pelos como os meus, deu uma gemidinha, mas nós dois estávamos muito sonolentos. Nos enrolamos um no outro para nos aquecermos, e minha cabeça estava em suas costas.

Eu não sabia aonde nossa mãe e nossos irmãos tinham ido, mas achei que voltariam logo.

Capítulo 5

Acordei com frio e com fome. Meu irmão e eu estávamos juntinhos para nos aquecermos e quando eu me remexi, ele abriu os olhos. Meio grogues, demos a volta pela caixa, fizemos xixi e nos tocamos várias outras vezes, comunicando um ao outro o que era bem óbvio. Nossa mãe e nossos irmãos tinham ido embora.

Meu irmão começou a chorar.

Logo, a mulher chamada Jennifer veio nos ver. Olhamos para ela, tão alta acima de nós.

— Pobrezinhos. Estão com saudade da mamãe, não é?

O som de sua voz pareceu acalmar meu irmão. Ele se apoiou nas patas de trás, as da frente na lateral da caixa, e se esforçou para erguer o focinho pequeno na direção dela. Ela se abaixou, sorrindo

— Está tudo bem, pequeno. Tudo vai ficar bem, eu prometo.

Quando ela foi embora, meu irmão voltou a choramingar. Tentei distraí-lo com uma lutinha, mas ele estava bem insatisfeito. Eu sabia que tudo estava bem porque tínhamos uma mulher que cuidaria de nós e que logo ela traria nossa mãe de volta para podermos mamar. Só que meu irmão estava assustado e faminto demais, e aparentemente não conseguia pensar em nada além disso.

Em pouco tempo, Jennifer voltou.

— Certo, está na hora de cuidar de vocês. Quer ser o primeiro? Tudo bem — disse ela, pegando meu irmão e o carregando para longe.

Fiquei sozinha na caixa. Eu me deitei e tentei não pensar na dor em minha barriga. Era mais fácil ignorar minha fome com meu irmão estando com Jennifer. Fiquei pensando que talvez eu devesse cuidar dele, mas afastei o pensamento. Cães não cuidam de cães, pessoas cuidam de cães. Enquanto tivéssemos Jennifer, ficaríamos bem.

Adormeci e só acordei quando Jennifer me ergueu do chão.

Ela olhou para a minha cara.

— Bem, não foi tão bem quanto eu pensei que seria com o outro — disse ela. — Vamos torcer para ser mais depressa com você.

Bati meu rabinho.

Jennifer e eu subimos a escada. Não havia sinal do meu irmão, mas eu conseguia sentir seu cheiro no ar. Ainda me segurando, ela se sentou no sofá e me deitou de barriga para cima na dobra de seu braço.

— Pronto, pronto — disse Jennifer. — Calma.

Ela esticou o braço e pegou alguma coisa, algo num formato estranho que ela foi baixando lentamente em direção ao meu focinho. O que estava fazendo? Eu me remexi um pouco.

— Você precisa ficar sem se mexer, meu bem. Vai dar tudo certo se você não relutar — disse ela.

Sua voz era calma, mas ainda assim eu não sabia o que estava acontecendo. Mas então, senti um cheiro delicioso de leite quente — a coisa que ela segurava pingava leite. A ponta era macia e quando ela a colocou na minha boca, eu a segurei e mamei. Fui recompensado com uma refeição quente e doce.

De certo modo, foi como ser amamentado pela minha mãe, a diferença é que eu estava de barriga para cima e a coisa na minha boca era bem grande. O leite também era bem diferente, mais doce e mais leve, mas eu não reclamei. Suguei e aquele líquido quente maravilhoso tirou a dor da minha barriga.

Quando fiquei cheio, estava zonzo. Jennifer me segurou e deu tapinhas em minhas costas, e eu arrotei baixinho. Em seguida, ela me levou pelo corredor até uma cama macia, onde o cachorro grande com orelhas enormes estava dormindo, meu irmão aconchegado a ele.

— Aqui está mais um, Barney — sussurrou Jennifer.

O cachorrão resmungou, mas abanou o rabo e não se mexeu quando eu me aconcheguei perto dele. Apesar de ser macho, sua barriga era quente e confortável, assim como a da minha mãe.

Meu irmão resmungou um cumprimento e voltou a dormir na mesma hora. A partir daquele momento, Jennifer passou a nos alimentar em seu colo várias vezes por dia. Eu passei a adorar a hora da comida e o modo com que Jennifer falava comigo quando me aconchegava. Seria fácil amar alguém como ela.

Meu irmão ficava irritado quando eu era alimentado antes dele, e eu acho que Jennifer concluiu que fazia mais sentido me deixar em segundo do que dar comida para mim com meu irmão chorando o tempo todo.

Acho que sempre soube, mas um dia, enquanto estava abaixado e cheirei minha urina, me ocorreu que não éramos irmãos, mas irmão e irmã. Eu era uma cadelinha! Não entendi como aquilo era possível.

Fiquei pensando por um tempo no que podia ter acontecido com nossa mãe e com os outros irmãos, mas parecia que eu não conseguia me lembrar muito deles. Vivíamos ali agora, meu irmão e eu, uma família de dois filhotes e um cachorro preguiçoso chamado Barney. Também não entendia isso.

Decidi que havia momentos em que tudo que um cachorro podia fazer era esperar e ver o que aconteceria em seguida, se as escolhas das pessoas mudariam as coisas e ou deixariam tudo permanecer como sempre. Enquanto isso, meu irmão e eu nos esforçávamos para puxar as orelhas compridas de Barney.

Jennifer chamava meu irmão de Rocky e a mim, de Molly. À medida que íamos crescendo, Barney se importava cada vez menos conosco e foi ficando impaciente com nossas mordidas. Mas tudo bem, porque uma cadela grande e cinza chamada Sophie chegou para ficar conosco na casa. Sophie adorava correr pelo quintal, onde a grama começava a crescer ao sol quente da primavera. Ela era muito rápida e Rocky e eu não tínhamos qualquer esperança de alcançá-la, mas Sophie queria que corrêssemos atrás dela. Quando desistíamos, ela voltava e se abaixava para fazer com que brincássemos de novo. E também havia um cachorro atarracado chamado Sr. Churchill. Ele era meio como Barney no tamanho, mas era mais pesado e tinha as orelhas muito curtas. O Sr. Churchill arfava e andava rebolando — era o oposto da Sophie. Nem sei se ele conseguia correr. E depois de comer ficava com um cheiro péssimo.

A casa de Jennifer, com todos os cães, era o lugar mais maravilhoso que se pode imaginar. Às vezes eu sentia saudade da Fazenda, é claro, mas estar na casa de Jennifer era como viver em tempo integral em um parquinho de cachorros.

Uma mulher veio ver Sophie depois de alguns dias e a levou consigo ao sair.

— É incrível o que você faz. Acho que se eu tentasse cuidar de cães, acabaria adotando todos — disse a mulher que levou Sophie para Jennifer.

Sophie teria uma vida nova com uma pessoa nova, percebi, e eu estava feliz por ela, apesar de Rocky parecer totalmente confuso a respeito do que estava acontecendo.

— Isso se chama "lar temporário fracassado" — disse Jennifer. — Foi assim que acabei adotando Barney. Ele foi o primeiro cão que abriguei. Mas percebi que se não me controlasse eu adotaria alguns cães e pronto. Aí não poderia ajudar nenhum outro.

Um dia, algumas pessoas foram à casa de Jennifer para brincar conosco — um homem, uma mulher e duas meninas.

— Temos muita certeza de que queremos um macho — disse o homem.

As meninas estavam naquela idade maravilhosa em que não conseguiam correr mais rápido do que um filhote e estavam sempre rindo. Elas nos pegaram no colo, nos beijaram, nos colocaram no chão e brincaram conosco.

— Você disse poodle e o que mais, mesmo? — perguntou ele.

— Ninguém sabe — respondeu Jennifer. — Spaniel? Terrier?

Eu sabia o que estava acontecendo: eles estavam ali para levar Rocky ou eu para viver com eles. Eu me perguntei por que tínhamos que ir embora — se alguém deveria ir, esse alguém era o Sr. Churchill, que só ficava ali soltando gases fedorentos ou que vinha atrás de nós e nos derrubava com o peito quando Rocky o provocava. Mas eu também sabia que as pessoas mandavam — elas decidiam o destino dos cães, e eu teria que ir para onde mandassem.

No fim, Rocky e eu ficamos. Fiquei aliviada por não perder o Rocky e feliz por não ter que me despedir dos outros cães, mas não entendi por que as pessoas vinham brincar comigo e não queriam me levar embora.

E então, um dia, entendi.

Rocky e eu estávamos no quintal dos fundos com uma cadela grande e marrom, chamada Daisy. Daisy era muito tímida perto de Jennifer. Ela não atendia quando era chamada e sempre que Jennifer se abaixava para acariciá-la, Daisy se afastava. Era muito magra e tinha olhos castanhos. Ela brincava com Rocky e comigo, no entanto, apesar de ser muito maior, nos deixava dominá-la quando brincávamos de lutinha.

Ouvi porta de carro sendo batida e então, alguns minutos depois, o acesso de tela dos fundos da casa ser aberto. Rocky e eu nos aproximamos para investigar enquanto Jennifer, um garoto e uma garota saíam no quintal e Daisy se escondia em um lugar atrás de uma mesa de piquenique onde parecia se sentir segura.

— Ai, meu Deus, eles são muito fofinhos! — disse a menina, rindo.

Tinha aproximadamente a idade que Ethan tinha quando começou a dirigir um carro. Ela se ajoelhou e abriu os braços. Rocky e eu, obedientes, corremos até ela. Ela nos envolveu em um abraço e foi quando fiz uma descoberta impressionante. Era Clarity.

Fiquei maluca, subindo em seu colo, dando beijos e cheirando sua pele. Eu estava saltando e girando de alegria. Clarity!

Nunca havia me ocorrido que ela poderia vir me procurar, que ela saberia que eu havia renascido e me encontraria. Mas os seres humanos dirigem carros e decidem quando os cães comem e onde os cães moram, e com certeza isso era outra coisa que eles tinham o poder de fazer: podiam encontrar seus cães quando precisavam deles.

Deve ser por isso que a família das menininhas foi embora sem nós. Eles estavam procurando os cachorros deles, e não éramos nós.

Eu não me cansava de Clarity. Abanando o rabinho, eu lambi suas mãos e ela riu. Quando o menino correu no quintal, Rocky correu com ele, mas eu fiquei bem ali, com Clarity.

— O que você acha, Trent? — perguntou Clarity.

— Ele é ótimo — respondeu o menino.

— Molly parece ter gostado muito de você — disse Jennifer a Clarity. — Volto já.

Jennifer voltou para dentro da casa.

— Ah, você é tão linda — disse Clarity.

Ela alisou minhas orelhas e eu beijei seus dedos.

— Mas minha mãe não me deixa ter um cachorro. Estamos aqui pelo Trent.

Estava tudo claro para mim agora: meu propósito era, como eu tinha imaginado, continuar tomando conta de Clarity. É o que Ethan desejaria. Era por isso que eu tinha renascido como filhote mais uma vez. Ainda tinha trabalho a fazer.

E faria. Eu cuidaria de Clarity e a manteria em segurança. Seria uma boa menina.

O menino se aproximou trazendo Rocky.

— Está vendo as patas dele? Ele vai ficar maior do que a Molly.

Clarity ficou de pé e eu arranhei as pernas dela com as patas da frente o máximo que pude até ela me pegar. Rocky se esforçava para sair do colo do menino, mas eu fiquei paradinha, olhando nos olhos de Clarity.

— Eu quero ele — disse o menino. — Rocky, você quer ir para casa comigo?

Cuidadosamente, ele soltou meu irmão, que pulou em cima de um brinquedo de borracha e o chacoalhou.

— Isso é tão legal! — disse Clarity.

Ela me colocou no chão e eu fiquei perto de seus pés enquanto ela se aproximava de Rocky, que estava mordendo seu brinquedo. Quando ela tentou fazer carinho em Rocky, enfiei a cabeça embaixo da mão dela, e ela riu.

— A Molly gosta de você, CJ — disse o menino.

Olhei para o garoto porque ele disse meu nome, mas então voltei a fazer carinho em Clarity.

— Eu sei. Mas Gloria ia surtar e espumar de ódio. Até consigo ouvir o que ela diria. "Eles *lambem*, são *sujos*". Como se a nossa casa fosse superlimpa.

— Mas seria divertido. Teríamos um irmão e uma irmã.

Senti uma onda de tristeza em Clarity quando ela segurou minha cara com as mãos.

— Sim, seria divertido — disse ela, baixinho. — Ah, Molly, sinto muito, menina.

Jennifer saiu no quintal de novo.

— Há papéis a serem preenchidos? — perguntou o garoto.

— Não, não sou afiliada a nenhuma organização de resgate nem nada assim. Sou só a vizinha que todo mundo conhece que se esforça para encontrar lares para eles. Rocky e Molly estão aqui porque a asma de um menininho piorou por causa deles.

— Você disse que seria de graça se eles forem para um lar bom, mas posso pagar alguma coisa, pelo menos? — perguntou o menino.

— Aceito doações, se você quiser.

O garoto entregou algo a Jennifer e então se abaixou para pegar Rocky nos braços.

— Certo, Rocky, está pronto para ir para sua casa nova?

— Me procure se surgir alguma pergunta, ok? — disse Jennifer.

Olhei com ansiedade para Clarity, mas ela não me pegou no colo.

— Ah, olha só para ela — disse Clarity.

Ela se ajoelhou e acariciou meu pelo.

— Parece que ela sabe que vou embora sem ela.

— Vamos, CJ.

Todos fomos até a porta dos fundos juntos. Jennifer a abriu e o menino passou, ainda com Rocky no colo, e depois Clarity saiu, mas quando eu tentei acompanhar, Jennifer me bloqueou com o pé.

— Não, Molly — disse, fechando a tela, de modo que fiquei para trás, no quintal.

O quê?

Fiquei sentada olhando o Clarity, que olhou para trás através da tela. Eu não entendi.

Depois que eles se viraram, eu lati, frustrada por minha voz ser tão baixa. Chorei, lati e apoiei as patas na porta, arranhando, tentando atravessar com as garras. Clarity estava me abandonando? Não podia ser! Eu tinha que ir com ela!

Clarity, o garoto e Rocky passaram pela porta da frente da casa, e a fecharam ao passar.

— Está tudo bem, Molly — disse Jennifer, entrando na cozinha.

Clarity tinha ido embora. Rocky também.

Lati, lati e lati com minha vozinha inútil de filhote, triste e sozinha.

Capítulo 6

Daisy, a cadela grande e tímida, deixou seu esconderijo atrás da mesa de piquenique, parou e me cheirou enquanto eu latia. Ela sentia meu estresse, mas obviamente não conseguia entendê-lo.

A porta dos fundos não me levaria a lugar algum. Dei a volta pela lateral da casa, mas o portão de madeira estava muito bem trancado e a maçaneta ficava fora do alcance de meus dentinhos. Eu latia sem parar. Aquele quintal, que era tão divertido, agora parecia uma prisão. Corri até Barney e encostamos focinho com focinho, mas o abanar lento de seu rabo não me ajudou em nada. Eu entrei em desespero. O que estava acontecendo? Como era possível?

— Molly?

Eu me virei e dei de cara com Clarity. Ela caiu de joelhos. Eu corri até ela e me joguei em seus braços, lambendo seu rosto, aliviada por não ter compreendido bem. Por um momento, pensei que ela quisesse ir embora sem mim!

Jennifer e Trent estavam de pé atrás dela.

— Ela me escolheu, o que posso fazer? Molly me escolheu — insistiu Clarity.

Eu fiquei feliz por ser Molly e por estar com Clarity e ir com ela para o carro. Trent estava dirigindo e ela se acomodou no banco de trás com Rocky e eu. Meu irmão me recebeu como se tivéssemos passado dias e mais dias separados, e então começamos a brincar com Clarity no banco de trás.

— O que sua mãe vai dizer? — perguntou Trent.

Apoiando as patas no banco e rosnando, Rocky havia agarrado os cabelos compridos de Clarity com os dentes e os puxava como se pensasse que eles cairiam. Clarity estava rindo. Eu pulei em Rocky para que ele parasse com aquilo.

— CJ? É sério?

Rocky e eu estávamos em cima de Clarity, pulando. Ela se esforçou para se endireitar.

— Ai meu Deus, não sei.

— Ela vai deixar você ficar com a Molly?

— Bem, o que posso fazer? Você viu o que aconteceu. Parece que Molly e eu fomos feitas uma para a outra. É o destino. Carma.

— Não dá para esconder um cachorro dentro de casa — disse Trent.

Clarity estava olhando para baixo e parecia infeliz, por isso apoiei as patas em seu peito e tentei lamber seu rosto. Pela minha experiência, a lambida de um cachorro deixa qualquer pessoa feliz.

— CJ? Você acha mesmo que pode esconder um cachorro dentro de casa? — perguntou Trent.

— Eu poderia esconder uma matilha de lobos na casa, se quisesse. Ela nunca olha para lugar nenhum além do espelho.

— Ah, claro. Então, pelos próximos dez anos você vai ter um cachorro e de alguma maneira sua mãe não vai saber.

— Ah Trent, quer saber? Às vezes, as coisas não são práticas, mas é preciso fazê-las porque é o mais certo.

— Ah claro, isso faz todo sentido.

— Por que você faz isso? Sempre tem que ser do contra.

Os dois ficaram em silêncio por um momento.

— Me desculpa — disse Trent por fim. — Eu só estava querendo cuidar de você.

— Vai dar tudo certo, prometo.
— Está bem.
— Mas hum... passe direto pela minha casa, está bem? — disse Clarity. — Não pare.

O carro parou. Clarity pegou Rocky e o passou para a frente

Meu irmão e eu nos entreolhamos. Rocky abanou o rabo, abaixou as orelhas. Eu tinha a impressão de que era um adeus, que havia chegado o momento em que nos separaríamos. Tudo bem, porque nosso destino era sempre escolhido pelas pessoas, e Clarity havia decidido que precisava de mim e pronto. Ir com ela era o que Ethan teria desejado que eu fizesse. O que não era bom era o fato de Rocky ser o cachorro que andava no banco da frente e eu, não, mas Clarity abriu a porta e nós saímos juntas, então não haveria mais passeio de carro para mim.

O veículo partiu.

— Certo — disse Clarity, parecendo um pouco preocupada. — Vamos ver se você sabe ser quietinha.

Ela me colocou no chão e nós nos aproximamos da casa. Alguns cães tinham marcado os arbustos da frente, mas eram cheiros antigos — não havia nada que indicasse que havia outros cães ali. Clarity me pegou no colo e me levou depressa para dentro, subiu a escada, atravessou o corredor e entrou em seu quarto.

— Clarity? É você? — chamou uma mulher de dentro da casa.

— Cheguei! — gritou Clarity.

Ela pulou na cama comigo e começamos a brincar. E então, ela parou na hora em que ouviu passos pelo corredor.

— Molly! Shhhh!

Clarity enfiou as pernas embaixo dos cobertores, dobrou os joelhos e me enfiou no espaço formado embaixo das pernas. Eu cheirei os pés dela e ouvi a porta ser aberta.

— Ta-daaa! — disse uma mulher.

Eu conhecia aquela voz: era Gloria, a mãe de Clarity.

— Você comprou um casaco de pele? — perguntou Clarity, parecendo irritada.

— Gostou? — respondeu Gloria. — É de raposa!

— *Pele*? Como consegue?

Concluí que o objetivo da brincadeira era escapar dos cobertores. Comecei a subir em direção ao cabelo de Clarity e ela me empurrou para baixo com a mão.

— Bem, não é como se eu tivesse matado o bicho. Ele já estava morto quando eu comprei o casaco. E não se preocupe, aposto que foi, como você mesma diz, um animal solto.

— Até prenderem o bicho, você quer dizer. Meu Deus, Gloria. Você sabe o que acho disso.

— Se não gosta tanto assim, não precisa usar.

— Como se um dia eu fosse usar uma coisa dessas! Onde você estava com a cabeça?

— Bom, me desculpa, mas preciso dele para a viagem. Aspen é o único lugar onde é possível usar um casaco de pele sem se sentir culpado. Provavelmente a França também.

— Aspen? Quando você vai para Aspen?

A mão de Clarity me mantinha presa. Eu me esforcei para sair.

— Na quarta. Então, eu estava pensando. Que tal se saíssemos amanhã para fazer compras, só nós duas.

— Amanhã é segunda-feira. Eu tenho aula — disse Clarity.

— Ah, *aula*. É só um dia.

Clarity saiu de debaixo dos cobertores, e eles continuaram me cobrindo.

— Vou pegar um iogurte — disse Clarity.

Eu me livrei dos cobertores, mas já era tarde demais, Clarity estava se afastando.

—Detesto quando você usa esse short. — dizia Gloria quando Clarity fechou a porta — Ele deixa suas coxas parecendo enormes...

Sozinha na cama, logo decidi que o chão ficava longe do alcance das minhas patinhas. Resmungando de frustração, andei de um lado a outro nos cobertores macios, demorando o suficiente para sentir o cheiro do travesseiro gostoso. Havia alguns brinquedos na cama, os quais mordisquei um pouco.

Então, a porta se abriu. Clarity havia voltado. Eu abanei o rabo e lambi seu rosto quando ela se inclinou na minha direção, um cheirinho adocicado de leite em seu hálito. Existe coisa mais incrível do que lamber o rosto de alguém até fazer essa pessoa rir?

Quando Clarity me levou para fora, ela me enfiou dentro da camisa que estava usando para me manter aquecida. Ela me elogiou por abaixar no quintal para fazer xixi e me deu pedacinhos de carne salgada e fria. O sabor era tão forte que fez minha língua arder.

— Vou comprar comida de filhote para você amanhã, Molly, prometo, prometo, prometo. Quer mais presunto?

Naquela noite, eu dormi na dobra do braço de Clarity. Ela me acariciou com a mão, sussurrando para mim.

— Eu te amo, Molly, eu te amo.

Adormeci com ela ainda me tocando. As atividades do dia tinham me deixado exausta a ponto de eu não me levantar nem uma vez durante a noite. Clarity acordou tão logo o sol nasceu, vestiu suas roupas e, com um cuidado esquisito, me levou para fora para fazer minhas necessidades, falando comigo aos sussurros. Minha bexiguinha estava tão cheia que chegava a doer. Em seguida, ela desceu uma escada comigo em direção a um porão.

— Este lugar embaixo da escada é o meu lugar especial, Molly — sussurrou ela. — Eu digo que é minha casa de veraneio. Está vendo? Tem um travesseiro para você, e um pouco de água. Você só precisa ficar quieta, tá? Não vou fazer compras com a Gloria, mas preciso dar uma saída. Prometo que volto assim que ela sair de casa. Enquanto isso, não fique latindo. Fique quietinha, Molly, quietinha.

Eu farejei o espaço pequeno, que era tão baixo que Clarity teve que se agachar. Ela me deu mais um pouco da carne salgada e fria e me deu uns tapinhas de um jeito que eu soube que ela pretendia me deixar. Por isso, quando ela se afastou abruptamente, deslizando caixas para me prender no espaço, escapei.

— Molly! — sibilou Clarity.

Abanei o rabo, esperando que ela entendesse que eu não queria ficar naquele espaço pequeno. Senti que tinha deixado isso claro quando estávamos na casa de Jennifer — eu queria estar com Clarity. Ela me pegou e me colocou lá dentro de novo, e dessa vez, eu não fui rápida o bastante para escapar das caixas que bloqueavam minha saída. O que ela estava fazendo?

— Fique boazinha, Molly — disse Clarity do outro lado das caixas. — Lembre-se, fique quietinha. Sem latir.

Eu arranhei as caixas, mas Clarity não voltou e eu acabei desistindo. Tirei um cochilo rápido e encontrei um brinquedo de plástico para morder um pouco, mas assim que precisei me agachar no cantinho, o espaço pequeno perdeu todo o charme para mim. Gritei, querendo que minha voz fosse mais forte. Mesmo estando em um lugar pequeno, meus latidos eram minúsculos e ridículos. Mas como eu já estava latindo, parecia uma boa ideia continuar.

Fiz uma pausa, inclinando a cabeça, quando ouvi alguém se movimentando no andar de cima. Não havia indícios de que Clarity ou Gloria viriam me tirar dali, por isso recomecei.

Então, ouvi o som inconfundível da porta da escada sendo aberta. Ouvi passos na minha direção, e quando estavam bem acima da minha cabeça, lati o mais alto que pude. Havia alguém no porão.

Pensei que pudesse ser Clarity, mas então escutei algo esquisito: um grito humano, algo entre um choro e um uivo. Era um barulho horroroso, um som de dor e talvez de medo. O que estava acontecendo? Parei de latir, um pouco assustada. Um cheiro forte — de flor, de óleo, almiscarado — surgiu no espaço atrás das caixas.

Acima de onde eu estava, ouvi a porta da entrada abrir e fechar. Ouvi passos e então senti a presença de alguém no alto da escada.

— Gloria, você está aí embaixo? — Era Clarity.

Ainda assim, os gritos de dor continuaram. Eu estava em silêncio. Nenhum ser humano já tinha feito um som como aquele na minha vida.

Ouvi passos descendo a escada.

— Gloria? — chamou Clarity.

— Aaaahh.

Reconheci o grito: era Gloria.

Clarity também gritou.

— Aaaaai!

Eu resmunguei. O que estava acontecendo?

— Clarity June, você quase me matou de susto!

— Por que não respondeu? O que estava fazendo? — perguntou Clarity.

— Eu estava cantando! Estava com fones de ouvido. O que está fazendo em casa? O que tem na bolsa?

— Eu voltei porque esqueci uma coisa. Hum... é ração de cachorro. Estamos arrecadando na escola.

— Você acha mesmo que é bacana dar ração de cachorro?

— *Mãe*... Não é para as pessoas. É para os cachorros.

— Você está me dizendo que as pessoas não têm comida para elas, mas têm cachorros? Onde este país vai parar?

— Vai pegar a roupa lavada? Ajudo você a dobrar — disse Clarity. — Vamos levá-las para cima.

Elas subiram a escada e me deixaram sozinha de novo.

Eu estava com muita, muita fome.

Capítulo 7

CLARITY VOLTOU, SIM, E EU FIQUEI TÃO FELIZ EM VÊ-LA QUANTO FIQUEI feliz em ver a tigela de comida em sua mão.

— Ela finalmente se foi. Ah, Molly, me desculpa.

Eu enterrei a cara na tigela, mastigando a comida até minha boca ficar seca, e depois bebendo o máximo de água que consegui. Em seguida, Clarity me levou para o quintal dos fundos, onde o sol brilhava, os insetos cantavam e a grama estava fresca e aquecida. Eu me esparramei, rolei na mais pura alegria, e Clarity se deitou ao meu lado. Brincamos de cabo-de-guerra com uma toalha por alguns minutos, mas eu estava exausta por ter latido a manhã toda e, quando ela me pegou no colo para me aninhar junto ao peito, imediatamente caí num sono profundo.

Quando acordei, estava de novo no espaço pequeno. Mas assim que gritei, ouvi passos de alguém correndo e Clarity apareceu ao lado das caixas.

— Shhh, Molly! Você precisa ficar quieta! — disse Clarity.

Achei ter entendido o que ela estava dizendo: quando quisesse vê-la, só precisava latir para ela vir.

Ela me deixou brincar no porão e me deu mais comida. Quando precisei me agachar no chão de cimento, ela limpou e eu não achei ruim não conseguir segurar até ir para o quintal. Ela me abraçava, me beijava e fazia carinhos com tanta adoração, tanta intensidade, que eu me retorcia de felicidade.

Brincamos muito até eu sentir sono. Ela até me acordou naquela noite para brincar ao ar fresco do quintal, com todos os insetos calados. Foi tão divertido sair quando estava tudo tão silencioso!

Na manhã seguinte, ouvi barulhos altos vindos do andar de cima, e também a voz de Gloria:

— Por favor, pode baixar o volume da música?

Lati e arranhei as caixas que bloqueavam minha saída, pronta para subir para brincar com Clarity.

Quando senti e ouvi a vibração de uma porta batendo, eu fiquei quieta, tentando entender o que estava acontecendo. Eu estava sozinha de novo? Não, ainda havia alguém no andar de cima. Dava para ouvir os passos. E então, ouvi um suspiro quando a porta do porão foi aberta. As caixas foram arrastadas e eu pulei nos braços de Clarity, com o coração aos pulos de alegria. Era hora de mais diversão!

— Você tem que ficar bem quietinha — disse ela.

Clarity me levou até o quintal, então passamos por um portão e ela me colocou no chão. Saímos para passear. Depois, fizemos um passeio de carro (banco da frente!) e passamos o dia todo em um parque, brincando. Passamos a maior parte do tempo sozinhas, com exceção de uma mulher com um cachorrinho preto chamado Volte Aqui Milo. O cachorro preto correu até mim, eu hesitei e então me abaixei de modo submisso, sabendo que, como filhote, eu precisava fazer com que Volte Aqui Milo visse que eu não representava uma ameaça. "Volte Aqui Milo", a mulher dizia sem parar. O cachorro preto me empurrou de qualquer jeito com o focinho e então Clarity se abaixou e me pegou, me segurando como Jennifer fazia quando me oferecia o leite esquisito.

Quando Volte Aqui Milo foi embora, Clarity me colocou no chão e brincou com o rosto perto da minha cara. Eu fiquei tão feliz que gritei e girei.

— Ela viaja amanhã — disse Clarity para mim. — Só preciso te deixar escondida mais uma noite e então ela ficará uma semana fora de casa. Você consegue passar essa noite sem latir?

Eu mordi um graveto.

— Não sei o que vou fazer, Molly. Ela nunca vai me deixar ficar com você.

Clarity me pegou e me deu um forte abraço.

— Eu te amo tanto.

Senti o afeto fluindo de Clarity, mas estava muito concentrada no graveto naquele momento, por isso só abanei meu rabo.

Fiquei decepcionada porque quando chegamos em casa, Clarity me levou escada abaixo e me colocou no espaço pequeno embaixo da escada, voltando a empurrar as caixas. Expressei minha insatisfação com vários latidos e ela apareceu instantaneamente.

— Preciso que você não lata, está bem, Molly? Minha mãe vai voltar para casa a qualquer momento.

Ela voltou a empurrar as caixas. Na verdade, eu estava cansada de brincar o dia todo, por isso me deitei para tirar um cochilo. Mas acordei quando ouvi a porta da frente bater.

— Cheguei! — A voz de Gloria reverberou pela casa. — Espere só para ver o que eu comprei no Neiman's!

Apesar de eu estar sentindo o cheiro e ouvindo a voz de Gloria há alguns dias, ainda não tinha conseguido cumprimentá-la. Achei que provavelmente ela ficaria tão feliz quanto Clarity ao me ver. Lati algumas vezes e esperei, mas só ouvi pessoas conversando. Lati mais um pouco e consegui os resultados esperados quando a porta se abriu acima de onde eu estava e ouvi passos na escada. Clarity empurrou as caixas para o lado.

— Por favor, Molly, por favor, fique quieta.

Clarity me deu comida e me levou para a rua dentro de sua jaqueta, e então caminhamos muito. Estava escuro e frio quando voltamos. Clarity me colocou de novo no espaço pequeno.

— Certo. Vá dormir, Molly. Vá dormir.

Tentei escapar enquanto ela empurrava as caixas de volta para tampar a entrada, mas não fui muito rápida. Ela correu escada acima, fazendo tudo tremer, fechou a porta e tudo ficou em silêncio.

Dormi um pouco, mas quando acordei, me lembrei que estava totalmente sozinha. Choraminguei. Sabia que no andar de cima, Clarity provavelmente estava deitada em sua cama, sentindo-se sozinha porque eu não estava com ela, e isso me deixou triste. Eu sabia que ela achava que eu gostava de ficar deitada no travesseiro fofinho embaixo da escada, mas na verdade, eu queria estar com ela. Lati. Não ouvi resposta, então lati de novo, e mais uma vez.

— Clarity, que barulho é esse? — gritou Gloria.

Ouvi passos de alguém correndo, e então a porta da escada foi aberta.

— Acho que veio daqui de baixo! — gritou Clarity.

Eu abanei o rabo quando ela desceu a escada.

— Pode voltar para a cama, Gloria. Eu cuido disso.

— Parecia um animal! — falou Gloria.

Ouvi Clarity passando pelo outro lado das caixas. Eu as arranhei. Ouvi Gloria atravessando a casa e então senti sua presença no topo da escada.

Lati.

— Olha, de novo! — disse Gloria. — É um cachorro, tem um cachorro em casa!

Clarity empurrou as caixas para o lado e eu pulei em seus braços, lambendo seu rosto.

— Não, é... Ai, meu Deus, é uma raposa! — gritou ela. — Fique longe!

— Uma raposa? Mas como? Tem certeza?

— As raposas latem, Gloria — disse Clarity.

— Como ela entrou na casa? O que uma raposa está fazendo aqui?

— O vento deve ter aberto a porta do porão. Provavelmente ela veio porque sentiu o cheiro da porcaria do seu casaco de pele.

Clarity estava sorrindo para mim agora. Brincamos de cabo-de-guerra com uma toalha, mas ela não puxou muito forte.

— Não pode ser — disse Gloria.

— Eles têm olfato muito sensível! Vou tentar assustá-la para que ela saia de casa e vá para a rua — disse Clarity.

— Tem certeza de que é uma raposa? Uma raposa, tipo... o animal?

— Sei como é uma raposa. É uma raposa pequena.

— Deveríamos chamar a polícia.

— Como se os policiais fossem vir por causa de uma raposa. Ou espantá-la para fora. Fique longe porque ela pode querer subir a escada.

Ouvi Gloria arfar e bater a porta no topo da escada. Clarity me pegou e correu para fora pela porta dos fundos, em direção ao ar fresco da noite. Ela me levou para fora do portão e só me colocou no chão quando já tínhamos dobrado a esquina.

Não entendi aquela brincadeira, mas depois de me chacoalhar e me agachar, estava pronta para continuar. Clarity ficou andando comigo de um lado a outro da rua, e então um carro dobrou a esquina e parou. O vidro desceu e eu senti o cheiro de Rocky! Apoiei as patas na lateral de metal do carro e tentei espiar lá dentro. Senti o cheiro de Trent também.

— Obrigada por fazer isso, Trent — disse Clarity.

— Tudo bem.

Clarity me pegou e me passou pela janela. Eu subi no peito de Trent, lambendo seu rosto num cumprimento, e então cheirei o banco. Rocky não estava no carro, mas tinha estado. Nós dois éramos cachorros que andavam no banco da frente.

Fui para a casa de Trent naquela noite e Clarity não foi conosco. Fiquei estressada quando partimos, e choraminguei, tentando entender onde Clarity estava. Quando chegamos à casa de

Trent, Rocky estava lá! Ficamos muito felizes como reencontro e brincamos de lutinha na sala de estar, no quintal e no quarto de Trent. Ele tinha uma irmã mais nova que brincou conosco, ele mesmo brincou conosco e até os pais dele. Eu dormi no meio de tudo isso, porque de repente me senti tão exausta que simplesmente tive que me deitar, apesar de Rocky estar mordendo minha cara.

Assim que Rocky e eu acordamos no dia seguinte, recomeçamos a brincadeira. Ele era um pouco maior do que eu e obviamente muito apegado ao Trent, porque às vezes ele interrompia a lutinha para correr até Trent e ser acariciado e elogiado. Por isso, senti saudade de Clarity, mas sempre que me ocorria que eu deveria me preocupar com ela, Rocky subia em cima de mim e voltávamos a brincar. Eu me consolava pensando que ela precisava voltar para me buscar, e foi o que ela fez.

À tarde, o portão dos fundos foi aberto. Rocky e eu corremos para ver quem poderia ser, e era Clarity. Nós dois pulamos em cima dela e eu finalmente rosnei para o Rocky por estar agindo como se ele fosse tão importante para ela quanto eu.

Clarity e Trent ficaram de pé no quintal, observando eu e meu irmão brincarmos. Tentei mostrar para ela que conseguia dominar Rocky quando queria, mas ele não cooperava.

— Ela já foi? — perguntou Trent.

— Ainda não. O voo dela é às 13h. Eu disse que precisava ir cedo para a escola.

— Mas você *vai* para a escola?

— Hoje não.

— CJ, você não pode ficar perdendo aula.

— A Molly precisa de mim.

Parei ao ouvir meu nome e Rocky pulou nas minhas costas.

— Você está com a Molly há três dias. E as outras vezes?

— Só acho que a escola não tem relevância na minha vida.

— Você está no ensino médio — disse ele. — A escola *é* a sua vida.

— Eu vou na segunda — disse Clarity. — Só quero passar esta semana com Molly enquanto a Gloria não está.

— E quando a Gloria voltar, qual é o plano?

— Não sei, Trent! Às vezes, as pessoas não planejam tudo, as coisas simplesmente acontecem, tá?

Clarity e eu saímos para passear de carro e eu me sentei no banco da frente. Fomos a um parque onde havia muita grama, mas só um cachorro. Era um marrom nada simpático que só queria saber de caminhar com seu dono. Depois, fomos para casa e felizmente não fui colocada no espaço pequeno embaixo da escada. Senti o cheiro de Gloria em todos os lugares, mas ela não estava por perto.

Dormi na cama de Clarity. Estava tão animada que acordava toda hora e lambia o rosto dela. Ela afastava meu focinho, mas não havia raiva no gesto. Por fim, ela me deixou mordiscar seus dedos quando eu sentia vontade, e foi assim que passamos a noite.

No dia seguinte, choveu e brincamos dentro casa, saindo apenas para que eu fizesse minhas necessidades na grama molhada.

— Molly, venha aqui! — chamou CJ em determinado momento.

Atravessei o corredor trotando, e os cheiros de Gloria ficavam cada vez mais fortes. CJ sorria para mim, e eu a observei com curiosidade. Ela abriu uma porta e os odores fortes de Gloria tomaram conta do espaço ao meu redor.

— Está vendo a cachorra no espelho? — perguntou CJ.

Ouvi a palavra "cachorra" e pensei que ela quisesse que eu passasse pela porta. Entrei e imediatamente parei: havia um cachorro ali! Parecia o Rocky. Dei um pulo para a frente, e então recuei surpresa porque ele pulou na minha direção de modo agressivo. Não era o Rocky — na verdade, não tinha cheiro de cachorro. Eu abanei o rabo e ele abanou o rabo. Eu me abaixei e ele se abaixou ao mesmo tempo.

Foi tão estranho que eu lati. Ele parecia estar latindo também, mas não fazia barulho nenhum.

— Diga oi, Molly! Pegue a cachorra! — disse ela.

Lati mais um pouco, e então me aproximei, cheirando. Não havia cachorro, só uma coisa que se parecia com um cachorro. Foi muito esquisito.

— Está vendo, Molly? Está vendo?

Independentemente do que estivesse acontecendo, não era interessante. Eu me virei, cheirando embaixo da cama, onde havia sapatos empoeirados.

— Boa menina, Molly! — disse CJ.

Eu gostava de ser elogiada, mas fiquei contente quando saímos do quarto. Havia algo de perturbador na coisa que se parecia um cachorro, mas não tinha cheiro.

Na manhã seguinte, tudo estava úmido e deliciosamente cheiroso. Senti o odor de várias minhocas, mas não comi nenhuma porque depois de fazer isso algumas vezes, aprendemos que elas nunca terão um gosto melhor do que o cheiro.

Tínhamos acabado de chegar em casa quando a campainha tocou. Corri até a porta da frente e lati. Vi uma sombra do outro lado do vidro da porta.

— Para trás, Molly. Para trás — disse Clarity, entreabrindo a porta.

— Clarity Mahoney? — perguntou a mulher do outro lado.

Eu enfiei a cara na fresta e tentei sair, mas Clarity me manteve dentro de casa. Abanei o rabo para que a pessoa entendesse que meus latidos não eram sérios; eu só estava fazendo meu trabalho.

— Pode me chamar de CJ — disse Clarity.

— CJ. Sou a agente Llewellyn. Sou supervisora escolar. Por que você não está na escola hoje?

— Estou doente.

CJ virou a cabeça e tossiu. A mulher do lado de fora olhou para mim e eu abanei o rabo com mais força. Por que não íamos lá fora brincar?

— Onde está sua mãe?

— Ela saiu para comprar meu remédio — disse CJ.

Elas ficaram ali por muito tempo. Eu bocejei.

— Deixamos vários recados para ela, mas ela não respondeu — disse a mulher.

— Ela é muito ocupada. É corretora de imóveis.

— Bem, certo. Entregue isto a ela, está bem? — A mulher entregou a Clarity um pedaço de papel. — Você perdeu muitas aulas, CJ. As pessoas estão preocupadas com você.

— Acho que tenho ficado muito doente nos últimos tempos.

— Entregue isso a sua mãe. Vou esperar ela me ligar. Diga a ela que pode ligar em qualquer horário e deixar uma mensagem se eu não atender. Entendeu?

— Sim.

— Tchau, CJ.

Clarity fechou a porta. Parecia estar com medo e com raiva. Entrou na cozinha e colocou algumas coisas sobre a mesa.

— Molly, precisamos de sorvete.

Clarity colocou um petisco frio e deliciosamente doce em uma tigela para mim. Então sentou-se à mesa e comeu sem parar. Eu também fiquei sentada, olhando para ela com atenção, mas ela não me deu mais petiscos. Quando terminou, colocou alguns papéis em uma bacia embaixo da pia e eu senti o mesmo cheiro doce neles, e não entendi por que ela não me deixava lambê-los. As pessoas são assim, jogam fora as coisas mais deliciosas.

Um pouco depois, Clarity entrou no banheiro e subiu em uma caixinha fina, pequena e quadrada, maior do que uma tigela de comida, mas não muito alta.

— Um quilo? Meu Deus, sou muito idiota! — disse, insatisfeita.

Percebi sua angústia, mas ela não pareceu notar que eu tentava consolá-la.

Ela fez um barulho alto, e então se ajoelhou na frente da bacia de água e vomitou. Fiquei andando de um lado a outro atrás dela, porque senti sua dor e sua chateação. Senti o cheiro doce dos petiscos que ela tinha comido antes, e então ela puxou uma alavanca e o cheiro foi embora de repente. Abanei o rabo o mais forte que consegui, tentando subir nela e lambê-la. Acabou ajudando um pouco, mas ela ainda estava meio chateada.

Dois dias depois, estabelecemos uma rotina. Toda manhã, Clarity me deixava sozinha no porão por horas seguidas, fechada no espaço pequeno embaixo da escada. Ela chegava em casa, brincava comigo, limpava a sujeira e me dava comida por um período curto no meio do dia. À tarde, descia a escada chamando "Molly!" e então ficava em casa até a manhã seguinte. Concluí que ela estava na escola. Meu menino Ethan também ia à escola.

Eu não gostava disso nem antes nem agora.

Clarity e eu brincávamos toda noite: ela me prendia no espaço usando as caixas, mas ficava do lado de fora onde eu podia sentir sua presença. Se eu chorasse ou latisse, ela empurrava as caixas e dizia "Não!" com firmeza. Eu ficava quietinha, ela voltava a empurrar as caixas para o lugar e me dava um petisco. Começamos a passar períodos cada vez mais longos de silêncio de minha parte, e todas as vezes, eu ganhava um petisco. Comecei a entender que quando estava embaixo da escada, ela queria que eu ficasse quieta enquanto ela estivesse do lado de fora das caixas.

Eu não gostava de ficar sozinha ali e conseguia pensar em muitos outros jogos que eram muito mais divertidos de jogar.

Quando precisava passar a noite inteira ali sozinha, tinha certeza que se tratava de um engano, especialmente quando ouvia Clarity andando no andar de cima. Mas sempre que latia, a Clarity vinha até o porão e dizia "não". E quanto eu finalmente desistia e me deitava, ela me acordava e me oferecia um petisco. Eu não sabia bem o que entender disso.

Então, um dia, Clarity disse:

— Certo, ela está vindo. Vamos conseguir, Molly.

Ela me colocou no chão e embaixo da escada. Fiquei quietinha. Ouvi vozes e passos, e sabia que Gloria tinha chegado em casa.

Permaneci quietinha.

Clarity me deu um petisco grande e me levou para passear. Senti o cheiro de um coelho!

Quando escureceu, ela me colocou no espaço pequeno e eu me deitei suspirando alto. Mas fiquei quieta, e ganhei um petisco grande e um passeio de manhã.

— Fique boazinha. Fique quietinha. Eu te amo, Molly. Eu te amo — disse Clarity.

Então, ela saiu. Eu cochilei um pouco, e então ouvi Gloria andando no andar de cima. Eu não sabia se Gloria sabia que eu tinha que receber petiscos e ficar quieta.

Clarity não tinha empurrado as caixas totalmente e, quando eu encostei o focinho em uma delas, descobri que podia empurrá-la o suficiente para enfiar a cabeça. Eu me remexi, pressionei e forcei até conseguir passar!

Apesar de eu ser grande o bastante para subir a escada, não foi fácil chegar ao topo. A porta estava aberta e, quando cheguei ao degrau mais alto, a campainha tocou. Ouvi Gloria atravessar o corredor até a porta da frente.

Trotei para dentro da sala de estar, parei para cheirar uma mala que estava no chão e que não estava ali antes.

— Pois não? — disse Gloria, de pé na porta.

O ar que vinha de fora trazia um aroma maravilhoso e de grama e árvores. Trazia também o cheiro forte de flores que vinha de Gloria, tão intenso que ameaçava superar todos os outros.

— Senhorita Mahoney? Sou a agente Llewellyn. Sou a supervisora escolar responsável pelo caso de CJ. Ela lhe informou sobre a nossa visita?

Eu me aproximei para cumprimentar Gloria. A agente na porta olhou para mim quando me aproximei.

— Visita? Clarity? Do que você está falando?

— Sinto muito. Preciso conversar com a senhora. Sua filha tem faltado muito às aulas este semestre.

Gloria estava ali, de pé, apesar de eu estar bem a seu lado. Apoiei uma pata em sua perna.

Ela olhou para baixo e gritou.

Capítulo 8

GLORIA PULOU NA VARANDA E EU A SEGUI, ABANANDO O RABO PARA AS duas mulheres.

— Não é uma raposa! — gritou Gloria.

A mulher se abaixou e fez carinho em mim. Ela tinha mãos quentes e delicadas com cheiro de sabonete e também de alguma castanha.

— Uma raposa? Claro que não, é um cachorrinho.

— O que ele está fazendo na minha casa?

A mulher ficou de pé.

— Não sei dizer, senhora. A casa é sua. O cachorro estava aqui quando vi sua filha na semana passada.

— Isso é impossível!

— Bem, veja — disse a mulher. — Aqui está outra cópia da advertência, com um aviso de comparecimento. — Ela entregou alguns papéis a Gloria. — A senhora terá que ir ao tribunal com sua filha. Certo? Por ela ser menor de idade, a senhora é legalmente responsável.

— E o cachorro?

— Como disse?

Eu me sentei ao ouvir a palavra "cachorro". Gloria parecia incomodada com alguma coisa, mas eu achei que a moça simpática poderia ser boa com petiscos. Eu gostava de castanhas de todos os tipos, até das salgadas que faziam minha língua arder.

— Leve o cachorro com você — disse Gloria.

— Não posso fazer isso, senhora.

— Então você está mais preocupada com uma aluna do ensino médio que mata algumas aulas do que com uma mulher encurralada por um cachorro?

— É... sim, exatamente.

— Olha, essa é a coisa mais idiota que já ouvi. Que tipo de policial você é?

— Sou supervisora escolar, Senhorita Mahoney.

— Vou registrar uma queixa na delegacia.

— Faça isso. Até lá, nós nos vemos no tribunal.

A mulher se virou e foi embora, então nada de petiscos.

— E o que eu faço com o cachorro? — gritou Gloria para ela.

— Telefone para o controle de animais, senhora, é trabalho deles.

— Certo, farei isso — disse Gloria.

Comecei a segui-la para dentro da casa, mas me retraí quando ela gritou "Não!". Ela bateu a porta e me deixou do lado de fora.

Eu fui até o quintal da frente. O dia estava lindo. Talvez um coelho estivesse do lado de fora à minha espera. Desci pela calçada, cheirando os arbustos.

Os quintais da frente das casas da rua me faziam lembrar da casa onde Ethan tinha morado antes de se mudar para a Fazenda: eram grandes o bastante para brincarmos e, normalmente, cercados por arbustos. O ar era tomado pelo cheiro doce das flores e toda a grama era alta e cheia. Eu sentia o cheiro de cães e de gatos e de pessoas, mas não de patos nem de cabras. Um carro passava de vez em quando, remexendo o ar e acrescentando odores metálicos e oleosos à variedade de perfumes que já havia.

Eu estava me sentindo um pouco errada por estar solta, sem coleira, mas Gloria havia me soltado, então acreditei que estava tudo bem.

Depois de passar cerca de uma hora cheirando tudo e explorando, ouvi passos na minha direção, e um homem disse:

— Aqui, cachorrinho!

Meu primeiro impulso foi trotar até ele, mas parei quando vi a vara em sua mão, com uma corda na ponta. Ele partiu para cima de mim, com a corda aberta na mão.

— Vamos, seja boazinha — disse ele para mim.

Eu senti aquela corda ao redor do meu pescoço como se já estivesse ali e fui para trás.

— Não fuja — disse ele baixinho.

Abaixei a cabeça e tentei passar correndo por ele, mas ele avançou e de repente eu estava pendurada pela corda.

— Peguei! — disse ele.

Senti medo. Aquilo não era bom. Eu não queria ir com o homem, que foi me puxando até uma caminhonete. O aperto da corda ao redor do meu pescoço ficou mais forte, forçando minha cabeça em direção ao pneu da caminhonete. O homem então me pegou no colo e, com uma batida, fui enfiada na caixa de metal na parte de trás da caminhonete.

— Ei!

O homem se virou o ouvir passos de alguém se aproximando.

— Ei!

Era Clarity.

— O que você está fazendo? Essa cachorra é minha.

O homem estendeu as mãos para Clarity, que estava na frente dele, ofegante. Eu apoiei as patas na caixa, abanando o rabo, feliz em vê-la.

— Calma aí, calma aí — disse o homem.

— Você não pode levar minha cachorra! — disse Clarity com raiva.

O homem cruzou os braços.

— Vou levar a cachorra, sim. Recebemos reclamações, e ela estava solta.

Eu lati para que ela soubesse que eu estava esperando ser solta.

— Reclamações? Molly é só um filhote. Quem reclama de um filhote? O que ela estava fazendo? Deixando as pessoas felizes demais?

— Isso não é da sua conta. Se a cachorra é sua, pode buscá-la no abrigo a qualquer momento depois do meio-dia amanhã.

O homem se virou para sair dali.

— Mas espera, espera! Ela só...

As lágrimas rolavam do rosto de Clarity. Eu choraminguei, querendo afastar a tristeza dela. Ela levou uma mão à frente dos lábios.

— Ela não vai entender se você levá-la. Essa cachorra foi adotada, já foi abandonada uma vez. Por favor, por favor, não sei como ela saiu, mas prometo que não vai acontecer de novo. Prometo, prometo. Por favor?

O homem encolheu os ombros. Respirou fundo e suspirou lentamente.

— Certo... olha. Você precisa colocar um chip nela, acertar as vacinas e castrá-las daqui a alguns meses. Combinado? Depois disso precisa tirar a licença. É a lei.

— Farei isso, prometo.

A brincadeira de caminhonete acabou. O homem abriu a caixa e Clarity estendeu os braços para me pegar. Ela me abraçou e eu beijei seu rosto, e então olhei para o homem para ver se ele também queria um beijo.

— Certo — disse o homem.

— Obrigada, muito obrigada — disse Clarity.

A caminhonete foi embora. Clarity ficou parada observando o homem partir, e ainda me segurava no colo.

— Reclamações — ela murmurou.

Enquanto ela me levava para casa, senti seu coração batendo forte no peito. Passamos pela porta da frente e ela se abaixou para me colocar no chão. Havia um pedaço de papel bem na frente do meu focinho no chão. Estava com o cheiro da mulher que estivera ali na varanda um pouco antes. Clarity pegou o papel e olhou para ele.

— Clarity? É você?

Gloria entrou na sala e parou, olhando para mim. Abanei o rabo e comecei a caminhar em direção a ela para dizer oi, mas Clarity se abaixou e me pegou.

— O quê? O que está fazendo? — disse Gloria.

— Esta é a Molly. Ela é minha... é minha cachorra.

As mãos de Clarity tremiam.

— Não é, não — disse Gloria.

— Não é o quê? Não é Molly? Não é cachorra? — perguntou Clarity.

— Fora! — gritou Gloria.

— Não! — gritou Clarity de volta.

— Você não pode ter um cachorro dentro da minha casa!

— Vou ficar com ela!

— Não tem nada que você possa me dizer agora, Clarity. Você sabe o tamanho da encrenca em que se enfiou? Recebi uma visita do oficial de delinquentes. Você está faltando tanto às aulas que eles vieram aqui para te prender.

Clarity me colocou no chão.

— Não! Não coloque esse animal no meu carpete.

Com tantos gritos, eu me afastei de Gloria.

— É uma cachorra. Ela não vai fazer nada, acabou de fazer xixi lá fora.

— Uma cachorra... tem certeza que não é uma *raposa*?

— Por quê? Você precisa de outro casaco?

Eu me aproximei do sofá, mas não havia nada embaixo dele, só cheiro de poeira. Na verdade, a maioria dos cheiros da casa vinham de Gloria.

— Ele vai levantar a pata e fazer xixi no sofá! Vou chamar alguém — gritou Gloria.

— Você se deu ao trabalho de ler isto? — perguntou Clarity.

Ela balançou o papel que segurava e eu observei com atenção, me perguntando se ela o jogaria longe.

— Isto é uma advertência para você. Você tem que ir ao tribunal também.

— Bem, vou dizer a eles que você está totalmente fora do controle.

— E eu vou dizer por que estou fora de controle.

— Como é?

— Vou dizer a eles como eu consegui matar tantas aulas assim. Que você viaja o tempo todo e me deixa em casa sem adulto algum e que fazia isso, inclusive, quando eu tinha doze anos. Eu ficava sozinha!

— Não acredito nisso. Você *pedia* para ficar sozinha. Detestava a babá.

— Eu a detestava porque ela era uma alcoólatra! Uma vez, ela dormiu dentro do carro, na entrada da garagem.

— Não vamos falar sobre isso de novo. Se você está insinuando que, de alguma maneira, fui uma mãe negligente, vou ligar para a assistente social e você pode ir morar num orfanato.

Eu andei em círculos algumas vezes e me deitei no tapete do sofá. Mas a gritaria me deixava ansiosa, e em poucos segundos, voltei a ficar de pé.

— Claro, é assim que as coisas funcionam. É só me deixar em uma caixa na varanda. Às terças o pessoal passa recolhendo as crianças para o orfanato.

— Você entendeu o que quis dizer.

— Sim. Você vai ligar para o serviço social e vai dizer que não quer mais ser mãe. E então, haverá uma audiência. E o juiz vai querer saber onde você estava na semana passada, Aspen, onde você estava quando foi para Vegas e eu tinha treze anos, e onde estava quando foi para Nova York e ficou um mês. E sabe o que ele vai dizer? Vai dizer que você precisa ir para a cadeia. E todo mundo no bairro vai saber. Eles verão você entrar em uma viatura, algemada, com o casaco de pelo cobrindo a cabeça.

— Minha mãe me deixava sozinha quando eu era muito mais nova do que você. Eu nunca reclamei.

— A mesma mãe que batia em você com ferramentas de jardinagem? Que quebrou seu braço quando você tinha oito anos? Acho que você não reclamaria, mesmo.

— Quero dizer que fiquei bem. Você ficou bem.

— Bom, quero dizer que eles prenderam sua mãe e também vão prender você, Gloria. As leis são muito mais rígidas agora. Não é preciso fazer seu filho ir parar no hospital para ir preso.

Gloria estava olhando para Clarity, que estava ofegante

— A menos — disse Clarity em voz baixa — que você me dê permissão para ficar com a Molly.

— Não entendi o que você está querendo dizer.

— Posso dizer ao juiz que menti para você. Que eu disse que estava indo à escola, mas que na verdade estava matando aula. Vou dizer que não foi sua culpa.

— Não foi minha culpa!

— Ou posso dizer a ele que você me deixava sozinha o tempo todo para viajar com seus namorados. Esse é o acordo. Fico com a Molly e minto para o juiz. Se você tentar fazer com que eu me livre dela, vou contar tudo para ele.

— Você é tão horrorosa quanto seu pai.

— Ah, que coisa, Gloria. Isso nem me chateia mais. Você já disse isso tantas vezes... E então, como vai ser?

Gloria saiu da sala. Clarity se aproximou de mim, fez carinho e eu me deitei no carpete e adormeci. Quando acordei, bocejando, Gloria não estava mais na casa. Clarity estava na cozinha e fui ver o que ela estava fazendo. Havia um cheiro delicioso no ar.

— Quer torrada, Molly? — perguntou Clarity.

Ela parecia triste, mas me deu uma torrada mesmo assim.

— Mas nada de pasta de mel para você — disse ela. — Isso é comida só para humanos.

Ela se levantou da mesa, abriu um saco e logo um cheiro delicioso de mais torrada se espalhou pelo ambiente. Ela jogou um brinquedo no chão e eu fui atrás dele, raspando as unhas no piso liso.

— Você quer a tampa? Está bem, pode ficar com ela — disse.

Eu lambi o brinquedo, que tinha um cheiro doce maravilhoso, mas não havia nada para comer nele. Mordi. Clarity se levantou da mesa e fez mais torradas, e depois mais, enquanto eu mordia o brinquedo. Em seguida, ela se levantou.

— Acabou o pão — disse, jogando um saco plástico dentro do cesto de lixo.

Eu abanei o rabo, pensando que ela se aproximaria para brincar com o brinquedo, mas ela foi até o balcão e ouvi quando ela abriu uma embalagem de plástico e fez mais torradas. Ela chutou o brinquedo, que deslizou pelo chão, e eu pulei em cima dele. Sempre que ela se levantava para fazer mais torradas, chutava o brinquedo e eu corria atrás dele. Descobri que se apoiasse as patas da frente nele, podia deslizar até chegar à parede. Que brincadeira ótima!

— Acabou tudo. Vamos, Molly — disse Clarity.

Eu a acompanhei até seu quarto.

— Você quer dormir neste travesseiro? Molly?

Clarity deu um tapinha em um travesseiro, eu pulei nele e o chacoalhei com os dentes.

Mas Clarity não queria brincar. Ficou deitada de barriga para cima com os olhos abertos. Apoiei a cabeça em seu peito e ela passou os dedos pelo meu pelo, mas havia uma mudança nela, seu humor estava mais sombrio. Eu me aconcheguei nela, esperando que isso acabasse com sua tristeza, mas quando ela gemeu, percebi que não estava conseguindo. Tentei lamber o rosto dela, sentindo o cheiro de manteiga, de torrada e de algo doce, açucarado que cobria meu brinquedo, mas ela se afastou de mim.

— Meu Deus — disse ela baixinho.

Clarity foi ao banheiro e ouvi um barulho como se ela estivesse engasgando. Logo senti o cheiro da torrada doce. Ela estava vomitando de novo. Estava de frente para a bacia de água, cuja alavanca ela acionou algumas vezes antes de ficar de pé e olhar seus dentes no espelho. E então, subiu na caixinha.

— Quarenta e cinco quilos — resmungou. — Eu me odeio.

Decidi que detestava aquela caixa pelo modo com que ela fazia Clarity se sentir.

Em vez de me levar ao porão, Clarity me deixou dormir em sua cama. Eu fiquei tão feliz por sair daquele espaço e voltar para a casa com ela que eu, claro, tive dificuldade para dormir. Ela pousou a mão em mim e me acariciou até eu ficar sonolenta. Eu me virei e me aconcheguei nela e, enquanto adormecia, sentia que nós duas éramos envolvidas pelo amor que sentíamos uma pela outra. Aquilo era mais do que cuidar de alguém por lealdade. Eu amava a Clarity, eu a amava tão completa e totalmente quanto um cachorro é capaz. Ethan tinha sido meu menino, mas Clarity era minha menina.

Acordei mais tarde porque ouvi Gloria e um homem conversando do lado de fora da casa. O homem riu e então ouvi um carro dar a partida e se afastar. A porta da frente da casa abriu e fechou. Clarity ainda estava adormecida. Ouvi alguém atravessar o corredor. O tempo que eu havia passado embaixo da escada, escutando passos, havia me ensinado a perceber que era Gloria.

A porta para o corredor estava aberta. Gloria entrou e ficou olhando para mim na cama. Os odores complexos dela entraram no quarto. Eu abanei o rabo.

Mas foi só isso. Ela ficou ali, olhando para mim do corredor escuro.

Capítulo 9

CLARITY TINHA MUITOS AMIGOS QUE VINHAM BRINCAR COMIGO E AOS POUcos comecei a entender que ninguém mais a chamaria de Clarity como eu chamava. Bem, como eu e Gloria chamávamos, na verdade. As pessoas fazem isso às vezes, mudam os nomes das coisas, mas eu ainda era Molly. O nome de Gloria era Gloria e também mãe.

Funcionava ao contrário também — às vezes os nomes continuavam os mesmos, mas as pessoas mudavam. Foi assim que o Veterinário (outro nome da Doutora Deb) passou a ser chamado então: Doutor Marty. Ele era tão bacana quanto a Doutora Deb, com cabelos entre o nariz e o lábio e mãos fortes que me tocavam com delicadeza.

Dentre os amigos de CJ, meu preferido era Trent, o garoto que cuidava do Rocky. Trent era mais alto do que CJ, tinha cabelo escuro e estava sempre com o cheiro de Rocky. Quando ele vinha nos visitar, normalmente trazia meu irmão e nós dois saíamos correndo pelo quintal, brincando de lutinha. Brincávamos até cairmos exaustos, esparramados no gramado. Normalmente, eu ficava deitada e ofegante em cima do meu irmão, com a pata dele na boca num gesto de puro afeto.

Rocky era mais troncudo do que eu e mais alto também, mas normalmente ele me deixava imobilizá-lo quando eu queria. Quando eu subia nele, sempre notava que o marrom mais escuro de seu focinho combinava com a cor das minhas patas — no resto do corpo, o tom era marrom mais claro. Percebi que à medida que os dias iam ficando mais quentes, eu conseguia medir meu crescimento analisando o de Rocky — meu irmão não era mais um filhote desajeitado, nem eu.

Rocky era totalmente dedicado a Trent. No meio da brincadeira, ele se afastava de repente e corria até Trent para ganhar carinho. Eu o seguia e CJ também fazia carinho em mim.

— Você acha que ele pode ser uma mistura de poodle com schnauzer? — perguntou CJ a Trent. — Um schnoodle?

— Acho que não. Talvez um poodle com doberman — disse Trent.

— Um cachorro misturado.

Abanei o rabo ao ouvir meu nome preferido e cutuquei CJ com o focinho, delicadamente.

Ethan me chamava de cachorro misturado. Era um nome especial, trazia em si todo o amor que um menino poderia ter por um cachorro. Ouvir CJ dizê-lo me fazia lembrar da conexão entre meu menino e CJ, minha menina.

— Ou um spaniel de algum tipo — especulou Trent.

— Molly, você poderia ser um schnoodle, um spoodle, um misturado, mas poodle você não é — disse CJ para mim, me abraçando e beijando meu focinho.

Eu me remexi de prazer.

— Se liga só. Rocky! Senta! Senta!

Trent deu a ordem para Rocky, que olhou para ele com atenção e sentou-se, ficando parado.

— Bom menino!

— Não estou ensinando nenhum truque para a Molly — disse CJ. — Já tenho ordens demais na minha vida.

— Está brincando? Os cães querem trabalhar. Eles precisam disso. Não é, Rocky? Bom menino, senta!

Eu conhecia o significado daquela palavra. Dessa vez, quando Rocky se sentou, eu também me sentei.

— Olha, Molly entendeu só de observar o Rocky! Você é uma boa menina, Molly!

Eu abanei o rabo por ser uma boa menina. Havia outros comandos que eu também conhecia, mas CJ não dizia nenhum deles. Rocky se deitou de barriga para cima para receber carinho na barriga e eu mordi o pescoço dele.

— Então... — disse Trent.

Rocky parou, e então se esforçou para se livrar de mim. Também senti o que ele sentiu — uma onda repentina de medo vinda de Trent. Rocky tocou a mão de Trent com o focinho, enquanto eu fiquei observando CJ, que estava sorrindo e olhando para o céu, sem notar qualquer perigo.

— CJ? Eu estive pensando... Talvez devêssemos ir à formatura juntos este ano.

— O quê? Não, você está brincando? Ninguém vai à formatura com os amigos. Não é para isso que serve.

— Sim, mas...

— Mas o quê?

CJ rolou para o lado, tirando os cabelos do rosto.

— Meu Deus, Trent, convida alguma garota bonita. Que tal a Susan? Sei que ela gosta de você.

— Não, eu... Bonita? Qual é, CJ. Você sabe que é bonita.

CJ o empurrou levemente pelo braço.

— Engraçadinho.

Trent franziu a testa e olhou para o chão.

— O que foi? — perguntou CJ.

— Nada.

— Vem, vamos ao parque.

Fomos passear. Rocky foi guiando, cheirando e marcando os arbustos, enquanto eu me mantive mais ao lado de CJ. Ela enfiou a mão no bolso e tirou uma caixinha, mas não era um petisco. Houve um clarão de fogo e então uma fumaça fedorenta começou a sair de sua boca. Eu conhecia aquele cheiro: estava sempre nas roupas e frequentemente no hálito de CJ.

— Então, como está o lance da advertência? O lance todo lá na sua casa? — perguntou Trent.

— Nada de mais. Eu só tenho que ir à escola. Não teve uma pena nem nada assim. Gloria age como se eu fosse um tipo de... bandida.

CJ riu, e então tossiu mais fumaça.

— Mas você conseguiu ficar com a cachorra.

Rocky e eu olhamos para a frente ao ouvirmos a palavra "cachorro".

— Vou sair de casa assim que fizer dezoito anos.

— É? E como você vai conseguir isso?

— Entro para o exército, se for preciso. Vou até para um convento. Só tenho que sobreviver até os vinte e um.

Rocky e eu encontramos algo deliciosamente morto para cheirar, mas CJ e Trent continuaram caminhando e nossas guias nos afastaram antes que um de nós pudesse rolar para perto daquilo. Às vezes, as pessoas esperavam os cachorros cheirarem tudo o que era importante, mas na maior parte do tempo caminhavam depressa demais e oportunidades incríveis se perdiam.

— O que acontece aos vinte e um anos? — perguntou Trent.

— É quando recebo a primeira metade do fundo fiduciário que meu pai deixou para mim.

— É mesmo? Quanto?

— Tipo um milhão de dólares.

— Não brinca.

— Verdade. Houve um acordo com a companhia aérea depois do acidente. É o suficiente para pagar a faculdade e me mudar para Nova York para virar atriz.

Um esquilo estava pulando na grama algumas casas à frete. Ele parou, percebendo o erro fatal. Rocky e eu abaixamos a cabeça e saltamos, puxando nossas guias.

— Epa! — disse Trent, rindo.

Ele correu conosco, mas com ele e CJ nos segurando, o esquilo conseguiu chegar até uma árvore e subir, rindo de nós. Caso contrário, certamente teríamos conseguido pegá-lo. Perseguimos o mesmo esquilo de volta para casa. Será que o idiotinha *queria* ser pego?

De vez em quando, CJ dizia: "Quer ir ao veterinário?". Traduzido grosso modo, significava: "vamos sair de carro, você no banco da frente, para ver o Doutor Marty!" Eu sempre reagia com animação, mesmo quando cheguei em casa um dia usando uma coleira estúpida, um cone de plástico que aumentava todos os sons e dificultava comer e beber. Eu havia demorado muito tempo para me acostumar com a ideia, mas por fim, havia aprendido que as pessoas gostam de colocar coleiras idiotas em seus cachorros de vez em quando.

Quando vi Rocky de novo, ele estava usando o mesmo tipo de coleira! Dificultava as lutinhas, mas conseguimos.

— O coitado do Rocky vai cantar soprano agora — disse Trent.

CJ riu, com fumaça saindo do nariz e da boca.

Logo depois de a coleira idiota ser retirada, começamos a "construção de arte", ou seja, íamos para um lugar silencioso e eu mastigava um brinquedo enquanto CJ ficava sentada brincando com gravetos fedorentos e papéis. Todo mundo na construção de arte sabia meu nome e me fazia carinho, e às vezes me davam comida — era muito diferente de casa, onde CJ me abraçava e me aninhava, e Gloria me afastava quando eu tentava me aproximar de alguma maneira.

Gloria também nunca tocava em CJ, e por isso era bom que eu estivesse ali. De certo modo, ser aninhada por CJ era minha função mais importante. Eu conseguia sentir a dor da solidão dentro dela desaparecer quando nos deitávamos juntas na cama. Eu a beijava e até dava mordidinhas em seu braço, muito feliz por estar com minha menina.

Quando CJ não estava em casa, eu vivia no andar de baixo. Trent foi nos visitar e ele e CJ colocaram uma passagem de cachorro na porta do porão, para que eu pudesse sair para o quintal de trás, se quisesse. Eu adorava entrar e sair por aquela passagem para cachorro — sempre havia algo divertido a fazer do outro lado!

Às vezes, quando eu estava no quintal, podia ver Gloria de pé perto da janela, me observando. Eu sempre abanava o rabo. Gloria estava brava comigo por algum motivo, mas eu sabia, por experiência própria, que as pessoas não podem ficar bravas com cachorros para sempre.

Um dia CJ chegou em casa tão tarde que o sol havia se posto. Ela me abraçou por muito tempo, estava triste e chateada. Então, entramos no banheiro dela e ela vomitou. Eu bocejei e andei de um lado para o outro com ansiedade. Eu nunca sabia o que fazer quando isso acontecia. CJ e eu olhamos para cima ao mesmo tempo e ali estava Gloria, de pé na porta, a nos observar.

— Você não teria que fazer isso com tanta frequência se não comesse tanto — disse Gloria.

— Ai, mãe...

CJ ficou de pé e foi até a pia, onde bebeu água.

— Como foram os testes? — perguntou Gloria.

— Péssimos. Não consegui *nada*. Tipo... você tem que estar estudando teatro há um ano, caso contrário eles nem pensam em escolher você.

— Bem, se eles não querem minha filha na peça de verão, azar o deles. Não importa. Ninguém nunca se tornou atriz por participar de peças no ensino médio.

— Isso mesmo, Gloria. Quem já ouviu falar em um ator *atuando*, não é mesmo?

— Só estou dizendo que não era cantora no ensino médio, e isso nunca me atrapalhou.

— Estou vendo todas as gravadoras batendo à nossa porta ultimamente.

Gloria cruzou os braços.

— Eu tinha uma carreira muito promissora até ficar grávida de você. Tudo muda quando temos filhos.

— O que quer dizer? Que não conseguia mais cantar porque teve um bebê? Eu nasci pelo seu esôfago?

— Você nunca me agradeceu, nem uma vez.

— Tenho que te agradecer por ter dado à luz? É sério? Será que fazem cartões para isso, tipo "obrigada por me deixar habitar seu útero por nove meses"?

Eu me lancei para a frente e pousei perfeitamente aos pés da cama.

— Sai! — disse Gloria.

Sentindo muita culpa, eu desci da cama e fui para o chão, com a cabeça baixa.

— Está tudo bem, Molly. Você é uma boa menina — disse CJ com calma. — O que você tem contra cães, Gloria?

— Não vejo graça. Eles fazem sujeira e cheiram mal. Lambem. Não fazem nada de útil.

— Você mudaria de opinião se passasse um tempo com um — respondeu CJ, fazendo carinho em mim.

— Já passei. Minha mãe tinha um cachorro quando eu era pequena.

— Você nunca me contou isso.

— Ela o beijava na boca, era nojento — continuou Gloria. — Ela paparicava o bicho tempo todo. Ele era gordo e passava o dia todo deitado no colo dela, não fazia nada de útil, só ficava ali e me observava limpar a casa.

— Bem, a Molly não é assim.

— Você fica aí gastando todo o seu dinheiro com ração e veterinário quando há tantas coisas bacanas que poderíamos comprar.

— Agora que eu tenho a Molly eu não preciso de mais nada.

CJ coçou minha orelha e eu me encostei nela, gemendo um pouco.

— Entendo. Os cães recebem todo o crédito e sua mãe não recebe nada.

Gloria se virou e saiu pela porta. CJ se levantou, fechou a porta e se deitou comigo na cama.

— Vamos embora daqui assim que pudermos. Eu prometo, Molly — disse CJ.

Eu lambi seu rosto.

Eu era uma boa menina que estava cuidando da menina amada por Ethan, mas não era só porque ele desejaria que eu fizesse isso. Eu amava a CJ. Adorava dormir em seu colo, passear com ela, e ir com ela à construção de arte.

O que eu não amava era o homem chamado Shane que começou a ir à nossa casa o tempo todo. Gloria frequentemente não estava em casa à noite, por isso Shane e CJ ficavam deitados no sofá. As mãos de Shane tinham o mesmo cheiro de fumaça que permeava as roupas de CJ. Ele sempre dizia oi, mas eu percebia que ele não gostava muito de mim. O modo com que ele me acariciava era muito superficial. Um cachorro sempre sabe.

Eu não confiava em pessoas que não gostavam de cachorros.

Certa noite, Trent e Rocky vieram quando Shane estava aqui. Rocky ficou em alerta, olhando para Trent, que não se sentou. Eu sentia a raiva e a tristeza de Trent e obviamente Rocky também. Tentei fazer Rocky brincar de lutinha, mas ele não estava interessado. Estava concentrado em Trent.

— Oi, pensei em passar e.... — disse Trent, remexendo um pouco os pés.

— Como você pode ver, ela está ocupada — disse Shane.

— Sim — respondeu Trent.

— Não, Trent. Pode entrar. A gente só está vendo TV — disse CJ.

— Nah, melhor eu ir nessa.

Depois que Trent saiu, fui até a janela e olhei para fora. Ele estava de pé perto do carro e ficou olhando para a casa por um minuto antes de abrir a porta e partir.

Rocky estava no banco da frente.

No dia seguinte, CJ não voltou para casa logo depois da escola, então fiquei mordendo gravetos no quintal e observei os pássaros voando de uma árvore a outra.

Latir para os pássaros raramente ajuda em alguma coisa, porque eles não entendem que precisam sentir medo dos cães e não estão nem aí. Eu já tinha comido pássaros mortos e eles não são nada gostosos. Provavelmente eu não comeria um pássaro vivo se pegasse um, mas eu não me importaria em tentar conferir se o pássaro vivo tinha um gosto melhor.

Eu me assustei quando Gloria abriu a porta dos fundos.

— Aqui, Molly. Quer um petisco? — perguntou ela.

Eu me aproximei com cautela, abanando o rabo e mantendo o traseiro abaixado, de um jeito submisso. Gloria normalmente não falava comigo, a menos que eu estivesse em encrenca por algum motivo.

— Bem... venha aqui.

Eu entrei na casa e ela fechou a porta.

— Você gosta de queijo? — perguntou.

Abanei o rabo e a acompanhei até a cozinha. Ela seguiu em direção à geladeira, então eu a observei com atenção, e fui recompensada com a onda de cheiros deliciosos que eram trazidos pelo ar frio.

Ela mexeu em uma embalagem.

— Está todo mofado, mas não faz mal para cachorros, certo? Quer um pedacinho?

Gloria levantou um pedaço grande de queijo com a ponta de um garfo. Eu cheirei, e então muito devagar, mastiguei, esperando que ela ficasse brava.

— Depressa — disse ela.

Eu puxei o queijo do garfo, derrubei-o no chão e comi com algumas mastigadas. Certo, então talvez ela não estivesse mais brava comigo!

— Aqui — disse Gloria.

Fazendo barulho, ela jogou um pedaço grande de queijo em minha tigela de comida.

— Seja útil. É ridículo gastarmos tanto com ração *premium* se você pode limpar nossos restos.

Nunca antes eu tinha comido mais do que um pedacinho de queijo, por isso, ter toda aquela quantidade de uma vez só era um luxo inesperado. Peguei o pedaço grande, sem saber bem como começar. Gloria saiu da cozinha, por isso me concentrei em comer o queijo pouco a pouco, por pedacinhos. Quando terminei, estava babando um pouco e tomei a maior parte da água.

Gloria entrou na cozinha um pouco depois.

— Terminou? — disse ela.

Foi até a porta dos fundos e a abriu.

— Certo, saia — disse ela.

Percebi o que ela estava dizendo e passei depressa pela porta em direção ao quintal dos fundos. Eu me senti melhor lá fora.

Não sabia quando CJ viria para casa, e senti saudade. Passei pela passagem de cães na porta do porão e me deitei no travesseiro, desejando que ela estivesse ali comigo.

Adormeci, mas quando acordei, estava me sentindo mal. Andei de um lado a outro, ofegante. Estava babando, com sede e minhas patas tremiam. Por fim, só consegui ficar parada, tremendo, fraca demais para me mexer.

Ouvi os passos de CJ. Ela abriu a porta no alto da escada.

— Molly? Vem! Suba aqui! — disse.

Eu sabia que tinha que fazer o que ela estava pedindo. Dei um passo, zonza, com a cabeça baixa.

— Molly? — disse CJ, descendo os degraus. — Molly? Você está bem? Molly!

Dessa vez, quando ela disse meu nome, foi um grito. Eu queria correr até ela para dizer que estava tudo bem, mas não conseguia. Quando ela se aproximou de mim e me pegou, parecia que minha cabeça estava enterrada embaixo das cobertas. Estava tudo abafado e silencioso.

— Mãe! Aconteceu alguma coisa com a Molly! — gritou CJ.

Ela me levou escada acima e passou comigo por Gloria, que estava sentada no sofá. Ela correu comigo para a rua.

Quando CJ me colocou no chão para abrir a porta do carro, eu vomitei muito na grama.

— Ai, meu Deus, o que é isso, o que você comeu? Ah, Molly!

Eu era uma cachorra que andava no banco da frente do carro, mas eu sequer conseguia levantar a cabeça em direção à janela quando CJ a abriu.

— Molly! Vamos ao Veterinário. Está bem? Molly? Você está bem? Molly, *por favor*!

Eu sentia o medo e a dor de CJ, mas não conseguia me mexer. Estava escurecendo dentro do carro, ficando cada vez mais escuro. Senti a língua sair da boca.

— Molly! — gritou CJ. — Molly!

Capítulo 10

QUANDO ABRI OS OLHOS, NÃO VI NADA ALÉM DE UMA LUZ TURVA, MINHA visão borrada e indistinta. Foi uma sensação muito familiar — isso, além de ter membros que não obedeciam aos comandos e uma cabeça pesada demais para manter erguida. Fechei meus olhos. Não parecia possível que eu pudesse ser um filhote de novo.

O que tinha acontecido comigo?

Eu estava com fome e por instinto, procurei minha mãe. Não conseguia sentir o cheiro dela, nem de qualquer outra coisa, na verdade. Resmunguei, sentindo que voltava a cair no sono, sem poder fazer nada para evitar.

— Molly?

Eu acordei num sobressalto. Minha visão ficou mais nítida e CJ apareceu na minha frente. Minha menina encostou a cabeça na minha.

— Ah, Molly, eu fiquei tão preocupada com você.

Ela acariciou meus pelos e beijou meu focinho. Abanei o rabo, cuja ponta bateu suavemente na mesa de metal. Eu me sentia fraca demais para erguer a cabeça, mas lambi a mão de CJ, aliviada por ainda estar viva para cuidar dela.

O Doutor Marty apareceu atrás dela.

— A última convulsão foi muito curta e há mais de quatro horas. Acho que o pior já passou.

— O que foi que ela teve? — perguntou CJ.

— Não sei — disse o veterinário. — Está claro que comeu alguma coisa que não deveria.

— Ah, Molly. Não faça mais isso, está bem?

Lambi o rosto dela quando ela me beijou de novo. Fiquei aliviada por não ser um filhote de novo, por eu ainda estar com minha menina.

CJ e Gloria ficaram irritadas uma com a outra na primeira noite depois que voltei do veterinário.

— Seiscentos dólares! — gritou Gloria.

— Foi o que custou. A Molly quase morreu! — gritou CJ de volta.

Quando elas discutiam, normalmente eu andava de um lado para o outro e bocejava ansiosamente, mas dessa vez eu estava simplesmente exausta. Fiquei ali, deitada, enquanto Gloria atravessava o corredor até seu quarto. Quando ela fechou a porta, o barulho foi muito alto e seus vários odores se espalharam pela casa.

Naquele verão, Trent não apareceu muito, mas CJ e eu dormíamos até o sol ficar bem alto no céu, depois tomávamos café da manhã juntas e, com frequência, deitávamos no quintal dos fundos. Era maravilhoso. CJ passava pelo corpo um óleo que tinha um cheiro ruim e um gosto pior, mas eu ainda a lambia de vez em quando por puro afeto. Eu adorava tirar cochilos com CJ.

Às vezes, ela passava quase o dia todo deitada ao ar livre, e só entrava para usar o banheiro e para subir na caixinha. Eu não entendia por que ela subia tanto naquela coisa. Nunca ficava feliz fazendo isso.

Eu sempre ia com ela para todo lado, por isso estava presente quando CJ abriu a porta dos fundos e viu Gloria deitada em uma toalha perto de onde estávamos tomando sol antes.

— Gloria! O que está fazendo com o meu biquíni?

— E que ele me serve muito bem. Melhor do que em você, até.

— Meu Deus, é claro que não! É nojento.

— Eu perdi cinco quilos. E quando perco peso, eu mantenho.

CJ fez um som alto de frustração. Com os punhos fechados, ela voltou para dentro da casa.

— Vamos, Molly — disse.

Parecia estar brava comigo, por isso andei em silêncio ao lado dela, com a cabeça baixa, me sentindo culpada. Ela foi direto para o quarto e então para o banheiro, onde se lavou com água. Fiquei deitada no tapete, ofegante por ouvir que ela estava chorando. Minha menina estava triste.

Naquele dia, ela não vomitou, mas em muitos outros dias, sim. Ela sempre ficava muito triste quando isso acontecia.

Um dia, CJ me levou para andar de carro e eu me sentei no banco da frente. Fomos à casa do Trent e eu brinquei com Rocky no quintal dos fundos. Não era tão grande quanto o de CJ, mas Rocky estava ali, o que era um atrativo.

— Muito obrigada por fazer isso — disse CJ.

— Ah, não tem problema algum. Rocky gosta de companhia. Ele sente saudades de mim enquanto estou trabalhando. Eu te contei que agora sou subgerente?

— É mesmo? Então agora você pode usar um chapéu de papel especial?

Rocky parou de brincar e trotou até Trent.

— Bem... não. Mas eu ainda estou no ensino médio e eles já confiam em mim a esse ponto e... Ah, deixa para lá — disse Trent, suspirando.

— Espera, não. Me desculpa. Foi só uma piada idiota. Estou orgulhosa de você.

— Até parece.

Rocky encostou o focinho em Trent.

— É sério, estou, sim. Mostra que você é bom em tudo que faz. É por isso que você é presidente de classe. Pode conseguir tudo que quiser.

— Nem tudo.

— Como assim?

— Nada.

— Trent?

— Fala mais sobre a sua viagem.

— Estou bem animada — disse CJ. — Nunca fiz um cruzeiro. Duas semanas!

— Tente não empurrar Gloria para fora do navio. Tenho certeza que isso é contra a lei, apesar de achar que não deveria ser.

— Ah, acho que a gente nem vai se esbarrar dentro do navio.

— Boa sorte com isso — disse Trent.

Não fiquei surpresa quando CJ me deixou ali. Com frequência ela me deixava para brincar com Rocky, e às vezes o Rocky ia à nossa casa para brincar comigo.

Mas depois de algumas noites, comecei a me preocupar, e encostava em Trent para ficar tranquila.

— Está com saudade da CJ, não é, Molly? — disse Trent.

Ele segurava minha cabeça com as duas mãos. Abanei o rabo ao ouvir o nome dela. *"Sim, quero voltar para casa, para CJ"*.

Rocky não gostava de ver toda a atenção que eu andava recebendo de Trent, e pulou em minhas costas. Eu me virei e mostrei os dentes. Ele se deitou de costas, expondo a garganta para mim, por isso não tive escolha, tive que subir nele e morder seu pescoço.

Certa noite, ouvi Trent dizer "CJ!" como se ela estivesse ali, mas quando entrei correndo em seu quarto (com Rocky pulando em cima de mim o tempo todo), ele estava sozinho.

— Molly, quer falar com CJ ao telefone? Aqui, Molly, o telefone.

Ele estendeu um brinquedo de plástico na minha direção. Certo, era um "telefone". Já tinha visto um antes, mas nunca tinha sido convidada para brincar.

— Diga oi — disse Trent.

Ouvi uma voz fina e esquisita. Olhei para o telefone, inclinando a cabeça.

Trent aproximou o telefone do rosto.

— Ela sabe que é você! — disse ele, parecendo feliz.

As pessoas costumam parecer felizes quando falam com o telefone, mas para mim, falar com um cachorro é muito melhor.

Achei que Trent estava se comportando de modo muito estranho. Eu estava agitada por ter sido enganada e levada a pensar que CJ estava no quarto dele. Fui até os pés da cama e me deitei de uma vez, suspirando. Depois de um momento, Rocky notou como eu estava e se deitou ao meu lado, com a cabeça em minha barriga. Eu me sentia triste, mesmo com ele ali. Sentia saudades da minha menina.

Mas de algum modo, eu sabia que a CJ voltaria. Ela sempre voltava para mim.

Um dia, Trent não foi trabalhar. Foi para o porão e ficou brincando, resmungando ao pegar coisas pesadas e colocá-las no chão. Depois, tomou um banho e passou muito tempo vestindo roupas diferentes em seu quarto. Rocky sentiu o nervosismo dele muito antes de mim e começou a ficar um pouco ofegante. Quando Trent foi para a sala de estar e começou a andar de um lado para o outro, parando de vez em quando para olhar pela janela, Rocky estava atrás dele. Fiquei entediada com aquilo e me esparramei no tapete da sala de estar.

Ouvi uma porta bater do lado de fora. O nervosismo de Trent aumentou. Rocky apoiou as patas na janela para olhar para fora. Eu me levantei, curiosa. A porta da frente se abriu.

— Oi, Rocky! Oi, Molly!

Era minha menina. Fiquei tão animada ao vê-la que choraminguei, dando voltas em seus pés, lambendo seu rosto quando ela se abaixou para me fazer carinho. Quando ela se levantou, eu tentei pular para beijar seu rosto, e ela pegou minha cabeça e me abraçou.

— Molly, minha misturada que não é poodle — disse ela.

Em todas as partes que CJ tocava, minha pele sob os pelos se contraía de prazer.

— Oi, CJ — disse Trent.

Ele foi até ela e parou. Ela riu, pulou nos braços dele e o abraçou.

Rocky estava tão animado que corria pela casa, pulando na mobília.

— Ei, desce daí — disse Trent.

Mas ele estava rindo tanto que Rocky não obedecia, disparado como um doido. Eu fiquei com CJ.

— Quer comer alguma coisa? Tenho biscoitos — ofereceu Trent.

Rocky e eu paramos na hora.

— Biscoitos?

— Meu Deus, não — disse CJ. — Estou gorda com uma porca. Tinha muita comida lá, foi incrível.

Trent fez com que Rocky e eu saíssemos para brincar de lutinha, mas eu senti saudade de CJ e, pouco tempo depois estava arranhando a porta. A mãe de Trent nos deixou entrar de novo. Trent e CJ estavam sentados lado a lado no sofá, e eu me enrolei aos pés dela. CJ estava com o telefone no colo.

— Esta era nossa cabine — disse CJ.

— Nossa! É enorme.

— Era perfeita. Havia uma sala de estar e cada uma tinha seu quarto e seu banheiro. Não sei se você notou, mas Gloria e eu nos damos melhor quando não nos vemos.

— Meu Deus, deve ter sido muito, muito caro.

— Acho que sim.

— Sua mãe ganha tanto dinheiro assim?

CJ olhou para ele.

— Não sei, acho que sim. Ela sempre sai à noite para se apresentar, então sei que os negócios devem estar muito bem.

Suspirei. À minha frente, Rocky estava com um novo brinquedo e agora me observava enquanto o mordia, esperando que eu tentasse pegá-lo.

— Quem é esse cara? — perguntou Trent.

— Ele, ah... Ninguém importante.

— Tem outra foto dele.

— Foi só um romance em alto mar. Sabe como é.

Trent ficou em silêncio. Rocky sentiu algo e atravessou a sala para apoiar a cabeça no colo dele. Eu aproveitei a oportunidade para pegar o brinquedo.

— O que foi? — perguntou CJ a Trent.

— Nada. Olha, está ficando meio tarde e eu tenho que trabalhar amanhã.

Fomos embora e depois disso começamos a ver Trent e Rocky com menos frequência, mas passamos a ver Shane muito mais, para quem eu não ligava muito. Ele nunca foi mau comigo, mas havia algo de estranho nele, algo em que eu não confiava. Com frequência, Gloria e CJ conversavam sobre Shane, e CJ dizia "ai, mãe" e saía da sala.

CJ estava triste e Gloria também. Eu não entendia porque parecia haver muitas coisas em relação as quais se alegrar, como bacon, ou os dias em que nós duas nos deitávamos no quintal, os dedos de CJ tocando meu pelo suavemente.

O que eu não gostava muito era de Banho. Nas outras vidas, Banho sempre significava ficar ao ar livre, receber jatos de água e ser esfregada com um sabonete liso que cheirava tão mal quanto os cabelos de Gloria e que ficava no meu pelo por muito tempo depois do enxague. Para CJ, Banho significava ficar dentro de casa, em uma caixa pequena com laterais muito lisas. Eu me sentia uma menina má enquanto ela despejava água quente em mim com um prato de cachorro que tinha um cabo reto. Ela me esfregava com sabonetes de cheiro ruim e eu ficava ali, triste enquanto ela agia, com os olhos fechados e a cabeça baixa. Os cheiros deliciosos que eu havia acumulado com o tempo — poeira, alimentos velhos e coisas mortas — desapareciam aos poucos com a água quente e fedorenta. Quando eu tentava escapar, minhas unhas arranhavam as paredes sem sucesso, incapazes de me fazer fugir, e então CJ me agarrava.

— Não, Molly — dizia ela em tom sério.

O Banho era a pior parte do castigo, porque eu nunca sabia o que tinha feito de errado. Mas quando terminava, CJ me enrolava em uma toalha e me puxava contra seu corpo, e essa era a melhor coisa. Ser abraçada daquele jeito fazia com que eu me sentisse segura, quentinha e amada.

— Ah, Mollyzinha, você é minha misturinha, minha misturinha — sussurrava CJ.

Depois, ela tirava a toalha e me esfregava o corpo todo até minha pele ficar bem sensível. Quando ela me soltava eu saía correndo pela casa, me chacoalhando toda para me livrar dos restos de água. Eu pulava em cima das cadeiras, do sofá e deslizava primeiro pelo carpete, um ombro de cada vez, me secando e massageando.

CJ ria sem parar, mas Gloria sempre gritava comigo quando estava presente nessas ocasiões.

— Para com isso!

Eu não sabia por que ela estava brava, mas imaginei que fosse porque ela sempre estava brava, mesmo quando o castigo do Banho acabava e todos podíamos comemorar como era bom correr e pular na mobília.

Quando a rotina diária de me trancar no porão se tornou mais frequente, percebi que CJ estava indo para a escola de novo. Eu conseguia ouvir Gloria andando no andar de cima antes de sair de casa. Então atravessava a passagem para cães e me deitava no lugar de sempre, sentindo saudade da CJ. Às vezes, quando eu dormia, tinha a sensação de que os dedos dela ainda me tocavam.

Ainda fazíamos construção de arte com frequência. Às vezes, outras pessoas participavam e faziam carinho em mim, e às vezes era apenas CJ sozinha comigo. Certa noite, quando estávamos só nós duas, ouvi uma batida na porta, um barulho esquisito que me fez rosnar e arrepiar os pelos do pescoço.

— Molly, está tudo bem — disse CJ.

Ela foi até a porta e eu a acompanhei. Senti o cheiro de Shane do outro lado, mas isso não me deixou mais tranquila.

— Oi, CJ, abre — disse Shane.

Havia outro homem com ele.

— Não posso deixar ninguém entrar — disse CJ.

— Vamos, linda.

CJ abriu a porta e os dois homens entraram. Shane agarrou CJ e a beijou.

— Oi, Molly — disse Shane. — CJ, este é o Kyle.

— Oi — disse Kyle.

— Você conseguiu a chave? — perguntou Shane.

CJ cruzou os braços à frente do peito.

— Eu te disse...

— Sim, mas Kyle e eu queremos passar nas provas de história. Vamos, você sabe que de qualquer modo a coisa toda é uma piada e que a gente nunca vai usar isso na vida. A gente faz uma cópia da prova e cai fora.

Eu não sabia o que estava acontecendo com CJ, mas dava para ver que ela não estava muito contente.

Ela entregou algo a Shane, que se virou e jogou o objeto para Kyle.

— Já volto — disse Kyle.

Ele se virou e foi embora. Shane sorriu para CJ.

— Você sabia que posso ser expulsa por isso? Já levei advertência — disse CJ.

— Relaxa, linda. Quem vai contar? A Molly? — respondeu Shane, fazendo um carinho um tanto grosseiro em minha cabeça.

Shane agarrou CJ.

— Não. Aqui, não.

— Vamos. Não tem ninguém no prédio todo.

— Para, Shane.

Ouvi a raiva em sua voz e rosnei um pouco. Shane estendeu as mãos, rindo.

— Está bem, meu Deus... Não deixe a cachorra me atacar. Só estava brincando. Vou ver como o Kyle está.

CJ voltou a mexer em seus papéis e em seus gravetos molhados. Depois de um tempo, Shane voltou e colocou algo na mesa ao lado dela, que fez um som metálico.

— Bem, estamos indo — disse ele.

CJ não respondeu.

Alguns dias depois, enquanto Gloria e CJ assistiam à televisão, e eu dormia, ouvimos uma batida na porta. Eu me levantei, abanando o rabo, pensando que seria Trent, mas eram dois homens de roupas escuras e com objetos de metal no cinto, então eu já sabia, por experiência, que eram policiais. CJ deixou que eles entrassem. Gloria ficou de pé. Eu abanei o rabo e cheirei os policiais de um jeito amigável.

— Você é Clarity Mahoney? — perguntou um deles a CJ.

— Sim.

— O que está acontecendo? — perguntou Gloria.

— Estamos aqui em virtude de uma invasão no departamento de arte do colégio.

— Invasão? — perguntou CJ.

— Laptop, algum dinheiro, um porta-retratos de prata — disse o policial.

Gloria se assustou.

— O quê? Não, não foi... — disse CJ.

Senti o medo tomar conta dela.

— O que você fez? — perguntou Gloria a CJ.

— Não fui eu. Foi o Shane.

— Precisamos que você venha conosco, Clarity.

— Ela não vai a lugar nenhum! — disse Gloria.

— CJ, me chamem de CJ.

Fiquei ao lado dela.

— Vamos — disse o policial.

— Nenhuma filha minha vai ser levada pela polícia! Eu vou levá-la — disse Gloria.

— Está tudo bem, Gloria — disse CJ.

— Não está tudo bem. Eles não podem entrar aqui como se fossem a Gestapo. Aqui é nossa casa.

Comecei a achar que os policiais estavam ficando irritados.

— Sim, bem, precisamos que sua filha vá à delegacia agora.

— Não! — gritou Gloria.

O policial levou a mão à cintura e pegou duas algemas de metal.

— Vire-se, CJ.

Todo mundo foi embora depois daquilo. CJ sequer fez carinho em mim, o que fez com que eu me sentisse mal. A casa ficou muito vazia e solitária sem elas.

Desci a escada até meu travesseiro no porão, tomada pela necessidade de me aconchegar num lugar seguro.

Acordei quando ouvi a porta da frente sendo aberta, mas não subi porque percebi que só Gloria tinha voltado. Ela fechou a porta no alto da escada.

Esperei a noite toda por minha menina, mas ela não voltou. Nem no dia seguinte. Eu tinha um osso para mastigar, mas tirando isso, estava com fome porque não jantei e não comi nada o dia todo. Conseguia beber água no quintal dos fundos, principalmente depois que choveu naquela manhã, mas eu estava triste, solitária e faminta.

Por fim, acabei expressando meus sentimentos, latindo com medo e por estar com a barriga vazia. Um cachorro solitário me respondeu de algum ponto distante; um cachorro que eu nunca tinha ouvido antes. Nós dois latimos um pouco, e então ele parou de repente. Fiquei me perguntando quem podia ser aquele cachorro, e se algum dia brincaríamos juntos. Fiquei tentando imaginar se ele tinha comido naquele dia.

Um dia dura muito, muito mais quando estamos com fome e preocupados com a pessoa de quem temos que tomar conta.

Mas, por fim, o céu escureceu, e eu passei pela entrada para cachorros e deitei enrolada embaixo da escada, com a barriga doendo e vazia. Estava começando a sentir medo, e meu medo me impedia de dormir muito.

Onde estava a CJ?

Capítulo 11

A MAIOR PARTE DO DIA SEGUINTE, PASSEI DEITADA À SOMBRA NO QUINtal, observando os pássaros saltitarem na grama molhada. Eu só esquecia da fome quando via Gloria de pé junto às portas de vidro, me observando no tempo em que eu passava deitada no quintal dos fundos. Sempre que Gloria olhava para mim, eu me sentia uma menina má. Nos outros momentos, sentia fome.

Independentemente de onde CJ estivesse, eu sabia que ela não ia querer que eu ficasse sem jantar. Várias vezes eu entrei na casa para conferir minha tigela de comida, mas estava sempre vazia e não havia nada mais para comer a menos que desse para levar em conta algumas meias que eu encontrei em um cesto. Não comi as meias, porque eu já tinha mastigado coisas parecidas e sabia que elas não ofereciam satisfação real. Lambi a tigela mesmo assim, imaginando sentir o gosto de algum alimento nela.

Cruelmente, eu às vezes conseguia sentir o cheiro de comida no ar, odores deliciosos que eu associava com pessoas cozinhando. Em algum lugar, havia alguém grelhando carne. Provavelmente longe dali, mas eu sabia que meu focinho me levaria até lá se eu saísse do quintal.

Havia dois portões no quintal. O que ficava perto da garagem era alto e de madeira, mas o outro, do outro lado, pelo qual

CJ quase nunca passava, era feito do mesmo aço da cerca e, na verdade, era até um pouco mais baixo. Se pegasse impulso, provavelmente conseguiria pulá-lo.

Eu não parava de pensar nisso. Pularia a cerca e seguiria meu olfato até encontrar a carne que estava sendo grelhada. Alguém me daria algo para comer.

Apesar de a ideia encher minha boca de água, só de pensar em deixar o quintal eu já me sentia uma cachorra má. CJ gostaria que eu ficasse aqui. Eu não poderia protegê-la se fugisse para procurar comida.

Choramingando, eu voltei a passar pela passagem de cães para conferir minha tigela de comida de novo. Nada, ainda. Resmungando, eu me encolhi, e o vazio em minha barriga era grande demais para me deixar dormir.

Eu estava no porão quando ouvi Trent chamar meu nome. Passei pela abertura da porta e ele estava no quintal, assoviando para me chamar. Fiquei tão feliz ao vê-lo que cheguei a trombar com ele, que riu e brincou de lutinha comigo. Eu sentia o cheiro de Rocky nele.

— Oi, Molly! Você está bem? Está com saudade da CJ, não é?

Ouvi a porta dos fundos ser aberta e Gloria apareceu.

— Veio aqui para levar o cachorro com você? — perguntou ela.

— Molly é fêmea — disse Trent, e sentei ao ouvir meu nome. — Você tem dado comida para ela?

— Se eu tenho dado comida para ela? — disse Gloria.

Senti uma leve onda de emoção — susto, talvez — tomar Trent.

— Você não tem dado comida para ela?

— Não fale comigo com esse tom de voz. Pensei que houvesse comida para ela em algum lugar. Ninguém me disse nada a esse respeito.

— Mas... não acredito que você deixaria um cachorro passar fome.

— E é por isso que você está aqui. Por causa do cachorro. Certo.

Uma emoção feia fluía de Gloria, algo como raiva.

— Bem... Sim, quer dizer...

— Você está aqui porque acha que dar comida para o cachorro vai te deixar bem na fita com Clarity. Eu sei que você tem tesão nela.

Trent respirou fundo e soltou o ar bem lentamente.

— Venha, Molly — disse ele, baixinho.

Segui Trent até o portão do quintal dos fundos, olhando para trás para ver Gloria quando ele parou para abri-lo. Ela estava de pé com as mãos na cintura e olhou bem dentro dos meus olhos. Fiquei assustada com o jeito com que ela olhava para mim.

Trent me levou para a casa de Rocky e me deu comida. Eu estava com muita fome e rosnei para Rocky quando ele tentou me fazer brincar antes que eu terminasse. Quando terminei, minha barriga estava bem cheia e eu estava tão sonolenta que só pensava em tirar um cochilo. Só que Rocky estava com uma corda na boca e corria pelo quintal como se eu nunca fosse conseguir pegá-lo, o que, lógico, não era verdade. Corri até ele e peguei a outra ponta da corda, e ficamos puxando um ao outro pelo quintal.

Trent estava observando. Quando ele ria, Rocky olhava para ele, e eu aproveitava o lapso de atenção para puxar a corda e fugir. Rocky vinha correndo atrás de mim.

Naquela noite, Rocky e eu ficamos juntos no chão do quarto de Trent, completamente exaustos. Por um momento, eu tinha me esquecido de CJ na batalha pela corda, mas agora, no quarto escuro, eu sentia saudade dela e estava triste. Rocky me cheirou, me cutucou com o focinho e lambeu minha boca, acabando com a cabeça em meu peito.

Trent saiu na manhã seguinte, e pelo jeito com que agia — cada vez mais apressado enquanto se vestia, pegando papéis —, concluí que estava indo para a escola. Rocky e eu brincamos de lutinha, brincamos mais com a corda e cavamos alguns buracos no quintal. Quando voltou para casa, Trent nos alimentou e nos deu bronca, brincando com a terra, preenchendo os buracos que tínhamos feito. Aparentemente, nós, ou pelo menos o Rocky, éramos meninos maus por termos feito algo que eu não sabia o que era. Rocky ficou com a cabeça baixa e as orelhas murchas por um tempo, mas depois Trent fez carinho nele e tudo ficou bem.

Estávamos brincando de lutinha e Trent estava dentro de casa quando o portão lateral fez barulho. Rocky e eu latimos e corremos até o portão com os pelos arrepiados, mas eu baixei as orelhas e fiquei toda feliz quando vi minha menina.

— Molly! — gritou CJ, animada. — Oi, Rocky!

Rocky não parava de colocar aquela corda idiota no meio do caminho enquanto CJ se ajoelhava para me abraçar e beijar minha cara. Então, Rocky levantou a cabeça e correu até Trent, que vinha pela porta dos fundos. Rocky fez festa para Trent como se ele tivesse passado tanto tempo fora quanto CJ, o que foi ridículo.

— Calma, Rocky. Oi, CJ.

CJ ficou de pé.

— Oi, Trent.

Trent continuou andando até CJ e a abraçou.

— Ah! — disse CJ, rindo um pouco.

E então eles pegaram nossas guias. Estávamos indo passear! As folhas caíam das árvores. Eu e Rocky estávamos morrendo de vontade de pular em cima delas conforme elas eram levadas pela brisa, mas fomos contidos pelas guias.

Eu estava muito feliz por CJ ter voltado e, percebi, também estava muito feliz por estar com Rocky e Trent. Não dependia de mim porque eu era só uma cachorra, mas na minha opinião, todos deveríamos viver aqui, na casa do Trent. Se a Gloria não fosse morar conosco, para mim não haveria problema algum.

Ouvi um clique e o brilho da chama e, então, a boca de CJ estava cheia da fumaça daquele gravetinho.

— Eles não deixam a gente fumar lá. Meu Deus — disse ela.

— Os minutos passavam tão devagar que praticamente dava para ouvi-los.

— Como foi? Péssimo?

— A reabilitação? Não muito. Mas foi, não sei... esquisito. Mas perdi uns dois quilos, então isso é algo bom — disse CJ, rindo. — Os garotos ficam do outro lado e nunca os vemos, mas dá para ouvir tudo. Há bem mais meninos do que meninas. A maioria das garotas estavam lá em apuros por terem feito algo por causa do namorado, acredite se quiser.

— Como é o seu caso — disse Trent baixinho.

Nosso passeio estava tão bom! Quando Rocky passava por árvores e arbustos, tinha que parar e marcá-las. Geralmente eu marcava o mesmo lugar porque, de algum modo, aquela compulsão era familiar, apesar de não ser tão importante agora.

— Eu não sabia que o Shane roubaria coisas.

— Você sabia que ele ia roubar a prova.

— Ele ia fazer uma cópia da prova, não roubá-la. E é de história da arte, não é matemática, ou coisa assim. Meu Deus, até você?

Trent ficou em silêncio por um momento.

— Não, eu não. Desculpa.

Rocky pulou em uma folha que voava, a pegou e tentou me provocar com ela, mas quando estava em sua boca, era só uma folha.

— Então, por ter sido levada à reabilitação, agora estou em suspensão acadêmica. Uhul. Você tem que ver o tamanho da minha papelada. Aposto que nem espiões internacionais têm um arquivo tão denso quanto o meu.

— Suspensa por quanto tempo?

— Tipo... só um semestre.

— Mas isso quer dizer que você não vai se formar com o resto da turma.

— Tudo bem. As roupas são feias, mesmo. E aqueles chapéus? Por favor. Não, vou me formar no meio do ano, sem pompa. Tudo isso valeu a pena só pelo quão chateada Gloria está por saber que não vai se sentar com todos os pais e chamar atenção para si quando eles disserem meu nome.

— É isso? Suspensão e pronto?

— Tem o serviço comunitário também. Escolhi a coisa mais legal. Treinamento de cães, cães de resgate.

Olhei para ela quando disse a palavra "cão". Ela levou a mão à minha cabeça e fez carinhos, e eu lambi seus dedos.

— Boa menina, Molly — disse ela.

No parque, eles soltaram nossas coleiras das guias e Rocky e eu partimos, felizes e gloriosos ao ar frio, livres para correr pelo parque, brincando de lutinha e correndo como fazíamos no quintal. Sentimos o cheiro de outros cães, mas nenhum se aproximou.

Correndo ao lado do meu irmão, eu me senti cheia de energia e alegria, como quando terminava o castigo Banho e eu podia saltar na mobília. Às vezes, Rocky parava e se virava para ver se Trent ainda estava ali. Ele era um bom cachorro. Eu sabia que CJ ainda estava ali porque um cheiro ácido de fumaça exalava dela mesmo quando não estava ativamente colocando fogo na boca.

Muitas pessoas exalavam o mesmo cheiro de fumaça e eu nunca prestei muita atenção a isso, mas adoro o modo com que ele se misturava com o cheiro único de CJ, porque era a CJ. Mesmo assim, às vezes eu ainda queria que ela tivesse o mesmo cheiro que tinha quando era bebê, quando eu cheirava sua cabeça, absorvendo-a. Eu adorava aquele cheiro.

Rocky e eu encontramos um corpo de esquilo em decomposição no canto do quintal — eu também adorava aquele cheiro! Mas antes de podermos deitar e rolar nele, Trent nos chamou e voltamos correndo. Eles voltaram a colocar a guia em nós. Era hora de passear de novo!

Na casa de Rocky, Trent e CJ ficaram ao lado do carro da CJ. Eu esperei perto da porta, um pouco ansiosa pensando que CJ pudesse ter se esquecido de que eu era uma cachorra que andava no banco da frente.

— Boa sorte com a sua mãe — disse Trent.

— Ela não se importa. Ela nem estava em casa quando o táxi me deixou.

— Táxi? Eu teria buscado você.

— Nah, você teria que ter faltado aula e eu não quero corromper ninguém com minha influência criminosa — disse CJ.

Fomos de carro para casa, e eu fui no banco da frente. Quando chegamos, havia um homem sentado no sofá com Gloria. Eu me aproximei para cheirá-lo, abanando o rabo, e ele fez carinho na minha cabeça. Gloria ficou tensa e ergueu as mãos. Não cheirei Gloria. CJ permaneceu de pé na porta, por isso, depois de cumprimentar o homem, voltei para ficar com ela.

— Clarity, este é o Rick. Ele tem sido muito útil durante esses tempos difíceis que você tem me feito viver — disse Gloria.

— Tenho uma filha adolescente — disse Rick.

Ele estendeu a mão e CJ a tocou.

— Pode me chamar de CJ. Gloria me chama de Clarity porque é a única coisa sobre a qual ela tem controle.

— Gloria?

O homem se virou para olhar para Gloria, e eu também olhei, apesar de, na verdade, sempre evitar os olhos dela.

— Ela te chama pela primeiro nome?

— Eu sei — disse Gloria, balançando a cabeça, insatisfeita.

— Olha, esse é o primeiro problema aqui — disse o homem.

Ele me pareceu bem simpático. Suas mãos tinham cheiro de gordura e carne, e também de Gloria.

— Ela me pediu para chamá-la de Gloria e não de mãe porque não queria que homens desconhecidos no mercado soubessem que ela tinha uma filha da minha idade — explicou CJ. — Ela se preocupa muito com o que homens desconhecidos pensam a respeito dela, como você já deve ter notado.

Todo mundo ficou em silêncio por um minuto. Eu bocejei e cocei atrás da orelha.

— Certo, bem, prazer em conhecê-la, CJ. Mas estou de saída. Sua mãe tem alguns assuntos a tratar com você.

— É muito especial que você esteja aqui para me dizer isso — disse CJ.

Fomos ao quarto de CJ. Eu me ajeitei em meu canto de sempre. Era ótimo estar em casa de novo com minha menina. Eu estava cansada por ter brincado com Rocky e mal podia esperar até que CJ subisse na cama para eu poder me deitar com ela e sentir sua mão nos pelos do meu pescoço.

A porta se abriu e Gloria entrou.

— Pode bater antes de entrar, pelo menos?

— Eles batiam antes de entrar na cela da prisão? — respondeu Gloria.

— Sim, e tinham que pedir permissão para entrar, imagine você.

— Sei que não é verdade.

Eu me levantei e me chacoalhei, bocejando com ansiedade. Não gostava quando Gloria e CJ conversavam porque as emoções eram fortes demais, sombrias e confusas.

— E então, quem é o cara? — perguntou CJ. — Ele age como se estivesse fazendo teste para ser meu padrasto.

— Ele é um empresário de sucesso. Sabe bastante a respeito de gestão de pessoas.

— Eu sabia que ele era bem-sucedido, caso contrário, você não estaria dando uns amassos com ele no sofá quando cheguei.

— Ele tem me dado muitos conselhos sobre como lidar com crianças fora de controle. Estou preocupada com você, Clarity June.

— Eu vi sua preocupação quando oito horas depois de ser solta eu cheguei em casa e dei de cara com você bebendo vinho na sala de estar.

CJ se sentou na cama e eu pulei para ficar ao lado dela. Mal conseguia sentir o cheiro dela, com os odores de Gloria tomando o quarto.

Quando olhei para ela, Gloria estava olhando para mim, por isso desviei o olhar. Ela suspirou fazendo barulho.

— Então, tudo bem — disse ela. — A primeira coisa é, você está de castigo pelo resto do ano. Isso quer dizer nada de encontros, nada de trazer garotos aqui, nada de telefone. Não pode sair de casa por motivo algum.

— Então, quando a justiça ligar para saber por que não estou cumprindo o serviço comunitário, vou dizer que Gloria me deixou de castigo. Eles vão aceitar. Tem um cara no corredor da morte que eles não podem executar porque ele ainda está com problemas com a mãe.

Gloria ficou parada por um momento, franzindo a testa.

— Bem, é claro — disse Gloria por fim. — O serviço você pode fazer.

— E as compras de Natal? Você não vai deixar que o castigo me prive disso, vai?

— Não, eu teria que abrir uma exceção para isso, claro.

— E, obviamente, o Dia de Ação de Graças na casa de Trent.

— Não, obviamente não.

— Mas você disse que ia à casa de alguém... Na de Rick, acho. Você quer que eu passe o Dia de Ação de Graças sozinha?

CJ acariciou minha orelha distraidamente e eu me inclinei em direção à mão dela. Queria que Gloria fosse embora.

— Bem, acho que você pode ir à casa do Rick comigo, mas os filhos dele estarão com a mãe deles — disse Gloria lentamente.

— Não acredito. Está falando sério?

— Tudo bem, então. Você pode ir para a casa do Trent, já dei permissão.

— E a Jana? Você me disse que queria que eu andasse com a Jana porque o pai dela faz parte da diretoria do country clube.

— Não foi nada disso. Eu disse que Jana era o tipo de pessoa com quem eu queria que você passasse mais tempo. E sim, Jana poderia vir aqui.

— E se ela quiser me levar ao clube para almoçar?

— Acho que podemos lidar com essas coisas conforme elas forem aparecendo. É muito difícil decidir tudo agora. Se você receber um convite especial, conversaremos. Estou disposta a abrir exceções quando elas forem adequadas.

— Dá para ver que o Rick tem te ajudado muito com a questão da maternidade.

— Foi o que eu disse. E tem mais uma coisa.

— Mais castigos além de ficar de castigo com exceções. Qual é, mãe. Eu acabei de voltar da reabilitação para menores, não basta?

CJ havia parado de me acariciar. Eu encostei meu focinho nela para que ela se lembrasse de que havia uma cachorra aqui que merecia mais cafunés.

— Acho que você não entende como foi humilhante ver você saindo daqui algemada — disse Gloria. — O Rick disse que é de se admirar que eu não tenha tido pós.... Pós alguma coisa.

— Depressão pós-parto? Meio tarde para isso.

— Não é isso. Não tinha essas palavras.

— Sinto muito que esse problema todo tenha sido um baita pesadelo para você, Gloria. Eu não parava de pensar nisso. Estava no banco de trás da viatura da polícia e você de pé no quintal, e eu pensava que tudo era muito pior para você do que para mim.

Gloria ficou tensa e se virou, olhando para mim. Eu desviei os olhos depressa.

— Rick diz que é a sua falta de respeito por mim que está causando tudo isso. E tudo começou quando você trouxe esse cachorro para casa.

Fiquei preocupada por ouvir a palavra "cachorro" sendo dita por Gloria.

— Acho que começou quando você percebeu que era minha mãe.

— Você vai ter que se livrar dele — continuou Gloria.

— O quê?

Olhei com ansiedade para CJ, percebendo que ela estava chocada.

— Rick diz que seu blefe não vai funcionar. Ninguém vai acreditar se você disser que ficou aqui sozinha quando eu saía de vez em quando, não se eu disser que tinha uma babá, babá essa que, vale lembrar, eu sempre oferecia e você dizia não. E eu te levei para um cruzeiro, o que prova bem que às vezes você viaja comigo. Você sabe quanto aquele cruzeiro me custou. Você precisa saber que quem controla essa casa sou eu.

— Não vou me livrar da Molly.

Eu inclinei a cabeça ao ouvir meu nome.

— Vai, sim.

— Não. Nunca.

— Ou você se livra do cachorro, ou tiro seu carro. E seus cartões de crédito. O Rick disse que é ridículo você ter um cartão na minha conta.

— Então terei uma conta minha?

— Não, você vai ter que fazer por merecer! Quando Rick tinha a sua idade, ele precisava acordar cedo para fazer alguma coisa com galinhas todos os dias, não lembro o quê.

— Certo, vou criar galinhas.

— Cala a boca! — gritou Gloria. — Já estou cansada das suas gracinhas. Nunca mais fale comigo desse jeito, ok? Nunca mais! Você precisa aprender que esta casa é minha e que vivemos de acordo com minhas regras.

Gloria estendeu um dedo na minha direção e eu me encolhi.

— Não vou continuar com esse cachorro na minha casa. Não quero saber para onde você vai levá-lo e não me importa o que acontecer com ele, mas se você não se livrar dele, vou transformar a vida de vocês dois num inferno.

CJ se sentou na cama, respirando com dificuldade. Estava estressada. Eu andei bem devagarzinho na cama, encostando o focinho em sua mão e fazendo tudo o que podia para não ser vista por Gloria.

— Sabe de uma coisa? Beleza — disse CJ. — A partir de amanhã você nunca mais vai ver a Molly.

Capítulo 12

Na manhã seguinte, fizemos um passeio de carro e fomos visitar um cachorro chamado Zeke e uma gata chamada Annabelle. Zeke era um cachorro pequeno que adorava correr pelo quintal dos fundos a toda velocidade enquanto eu o perseguia. Quando eu me cansava de correr atrás dele, ele se abaixava e esperava eu decidir correr de novo. Annabelle era toda preta e, depois de me cheirar, me ignorou daquele jeito com que os gatos fazem de vez em quando, caminhando languidamente para longe. Também havia na casa uma menina chamada Trish e seus pais. Trish e CJ eram amigas.

Ficamos por apenas dois dias e então fomos para outra casa sem cães nem gatos, e então para outra casa com dois gatos, mas sem cães, e então para outra onde havia um cachorro velho, um cachorro jovem e nenhum gato. Além disso, em todas as casas havia pelo menos uma menina da idade de CJ e mais outras pessoas. Na maior parte do tempo, as pessoas eram muito bacanas comigo. Às vezes, CJ tinha um quarto só para ela, mas normalmente, dormia no mesmo quarto que uma de suas amigas.

Foi incrível conhecer todos aqueles cachorros diferentes! Quase todos eram amigáveis e queriam brincar de lutinha, exceto quando eram muito velhos. Eu também me interessava, na maior parte do tempo, pelos gatos. Alguns são tímidos e outros são ousados, alguns são malvados e outros gentis, alguns se esfregam e ronronam e outros me ignoram totalmente, mas todos têm hálitos deliciosos.

Eu adorava a nossa nova vida, apesar de sentir saudade de Trent e de Rocky de vez em quando.

Em uma das casas, havia um garoto que me lembrava Ethan. Ele tinha cabelos escuros como os dele e as mãos tinham o cheiro dos dois ratos que ele mantinha em uma jaula em seu quarto. Ele era do mesmo tamanho que Ethan tinha no dia em que conheci meu menino, tanto tempo antes, e ele me amou instantaneamente e brincamos de pegar o graveto e de jogar bola no quintal da frente. O menino se chamava Del. Ele não tinha cachorro. Ratos não são bons substitutos de cachorros, mesmo quando a pessoa tem dois. Em determinado momento, percebi, surpresa, que tinha passado o dia todo brincando com Del e que não via CJ desde a hora do café da manhã. Eu me senti uma cachorra má. Enquanto ia até a porta e me sentava, à espera de que alguém a abrisse e eu pudesse ir lá dentro ver minha menina, me peguei pensando em Ethan. Eu amava CJ com a mesma intensidade e da mesma forma com que amava Ethan. Será que eu tinha me enganado a respeito de meu propósito ser amar Ethan? Ou será que agora eu tinha um novo propósito, amar e proteger CJ? Eram propósitos separados e distintos ou estava tudo unido em um propósito ainda maior?

Eu não teria pensado em tudo isso se não tivesse passado o dia brincando com Del. A semelhança entre ele e Ethan fazia com que eu sentisse muita saudade do meu menino.

A irmã do Del se chamava Emily. Ela e CJ gostavam de conversar aos sussurros, mas sempre me faziam carinho quando eu me aproximava para ver se podiam estar falando a respeito de quais petiscos me dar.

Na hora do jantar, eu gostava de me sentar embaixo da mesa. Uma chuva constante de pedacinhos deliciosos caía de onde Del estava e eu os comia em silêncio esperando mais. Às vezes, CJ abaixava a mão para tocar minha cabeça e eu aproveitava a comida e o amor. Del e Emily tinham mãe e pai, mas eles nunca deixavam comida.

Quando a campainha tocou, Del se levantou e correu para atender, e eu fiquei com CJ. Del voltou dando saltinhos um minuto depois.

— Tem um garoto aqui querendo ver A CJ — disse ele.

A porta da frente estava aberta e eu senti o cheiro: Shane. Não fiquei feliz. O único momento em que minha menina me tirava de sua vida era quando Shane estava por perto. Eu não entendia por que não podia ficar com ela, como quando Trent a visitava.

Quando CJ se levantou da mesa, eu naturalmente a acompanhei, mas como era de se esperar, ela fechou a porta na minha cara, por isso voltei para meu lugar embaixo das pernas de Del. Del me recompensou com um pedacinho de frango.

— Emily, quanto tempo ela está pensando em ficar? — perguntou a mãe de Emily.

— Não sei. Meu Deus, mãe, ela foi expulsa da própria casa.

— Não estou tentando dizer que Gloria Mahoney é uma boa mãe — disse a mãe de Emily.

— Mahoney? É aquela que veio à festa de Halloween vestida de stripper? — perguntou o pai.

— Stripper? — perguntou Del, animado.

— Dançarina de Las Vegas — corrigiu a mãe de Emily com seriedade. — Não sabia que ela tinha sido tão bem-sucedida em chamar sua atenção.

O pai pigarreou, meio sem jeito.

— Ela está sempre deixando todo mundo constrangido — disse Emily. — Uma vez, levou um namorado para casa e os dois se sentaram para assistir TV junto comigo e CJ. Aí bem na nossa frente...

— Já chega! — disse a mãe de Emily, com a voz mais alta.

Todos ficaram em silêncio. Lambi a calça de Del para ele perceber que eu ainda estava ali.

— O que estou tentando dizer — disse a mãe de Emily com a voz mais baixa — é que sei que a situação de CJ em casa é difícil, mas...

— Ela não pode morar aqui — disse o pai.

— Ela não está morando. É só temporário! Meu Deus, pai!

— Eu gosto dela — disse Del.

— Isso não tem a ver com gostar dela, filho, tem a ver com o que é certo — disse o pai.

— Eu também gosto dela — disse a mãe. — Mas ela é uma garota que faz escolhas ruins. Ela já foi suspensa da escola, já foi presa....

— Ela foi para a reabilitação de menores e não foi culpa dela — disse Emily. — Não suporto isso.

— Sim, e o garoto que foi o responsável por isso está bem na nossa varanda — respondeu a mãe.

— Como é? — disse o pai.

Olhei para cima, para as pernas dele, que tinham se remexido um pouco embaixo da mesa.

— Além disso... eu a ouvi no banheiro ontem à noite. Estava vomitando — disse a mãe.

— E daí? — perguntou Emily.

— Esse garoto não vai entrar aqui — disse o pai.

Del jogou um pedaço de brócolis para mim, que eu não queria, mas comi só para que os petiscos continuassem vindo.

— Ela estava *provocando* o vômito— disse a mãe.

— Ah, mãe — disse Emily.

— Como se faz isso? — perguntou Del.

— Ela enfia os dedos na garganta. Nunca tente fazer isso — alertou a mãe.

— Não entendo qual é o problema — disse Emily.

A porta da frente bateu.

— Del, nem uma palavra sobre o que falamos aqui — disse o pai.

CJ entrou na sala de jantar e estava chateada.

— Me desculpem — disse ela.

Eu saí debaixo da mesa e corri para o lado dela. Ela secou as lágrimas do rosto.

— Peço que me deem licença — disse em voz baixa.

Eu fui com ela até o quarto que ela estava dividindo com Emily. CJ se jogou na cama e eu a acompanhei. Ela me abraçou e eu senti parte de sua tristeza desaparecer. Ajudar CJ a se sentir menos triste era um dos meus trabalhos mais importantes.

Só queria ser melhor nisso. Às vezes, os sentimentos ruins estavam tão enraizados em CJ que pareciam que ficariam ali para sempre.

Mais tarde naquela mesma noite, Emily e CJ se sentaram no chão do quarto e comeram pizza e sorvete. Ganhei alguns pedacinhos.

— Shane disse que se eu não ficar com ele não vou ficar com mais ninguém — disse CJ. — Como se fôssemos os protagonistas de um programa adolescente ou coisa assim.

Vi Emily arregalar os olhos. (Eu estava observando a Emily principalmente porque ela não comia a massa da pizza, e CJ, sim).

— Mas vocês terminaram!

— Eu sei, eu já disse isso a ele. Mas ele disse que me amou de um jeito especial que ninguém mais vai amar, e que esperaria para sempre por mais que demorasse. Esse é o nível de inteligência do garoto. Eu disse que para sempre é realmente para sempre e que isso deveria estar bem claro para ele.

— Como ele encontrou você?

— Ele ligou para todo mundo perguntando onde eu estava — disse CJ. — Meu Deus! Ele não é capaz de abrir um livro, mas encontra os números de telefone para me rastrear. Provavelmente ele vai trabalhar com telemarketing algum dia, vendendo seguro de vida. Se bem que isso seria um trabalho muito árduo. Enfim.

CJ pegou o que vi ser o último pedaço de pizza.

— Quer este?

— Meu Deus, não, eu já estava cheia três pedaços atrás.

— Não comi muito no jantar.

— Não é para menos.

Emily jogou um pedaço de massa para mim. Eu a peguei no ar e comi de uma vez, pronta para repetir o truque.

— Quer um pouco de sorvete? — perguntou CJ.

Ouvi a entonação de pergunta em sua voz quando ela pegou o pote e imaginei se talvez ela estaria pensando em me dar um pouco. Isso me fez salivar e lambi a boca.

— Não, tira isso da minha frente.

— Provavelmente vou engordar uns cinco quilos — disse CJ.

— O quê? Queria ter pernas como as suas, as minhas são enormes.

— Não, você está ótima. Eu tenho uma bunda gigante.

— Vou fazer uma dieta depois do Réveillon.

— Eu também.

— Ah, para, você está ótima — disse Emily.

Eu estava olhando para ela, torcendo para que ela jogasse outro pedaço de massa.

— Vou fazer serviço comunitário amanhã — disse CJ. — Treinar cachorros para resgate.

— Parece divertido.

— Não é? A lista era mais ou menos assim: recolher lixo na estrada, recolher lixo no parque ou recolher lixo na biblioteca. E então, lá no fim da lista, trabalhar para esse centro de treinamento de cães. Fiquei pensando... Qual dessas atividades ficaria melhor no meu currículo? Sei lá, vai saber? Vai que eu resolvo cursar administração de resíduos? Uma experiência dessas com lixo poderia ajudar na carreira.

Emily riu.

— Meu Deus, não acredito que comi tanto — disse CJ, recostando-se com um gemido.

Na manhã seguinte, CJ acordou antes de todo mundo, tomou banho e me levou para passear de carro (banco da frente!). Chegamos em um prédio grande e eu senti o cheiro de cachorros assim que minha pata tocou o estacionamento. Também os ouvi, vários cachorros latindo.

Uma mulher nos recebeu.

— Oi, sou a Andi — disse ela.

A mulher ficou de joelhos e estendeu as mãos para mim, com os cabelos compridos e pretos caindo na minha cara.

— Quem é você? — perguntou ela.

— Esta é a Molly. Eu sou a CJ — disse CJ.

— Molly! Já tive uma Molly, certa vez. Era uma boa cachorra.

O afeto que Andi emanava era inebriante. Eu a lambi e ela me beijou de volta. A maioria das pessoas não gosta de beijar a boca de um cachorro.

— Molly, Molly, Molly — disse ela. — Você é tão linda, é, sim. Que cachorra ótima.

Gostei da Andi.

— O que ela é? Mistura de spaniel e poodle? — perguntou Andi, ainda me beijando e me acariciando.

— Talvez. A mãe era poodle, mas o pai, ninguém sabe. Você é uma misturinha, Molly?

Abanei o rabo ao ouvir meu nome. Andi finalmente se levantou, mas manteve a mão ao meu alcance, e eu a lambi.

— É um presente de Deus você estar aqui, preciso muito de ajuda — disse Andi ao entrar no prédio.

Havia um grande espaço aberto com canis dos dois lados e muitos cães ali. Todos latiram para mim e uns para os outros, mas eu os ignorei porque eu era uma cachorra de status especial, que podia sair livre enquanto o restante deles ficava em jaulas.

— Não sei nada sobre treinamento de cães, mas estou disposta a aprender — disse CJ.

Andi riu.

— Bem, ok, mas o que você realmente vai fazer é me deixar com tempo livre para fazer o treinamento. Os cães precisam beber água e comer, os canis precisam ser limpos e eles precisam passear lá fora.

CJ parou.

— Então, espere, o que é este lugar?

— Teoricamente, nossa principal função é ser um centro de resgate de cães, mas, por concessão, estou podendo usar o local para fazer pesquisas sobre o diagnóstico de câncer. Os cães têm o olfato cem mil vezes mais poderoso do que o nosso, e alguns estudos mostram que eles conseguem detectar câncer no hálito das pessoas antes de qualquer outro método de diagnóstico. E uma vez que a detecção rápida é o modo mais fácil de obter a cura, isso pode ser muito importante. Por isso, vou pegar as metodologias dos estudos e tentar colocá-las em prática.

— Você está treinando cães para detectarem câncer pelo olfato.

— Exatamente. Não sou a única pessoa fazendo isso, é claro, mas a maioria dos treinadores estão trabalhando com cães em laboratório. Fazem o cão cheirar um tubo de ensaio. Minha abordagem é mais um trabalho de campo. Do tipo, e se desse certo fazer os testes em uma feira de saúde ou em um centro comunitário?

— Então você está treinando os cães para irem de pessoa a pessoa para detectarem câncer.

— Isso! Mas meu funcionário de meio período conseguiu um trabalho em período integral e minha funcionária de período integral está de licença maternidade. Tenho alguns voluntários, é claro, mas eles estão bem mais interessados em passear com os cães do que limpar os canis. E é aí que você entra.

— Por que tenho a sensação de que você está tentando me dizer que meu trabalho é recolher cocô de cachorro? — perguntou CJ.

Andi riu.

— Estou tentando não te dizer isso, mas sim, é isso. Minha tia é assistente do juiz, e foi assim que tive permissão de oferecer serviço comunitário. A princípio, divulguei uma descrição muito detalhada da posição e ninguém me escolheu, veja só. Depois, mudei dizendo que era apenas para trabalhar com cães. Mas, até onde sei, você precisa cumprir serviço comunitário como punição por algum crime, certo? Não é para ser superdivertido. E então, o que você fez?

CJ deixou que alguns instantes se passassem sem nenhum outro som além dos latidos dos cães.

— Deixei um cara me convencer a fazer algo idiota.

— Você está me dizendo que podemos ser presas por isso? Nossa, estou em apuros, então. — disse Andi.

As duas riram e eu abanei o rabo.

— Certo, está pronta para começar?

Foi um dia esquisito. CJ me colocou no canil de fora para brincar com um cachorro, e se ausentou por vários minutos. Depois, saiu e passeou comigo e com o outro cachorro, de coleira, e demos uma volta no quarteirão. Os sapatos dela foram ficando cada vez mais molhados ao longo do dia, assim como sua calça, e os dois cheiravam a urina de cachorro. Foi muito divertido!

No fim do dia, CJ estava esfregando as costas e suspirando. Ficamos observando Andi brincar com um cachorro grande e marrom. Havia vários baldes de metal e Andi levava o cachorro para cheirar dentro de cada um deles. Em um deles, Andi disse:

— Sentiu esse cheiro? Agora deite!

O cachorro obedeceu e Andi deu um petisco a ele. Andi se aproximou de nós quando viu que estava sendo observada, com o cachorro ao seu lado.

Eu me aproximei do cachorro e nós cheiramos o traseiro um do outro.

— Este é Luke. Luke, você gosta de Molly?

Nós dois olhamos para cima quando disseram nossos nomes. Percebi que Luke era um cachorro sério. Ele estava concentrado na brincadeira que estava fazendo com Andi. Ele não era como o Rocky, que só se interessava por diversão e se preocupava em amar Trent.

— São seis horas no total com intervalo para o almoço, certo? — perguntou Andi.

— Sim, seis horas de alegria. Faltam 194.

Andi riu.

— Vou assinar o relatório no fim da semana. Obrigada, você fez um ótimo trabalho.

— Talvez eu tenha futuro na área de fezes caninas — disse CJ.

Fomos embora de carro, comigo no banco da frente! Voltamos para a casa de Emily.

Quando paramos na garagem, Gloria estava lá conversando com a mãe de Emily. CJ ficou tensa ao ver a mãe. Gloria levou a mão ao pescoço.

— Ah, que ótimo — murmurou CJ. — Que ótimo.

Capítulo 13

— Vou deixar vocês duas conversarem — disse a mãe de Emily quando nos aproximamos.

Ela entrou na casa. Fiquei ao lado de CJ, que só ficou ali parada. O forte arsenal de odores de Gloria tomou conta de mim, superando todo o resto.

— Bem — disse Gloria —, você não tem nada para me dizer?

Gloria estava, como sempre, muito insatisfeita.

— Estou vendo que você comprou um Cadillac novo — disse CJ. — Belo carro.

— Não é isso. Eu estava morrendo de preocupação com você. Nem uma vez você me ligou para dizer onde estava. Eu mal consegui dormir.

— O que você quer, Gloria?

Alguém apareceu na janela grande da frente. Era Del, que tinha afastado as cortinas e olhava para fora. Enquanto eu observava, a mão da mãe dele apareceu para tirá-lo dali.

— Tenho uma coisa para dizer a você, e só, sem discussão — disse Gloria.

— Me parece um debate justo — disse CJ.

— Eu, com muito custo, estou consultando uma advogada especialista em direito da família. Ela disse que posso entrar com uma ação na justiça para forçar você a voltar para casa. Ela também disse que não tenho que ser feita prisioneira em minha própria casa por um cachorro. Então, exigirei isso também. Você não tem escolha e o juiz pode até determinar seus horários para chegar em casa. Então é isso. Vai ser muito caro entrar na justiça e você perderia, então vim aqui dizer isso a você. Não faz sentido gastar o dinheiro com advogados sendo que poderíamos usá-lo para fazer uma bela viagem ou algo assim.

Parecia que nada de interessante aconteceria por um tempo, por isso me deitei bocejando.

— E então? — perguntou Gloria.

— Pensei que eu não pudesse falar.

— Você pode falar a respeito do que acabei de dizer, só não vou ficar aqui discutindo com você. Você é menor de idade e a lei está do meu lado.

— Está bem — disse CJ.

Gloria fungou.

— O que está bem?

— Está bem, vamos fazer o que você disse.

— Certo. Melhor assim. Você tem sido muito desrespeitosa e não tenho ideia do que pensam essas pessoas com quem você está morando. Eu sou sua mãe e a constituição me garante direitos.

— Não, eu quero dizer que vamos fazer o que você disse e entrar na justiça.

— Como é que é?

— Eu acho que você está certa — disse CJ. — Vamos deixar um juiz decidir. Vou contratar um advogado. Você disse que há meios de retirar dinheiro do fundo fiduciário de meu pai para o meu bem-estar. Então, vou contratar um advogado, e entraremos na justiça. Você vai lutar pela minha guarda e eu vou lutar para que você seja considerada inadequada como mãe.

— Ah, entendo. Agora sou a mãe horrorosa. Você foi presa, foi suspensa da escola, mente e desobedece, e eu, que dediquei minha vida toda a você, sou a pessoa ruim da história.

As duas estavam bravas, mas Gloria estava gritando. Eu me sentei e, com ansiedade, apoiei uma pata na perna de CJ porque queria ir embora. Ela fez carinho em mim, mas não olhou na minha direção.

— Espero que um dia você tenha uma filha tão horrível quanto você — disse Gloria.

— Trent me disse que você sequer deu comida para a Molly.

— Você está mudando de assunto.

— Verdade, estávamos falando que sou uma filha ruim. Então, o que você acha? Devo chamar um advogado? Ou você reconhece que Molly é minha cachorra e que vou ficar com ela? Porque eu posso continuar morando aqui, sabe...

CJ fez um gesto em direção à casa e, ao fazer isso, uma sombra se afastou da janela da frente. Parecia alta demais para ser Del.

— Não quero você morando com outras pessoas, isso é péssimo — disse Gloria.

— Então, o que você quer fazer?

Naquela noite, voltamos para nosso quarto na casa de CJ. Trent foi nos visitar com Rocky e eu fiquei superfeliz em ver meu irmão, que me cheirou de cima a baixo, desconfiado de todos os odores novos. Quando saímos no quintal estava nevando. Rocky correu, deu pulinhos e rolou até ficar todo molhado. Quando Trent começou a enxugar Rocky com uma toalha, ele deu gemidinhos de satisfação. Eu me arrependi por não ter rolado na neve também.

Depois disso, as coisas voltaram ao normal, mas CJ não saiu para ir à escola — em vez disso, passeei de carro com ela na maioria das manhãs para brincar com Andi e seus cachorros!

Na manhã em que voltamos para a casa de Andi, ela nos recebeu abrindo os braços para me abraçar e me beijar. Adorei o carinho dela e os maravilhosos cheiros de cachorro. E então, ela ficou de pé.

— Pensei que talvez você tivesse desistido — disse Andi a CJ.

— Não, eu só... Precisei resolver alguns problemas de família. Você não avisou a justiça nem nada assim, não é? — respondeu CJ.

— Não, mas gostaria que você tivesse ligado para mim.
— É, eu... Deveria ter feito isso. Por algum motivo, nunca penso em ligar para as pessoas.
— Bem, tudo certo, vamos começar a trabalhar.

Por algum motivo, os cães da casa de Andi não podem sair na neve, exceto na hora do passeio, de coleira. Enquanto CJ limpava o canil deles, meu trabalho era brincar com os cães em uma área cercada dentro da sala grande. Mas muitos deles não queriam brincar. Dois eram velhos demais para fazer qualquer coisa além de cheirar as coisas e se deitar, e dois simplesmente não sabiam brincar: rosnavam e tentavam me morder, e eu desviava deles. Esses cachorros pareciam tristes e assustados, e eram colocados dentro de outro lugar, um por vez, enquanto CJ limpava os canis.

Isso me deu muito tempo para observar Andi brincando com Luke, o cachorro grande e marrom, e com duas fêmeas, uma bege e outra preta. A brincadeira era assim: algumas pessoas idosas se sentavam em cadeiras de metal longe umas das outras, e Andi levava os cachorros, um por vez, para cheirá-los. Mas as pessoas não brincavam com os cachorros — às vezes, os seres humanos simplesmente gostam de ficar sentados, mesmo que haja um cachorro por perto. Em seguida, Andi colocava os cachorros dentro dos canis e as pessoas se levantavam e mudavam de posição, sentando-se em cadeiras diferentes.

Ela disse a todos os cães que eles eram bons meninos, mas ficou muito animada com Luke. Sempre que era levado a um homem careca, Luke cheirava com cuidado, e então se deitava, cruzava as patas e apoiava a cabeça sobre elas. Andi dava um petisco para ele naquele momento.

— Bom menino, Luke!

Eu também queria um petisco, mas quando me abaixava e cruzava as patas da frente, Andi nem percebia, e CJ não se mostrava impressionada. A vida é assim — alguns cães ganham petiscos por não fazerem quase nada e alguns cães são meninos bonzinhos e não ganham petisco algum.

Em determinado momento, CJ veio me pegar e fomos até o canil do lado de fora. Havia vários centímetros de neve no chão e eu passei por ela para encontrar um bom lugar para me abaixar. CJ colocou o gravetinho com a ponta brilhante na boca e soltou fumaça. Ouvi a porta dos fundos se abrir e corri para ver quem era. CJ foi tomada por uma onda de susto, e os pelos de meu pescoço se arrepiaram.

— Eu pensei. Que você. Pudesse estar aqui fora.

Era o homem careca para quem Luke sempre se deitava durante o jogo. Ele emitiu um ronco enquanto conversava com CJ e eu encostei o focinho na mão dela, porque ela ainda parecia assustada.

— Pode. Me dar. Um cigarro?

— Claro — disse CJ, enfiando a mão dentro do bolso da jaqueta.

— Pode. Acender. Para mim? Não consigo. Tragar. Muito — disse o homem, passando a mão pela careca.

CJ acendeu o fogo e entregou o gravetinho ao homem. Ele o levou em direção à garganta, não à boca como CJ fazia. Fez um barulho fraco de sucção e então a fumaça saiu por um buraco em sua garganta.

— Ah — disse o homem. — Tão bom. Eu só. Fumo. Um. Por semana.

— O que aconteceu, quero dizer...

— Esse buraco? — perguntou ele, sorrindo. — Câncer. De garganta.

— Meu Deus, sinto muito.

— Não. Minha culpa. Eu não tinha que. Fumar.

Eles permaneceram juntos por um momento. CJ ainda estava chateada, mas o medo a deixava aos poucos e se dissipava como a fumaça que saía de sua boca.

— Sua idade — disse o homem.

— O que disse?

— Sua idade. Quando eu. Comecei. A fumar.

Ele sorriu para ela. Concluí que não era mais preciso ficar de guarda ao lado de CJ e fui cheirar a mão dele para ver se ele podia ter algum petisco. Ele se inclinou para a frente.

— Cachorro bonito.

Seu hálito cheirava a fumaça, mas também tinha um odor metálico estranho que instantaneamente reconheci. Era o mesmo do gosto do qual eu não conseguia me livrar quando fui Amigão. O homem careca provavelmente sentia o mesmo gosto na boca porque estava em seu hálito.

O homem entrou e CJ ficou de pé no ar frio, olhando para o horizonte por muito tempo. O gravetinho que ela segurava ainda brilhava. Ela se inclinou para a frente e o enfiou na neve, depois o jogou na lata de lixo e entramos juntas.

Andi estava brincando com o cachorro bege. Eu estava sem coleira e CJ estava distraída, por isso fui até onde estava o homem careca que tinha ido lá fora. Ele estava sentado em uma cadeira. Fui até ele e me abaixei, cruzando as patas da frente como tinha visto Luke fazer.

— Olha só — disse Andi, aproximando-se de mim. — Ei, Molly, você aprendeu a fazer isso com o Luke?

Abanei o rabo. Mas não ganhei petisco. Em vez disso, Andi me levou de volta a CJ.

Eu gostava bastante da Andi. Adorava o jeito com que ela me recebia, com todos aqueles abraços e beijos que um cachorro podia querer. Mas achava injusto da parte dela dar petiscos só para o Luke.

Quando chegamos em casa, Gloria ficou feliz ao ver CJ, mas me ignorou, como sempre. Eu já havia aprendido que tinha que ficar longe de Gloria, que nunca falava comigo, nunca me dava comida e que na maior parte do tempo sequer olhava para mim.

— Acho que deveríamos fazer uma festa de Natal este ano.

Gloria segurava um bloco de folhas e o mostrou a CJ.

— Algo bem bacana. Com serviço de buffet. E champanhe.
— Tenho dezessete anos, Gloria. Não posso beber champanhe.
— Ah, mas no Natal... Enfim. Pode convidar quem você quiser — prosseguiu Gloria. — Está saindo com alguém especial?
— Você sabe que não estou.
— E aquele garoto legal, o Shane?
— E é por isso que você não é referência quando preciso decidir quem é legal.
— Vou convidar o Giuseppe — disse Gloria.
— Quem? O que aconteceu com o Rick?
— Ah, no fim das contas ele não era o que eu pensei que fosse.
— E agora você está namorando o pai do Pinóquio?
— O quê? Não, Giuseppe. Ele é italiano. De St. Louis.
— A Itália fica em St. Louis? Não é à toa que me dou tão mal em geografia.
— O quê? Não, estou falando da Itália de verdade.
— Você está ajudando o cara a comprar uma casa, ou coisa assim?
— Sim, sim, claro.

Fui à cozinha para ver se alguma coisa comestível tinha caído no chão, e foi quando vi um homem do lado de fora, espiando pelas portas de vidro. Eu lati assustada.

O homem imediatamente se virou e correu. CJ entrou na cozinha.

— O que foi, Molly? — perguntou ela.

CJ foi até a porta, abriu e correu para o quintal. O cheiro do homem estava no ar e eu o segui depressa até o portão fechado. Eu conhecia aquele cheiro, sabia a quem ele pertencia.

Shane.

CJ me chamou para entrar em casa.

— Venha, Molly, está muito frio — disse ela.

* * *

Na próxima vez em que fomos à casa de Andi, ela se aproximou de nós enquanto CJ batia a neve dos sapatos.

— Oi, quero testar algo hoje.

— Claro — disse CJ.

Era a mesma brincadeira de todos os dias. Não me parecia muito divertida, já que havia cordas para puxar e bolas para pegar, mas as pessoas são assim mesmo — a ideia que elas fazem do que é brincar costuma ser menos divertida do que a de um cachorro. As pessoas estavam sentadas em cadeiras separadas, que iam de um lado da sala ao outro. Andi pediu para CJ segurar minha guia e fomos até a pessoa da ponta mais afastada, uma mulher que estava usando botas com pelos e tinha cheiro de gatos.

— Oi, qual é seu nome? — perguntou.

A mulher estendeu a mão para eu lamber. Seus dedos tinham um gosto ácido.

— Esta é a Molly — disse Andi, e abanei o rabo ao ouvir meu nome.

Fomos juntas até a próxima pessoa, e a próxima. Todas me fizeram carinho e conversaram comigo, mas nenhuma delas me deu petisco, apesar de eu ter detectado que um homem tinha algo com queijo dentro do bolso.

E então nos aproximamos de uma mulher cujas mãos cheiravam a peixe. Ela se inclinou para fazer carinho em mim e eu senti aquele mesmo cheiro, aquele parecido com o que não saía da minha língua quando eu fui Amigão, o mesmo cheiro que o careca que conversou com CJ tinha no hálito.

— Oi, Molly — disse a mulher.

Senti uma leve tensão em Andi quando começamos a nos afastar, e foi aí que eu percebi: a brincadeira tinha a ver com aquele cheiro. Eu voltei para a mulher de novo e me deitei, cruzando as patas.

— Isso mesmo! — disse Andi, batendo palmas. — Boa menina, Molly, boa menina!

Andi me deu petiscos. Concluí que adorava essa brincadeira e abanei o rabo, pronta para brincar de novo.

— Então a Molly aprendeu? — perguntou CJ.

— Bem, o processo é mais complexo, na verdade. Acho que todos os cães conseguem detectar o odor, mas isso não quer dizer que eles necessariamente relacionem isso com a necessidade de sinalizar para nós que o detectaram. Mas a Molly tem observado o Luke... Você viu como ela cruzou as patas, como ele faz? Nunca soube de um cachorro que tenha aprendido isso observando outro cachorro, mas é isso, não pode haver outra explicação.

Andi se ajoelhou e me beijou o focinho. Eu lambi seu rosto.

— Molly, você é um gênio, um gênio mesmo — disse ela.

— Você é uma goodle, Molly — disse CJ. — Meio gênio, meio poodle.

Eu abanei o rabo, adorando a atenção recebida.

— Se você não se importar, gostaria de envolver Molly no programa. Você também, se tiver interesse — disse Andi. — Isso contaria no seu serviço comunitário.

— O quê? E parar de recolher cocô de cachorro? Vou ter que pensar bem antes de aceitar.

A partir daquele dia, sempre que estávamos com Andi, Molly me levava para ver as pessoas e eu dava sinais sempre que sentia aquele cheiro esquisito, ruim. Não acontecia com frequência, no entanto. Na maior parte do tempo, as pessoas só têm cheiro de pessoas. Às vezes, elas têm cheiro de comida! No Feliz Dia de Ação de Graças, CJ e eu fomos à casa do Trent e o ar e as mãos das pessoas estavam tão tomados por cheiros tão incríveis, entre eles carne, queijo e pão, que Rocky e eu quase deliramos. As pessoas comiam o dia todo e jogavam pedacinhos de comida para nós pegarmos no ar. Trent tinha pai e mãe. Pela primeira vez, me perguntei por que CJ não tinha um pai também. Talvez se Gloria tivesse um parceiro ela não fosse infeliz o tempo todo.

Mas eu não podia fazer nada em relação a isso. Eu tinha que me contentar em comer comida de Feliz Dia de Ação de Graças.

E eu estava *muito* contente.

Na época de Feliz Natal, CJ e Gloria colocaram uma árvore na sala de estar e penduraram brinquedos para gato nela. Eu sentia o cheiro daquela árvore em qualquer lugar da casa. E uma noite, as pessoas chegaram, penduraram luzes e fizeram comida. CJ vestiu roupas que faziam barulho quando ela se movimentava, assim como Gloria.

— O que você acha? — perguntou Gloria, de pé na porta de CJ.

Ela se virou, fazendo barulho. Não parecia possível, mas o cheiro de Gloria estava ainda mais forte do que o normal. Meu focinho enrugou involuntariamente com os odores que tomavam o ar.

— Muito bem — disse CJ.

Gloria riu animada.

— Agora vejamos você.

CJ parou de pentear os cabelos e girou. Então, ela parou e olhou para Gloria.

— O que foi?

— Nada, é só que... você engordou um pouco? O caimento está diferente do que estava quando compramos.

— Parei de fumar.

— E...?

— E o quê?

— Não sei por que você não conseguiu se controlar com a festa se aproximando.

— Você tem razão, eu deveria ter continuado a inspirar veneno porque isso me ajudaria a entrar em um vestido novo.

— Eu não disse nada disso. Não sei por que me dou ao trabalho de conversar com você — disse Gloria.

Ela estava brava e se afastou.

E então, os amigos chegaram. Trent veio, mas não trouxe Rocky, por algum motivo. A maioria das pessoas eram da idade de Gloria. Eu andei pela casa, sentindo o cheiro delicioso das coisas, e depois de um tempo, as pessoas começaram a me oferecer pedacinhos; não em troca de truques, mas só por eu ser uma cachorra. Pessoas assim são as melhores pessoas, na minha opinião.

Uma mulher se abaixou e me deu um pedaço de carne com queijo derretido em cima.

— Ah, você é uma menina tão linda! — disse ela para mim.

Eu fiz o que tinha que fazer: deitei no chão e cruzei as patas da frente.

— Que linda, está fazendo uma reverência! — disse a mulher.

CJ deu a volta pelo sofá para me ver e eu abanei o rabo.

— Ai, meu Deus — disse CJ.

Capítulo 14

CJ ESTAVA ANSIOSA E ASSUSTADA.
— Sheryl, posso falar com você por um minuto? A sós?
A mulher ainda estava fazendo carinho em mim, mas eu estava observando CJ para saber o que estava acontecendo.
— Claro — disse a mulher.
Comecei a segui-las pelo corredor, mas CJ se virou e disse:
— Molly, fique.
Eu sabia o que era "fique", mas era o que eu menos gostava de fazer. Fiquei sentada por um minuto, e então me levantei e fui cheirar embaixo da porta para onde elas tinham ido. Elas ficaram ali por cerca de dez minutos, e então a porta se abriu e a mulher saiu com uma mão à frente da boca. Estava chorando. CJ estava chateada também, e eu a senti triste.

A mulher pegou o casaco e Gloria se aproximou segurando uma taça.
— O que aconteceu?
Ela olhou para CJ e para a mulher chorando.
— O que você disse a ela?
CJ balançou a cabeça.
— Me desculpe, Gloria. Eu te ligo depois — disse a mulher, e depois saiu.

Gloria estava muito brava. Trent apareceu e passou por Gloria para ficar ao lado de CJ. Ergui o focinho para tocar sua mão quando ele passou.

— O que aconteceu? — perguntou Gloria.

— Molly fez um sinal de acordo com o treinamento que recebeu. Para detectar câncer. Ela fez um sinal indicando que Sheryl está doente.

— Ai, meu Deus — disse Trent.

Algumas pessoas atravessaram o corredor e eu ouvi uma delas dizer:

— Câncer? Quem tem câncer?

— E você tinha que dizer isso a ela justo agora? — sibilou Gloria.

E então ela se virou, mexendo a cabeça quando viu as pessoas atrás dela.

— Não é nada — disse.

— O que aconteceu? — perguntou um homem.

CJ balançou a cabeça.

— Só uma conversa de família. Desculpe.

As pessoas permaneceram ali por um momento e então se viraram.

— Você só se importa consigo mesma — disse Gloria.

— Isso não faz o menor sentido — disse Trent, falando alto.

— Trent — disse CJ, pousando a mão na manga da blusa dele.

— Você sabe quanto esta festa custou? — perguntou Gloria.

— A festa? — perguntou Trent.

— Trent, deixa para lá — disse CJ. — Só... Sabe de uma coisa, Gloria? Diga aos seus amigos que precisei me retirar. Diga que estou com dor de cabeça e que vou para meu quarto.

Gloria emitiu um barulho alto e olhou para mim com raiva. Eu desviei o olhar. Ela se virou e atravessou o corredor, onde as pessoas estavam caladas. Quando chegou ao fim do corredor, ela parou, endireitou as costas e jogou os cabelos para trás.

— Giuseppe? Onde você se meteu? — perguntou ela em voz alta.

* * *

— Vou pegar seu casaco — disse CJ a Trent.

Ele encolheu um pouco os ombros.

— Tem certeza? Sei lá, eu posso ficar um pouco com você. Podemos conversar.

— Não, está tudo bem.

CJ entrou no quarto de Gloria e saiu de lá com o casaco de Trent. Ele o vestiu, mas parecia triste. CJ sorriu para ele.

— Bem, se nós não nos virmos mais, feliz Natal.

— Sim, para você também.

— CJ, você sabe que sua mãe está errada, certo? Você pode ter chateado a Sheryl, mas deu informações muito importantes. E se você tivesse esperado pensando em não estragar a festa, seria mais difícil dizer tudo depois porque qualquer um acharia loucura esperar para dar uma notícia dessas.

— Eu sei.

— Então, não deixe que ela te abale, está bem? Não deixe a Gloria entrar na sua cabeça.

Eles ficaram parados e olharam um para o outro por um minuto.

— Está bem, Trent — disse CJ, finalmente.

Trent se virou, foi até a porta e nós o acompanhamos. Então, ele parou e olhou para a frente.

— Ei, estamos embaixo do visco!

CJ assentiu.

— Então vem cá — disse Trent.

CJ riu quando ele abriu os braços. Trent deu um passo à frente e a beijou, e eu saltei e apoiei as patas nas costas dela, para poder fazer parte do que estava acontecendo.

— Uau — disse CJ.

— Bem, tchau. Feliz Natal — disse Trent.

Eu tentei escapar pela porta com ele, mas CJ me segurou. Em seguida, ela fechou a porta e ficou encarando por um minuto. Eu só fiquei ali olhando para ela, tentando entender o que estava acontecendo.

Eu teria gostado de circular por baixo dos pés de todas as pessoas barulhentas na sala de estar para comer petiscos, mas CJ foi para seu quarto, e estalou os dedos para que eu a seguisse. Ela tirou as roupas barulhentas e vestiu o que normalmente vestia: uma camisa leve que chegava a seus joelhos. Ela foi para a cama com as luzes acesas, segurando um livro.

Os livros são bons para morder, mesmo não tendo gosto muito bom, e as pessoas sempre ficam chateadas quando um cachorro morde um livro. Eles são alguns dos brinquedos com os quais os cães não podem brincar.

Eu me enrolei no chão ao lado da cama e adormeci, mas ainda estava consciente do burburinho das pessoas conversando no andar de baixo e, mais tarde, a porta da frente se abriu e se fechou algumas vezes. Depois, ouvi uma batida à porta e acordei. A porta do quarto foi aberta.

— Oi, CJ — disse um homem.

Reconheci o cheiro dele do andar de baixo. Quando ele havia se abaixado para me dar um pedaço de peixe, seu relógio escorregou pelo braço com um som forte.

— Ah, oi, Giuseppe.

O homem riu e entrou no quarto.

— Pode me chamar de Gus. A única pessoa que me chama de Giuseppe é sua mãe. Acho que é porque ela acha que sou da realeza italiana.

Ele riu de novo.

— Ah... — disse CJ, cobrindo as pernas com os cobertores.

O homem fechou a porta do quarto.

— O que você está lendo? — perguntou ele.

— Você está bêbado, Gus.

— Ei, hoje é dia de festa.

O homem soltou o peso do corpo na cama, com os pés bem ao meu lado. Eu me levantei.

— O que você está fazendo? Sai do meu quarto — disse CJ.

Ela estava brava.

O homem colocou a mão no cobertor.

— Adorei aquele vestido que você estava usando. Você tem lindas pernas.

O homem puxou o cobertor. CJ puxou de novo para se cobrir.

— Para com isso — disse ela.

— Ora, vamos — disse ele.

Ele se levantou, estendendo as duas mãos para CJ. Quando senti o medo tomar conta dela, saltei e apoiei as patas na cama. Mostrei minha cara ao homem, rosnando, como tinha feito ao partir para cima do cavalo Troy quando ele estava prestes a pisar em Clarity.

O homem se jogou para trás e bateu na estante na parede, derrubando livros e porta-retratos. Ele se virou e caiu no carpete, de lado. Eu lati e avancei na direção dele, ainda mostrando os dentes.

— Molly! Está tudo bem. Boa menina.

Senti as mãos de CJ em meu pelo, que estava arrepiado nas minhas costas.

— Ei — disse o homem.

CJ me puxou para trás pela coleira.

— Você precisa sair, Gus.

Ele rolou e ficou de joelhos. A porta se abriu e Gloria apareceu.

— O que aconteceu? — perguntou ela em tom autoritário.

Gloria olhou para Gus, que estava engatinhando no chão. Ele pôs as mãos na cabeceira da cama e se segurou para ficar de pé.

— Giuseppe? O que aconteceu?

Ele passou por ela e foi para o corredor, com passos pesados. Gloria se virou para a filha.

— Ouvi o cachorro. Ele mordeu o Giuseppe?

— Não! Claro que não.

— Bem, o que está acontecendo?

— Você não vai querer saber, Gloria.

— Diga!

— Ele entrou aqui e começou a me tocar, tá? — CJ gritou. — A Molly estava me protegendo.

Virei a cabeça ao ouvir meu nome. Gloria ficou tensa e arregalou os olhos, e então os estreitou.

— Você é uma mentirosa — sibilou.

Então deu meia-volta e saiu correndo, no mesmo instante em que a porta da frente foi fechada com força.

— Giuseppe! — gritou ela.

Nos dias seguintes, Gloria e CJ não permaneciam no mesmo cômodo. Quando se sentaram para a parte do Feliz Natal em que os papéis são rasgados e aparecem caixas, não conversaram muito. CJ começou a fazer as refeições no quarto, e às vezes comia só um pouco de legumes. Em outros momentos, eram pratos enormes de macarrão com molho e queijo, ou pizza e salgadinho, além de sorvete. Depois, ela entrava no banheiro, subia naquela caixinha e fazia um barulho de tristeza. De poucas em poucas horas, todos os dias, CJ subia naquela caixinha. Comecei a pensar nela como a caixa triste, porque CJ sempre se sentia assim em cima dela.

Trent chegou com Rocky e todos brincamos na neve. Foi o único momento em que CJ pareceu verdadeiramente feliz.

Não me senti uma cachorra má por ter rosnado para o homem. CJ tinha sentido medo e eu fiz aquilo sem nem pensar. Fiquei preocupada achando que seria castigada, mas não fui.

Em pouco tempo, CJ começou a ir para a escola de novo. Ela e Gloria conversavam com mais frequência, mas eu ainda conseguia sentir uma tensão na sala. Quando CJ ia para a escola, eu descia para o meu cantinho antigo embaixo da escada e esperava até ela voltar para casa. Eu só saía pela passagem para cachorros para brincar ou latir para os cães que eu conseguia ouvir à distância.

Não íamos mais todos os dias à casa de Andi, mas às vezes passávamos para uma visita e era sempre maravilhoso vê-la. As pessoas fazem isso — quando há uma rotina estabelecida, elas vão lá e mudam tudo. Nessas ocasiões, depois da recepção normal com abraços e beijos, nós brincávamos com as pessoas sentadas em cadeiras e também fazíamos a mesma brincadeira com elas de pé em uma fila comprida.

— É para isso que serve minha concessão, para ver se um cachorro poderia fazer um sinal positivo para as pessoas em um grupo — disse Andi. — Só Luke conseguiu entender.

Luke olhou para a frente ao ouvir seu nome.

Passamos pela fila de pessoas, e nas primeiras vezes em que fizemos isso, eu percebi que Andi e CJ queriam algo de mim, mas eu não sabia bem o que fazer. E então, eu senti um odor exalando de uma mulher sem cabelos e com um cheiro forte de sabonete nas mãos — e ali estava o cheiro metálico inconfundível em seu hálito. Sinalizei e ganhei um biscoito.

Aquela parecia ser a brincadeira, mas eu não tinha certeza porque Andi me levava a outras pessoas que não tinham o mesmo cheiro, como se eu tivesse que fazer o sinal para elas também. Mas quando eu fazia o sinal, Andi ficava parada com os braços cruzados e não me dava petiscos. Era muito confuso.

Um dia, o quintal dos fundos estava tão tomado pela neve que eu precisava saltar para me locomover. Ouvi a porta abrir e vi Gloria parada ali.

— Quer um pedaço de rosbife? — disse ela.

Dei um passo na direção dela com certa hesitação, mas não sabia se estava em apuros ou não.

— Toma.

Ela jogou algo na neve a poucos metros de onde eu estava e eu fui até ela, tendo que localizá-lo com o olfato porque ele havia afundado muito. Era um pedaço de carne delicioso! Levantei a cabeça e olhei para Gloria, abanando o rabo para ver o que aconteceria.

— Quer mais um?

Ela jogou um pedaço de carne perto de mim e eu saltei sobre ele, procurando com o focinho, até encontrá-lo e engolir de uma vez.

Quando olhei para a frente, Gloria tinha entrado. O que tinha sido aquilo? Fiquei me perguntando.

Então, ouvi Gloria chamando do quintal da frente.

— Ei, Molly. Cachorro, quer mais um petisco?

Petisco! Fui até o portão e o vi aberto. A calçada tinha sido limpa pelo homem que nos visitava às vezes em um caminhão para retirar a neve. Eu trotei dando a volta na casa. Gloria estava no caminho, de pé.

— Petisco — disse ela.

E então jogou mais um pedaço de carne, que eu peguei no ar. Ela abriu a porta de trás do carro.

— Certo, quer entrar? Petisco?

Ela foi clara no que pretendia. Com hesitação, fui até a porta aberta.

Ela jogou um pouco de carne no chão do banco de trás e eu entrei. Ela fechou a porta enquanto eu engolia o petisco. Em seguida, ela entrou no carro, deu partida e seguimos pela rua.

Eu não me importei por não estar sendo uma cachorra de banco da frente. Achava que não gostaria de ir na frente com Gloria dirigindo. Fiquei olhando pela janela por um tempo, para as árvores cobertas de neve e para os quintais, e então dei a volta e me deitei no banco para cochilar.

Acordei e me chacoalhei quando o carro parou e Gloria o desligou. Ela se virou no assento.

— Tome cuidado. Lembre-se, eu te dei um petisco. Você tem que ser boazinha, Molly.

Abanei o rabo ao ouvir meu nome. Cheirei as mãos de Gloria quando ela me segurou pela garganta, mas não havia carne nelas. Com um clique repentino, minha coleira caiu no banco. Eu baixei o focinho para ela.

Gloria saiu do carro e abriu minha porta.

— Venha. Vamos. Seja boazinha. Não saia correndo.

Estávamos nos aproximando de uma casa que cheirava a cachorros. Gloria abriu a porta da frente, bateu o pé e eu a segui para dentro. Ali, havia uma sala pequena com uma porta aberta, pela qual eu conseguia ouvir o que devia ser mais de uma dúzia de cachorros latindo.

— Olá? Oi? — chamou Gloria.

Uma mulher apareceu pela porta aberta e sorriu.

— Sim, posso ajudar?

— Encontrei este cachorrinho abandonado na rua, coitadinho — disse Gloria. — Não dá para saber há quanto tempo ele está vivendo assim, sozinho e longe da família. Aqui é o lugar onde deixamos cachorros perdidos?

Capítulo 15

Eu já havia estado em lugares como aquele antes. Na verdade, era meio parecido com o lugar onde CJ e eu íamos para brincar com Andi e Luke, mas havia bem mais cães, e o teto era baixo e não havia espaço no qual as pessoas podiam se sentar em cadeiras — só corredores lotados de caixas para cachorros.

Eu fui colocada em uma jaula com chão de cimento e poucos metros entre o corredor e a porta para uma casa de cachorro. A casinha de cachorro tinha um pedaço de carpete com o cheiro de muitos cães, assim como o ar ao redor tinha cheiro de cachorros e era tomado pelo barulho constante de latidos.

Quando a mulher vinha com água ou comida, eu corria até o portão, abanando o rabo, esperando que ela me deixasse sair. Eu queria correr, brincar, deixar as pessoas fazerem carinho em mim. A mulher era legal, mas não me deixava sair.

A maioria dos outros cachorros também corria até o portão quando a mulher estava por perto. Muitos latiam, e alguns ficavam em silêncio, sendo bem bonzinhos como sabem ser. A mulher não os deixava sair.

Eu não entendia o que estava acontecendo nem por que eu estava naquele lugar com cães latindo. Sentia tanta falta de CJ que comecei a andar de um lado a outro, choramingando, e então entrava na casinha de cachorro e me deitava no pedaço de carpete, mas não conseguia dormir.

Os latidos que chegavam aos meus ouvidos eram tomados de medo, com certa raiva, um pouco de dor e tristeza. Quando eu latia, minha voz levava consigo minha tristeza e o pedido para sair daquele lugar.

À noite, a maioria dos cachorros se acalmava, mas o cachorro marrom e preto no canil ao lado do meu, um cachorro alto e magro, sem rabo, começava a latir. Isso agitava os outros cães e, em pouco tempo, todos estávamos latindo de novo. Era muito difícil dormir naquelas circunstâncias.

Eu me imaginei deitada aos pés da cama de CJ. Às vezes, à noite, eu sentia muito calor e pulava no chão, mas naquele momento, sentindo saudade como estava, eu queria estar deitada na cama dela, por mais calor que estivesse sentindo. Sentia falta das mãos dela em meu pelo e do cheiro familiar e maravilhoso de sua pele.

Na manhã seguinte, me tiraram da jaula, me levaram por um corredor e me colocaram sobre uma mesa, assim como a dos Veterinários. Um homem e uma mulher me acariciaram e o homem examinou minhas orelhas. A mulher pegou um gravetinho e o segurou perto de minha cabeça, mas o homem segurava minha cara com as duas mãos, e por isso não pude observar com cuidado para ver se era um brinquedo.

— Achei — disse a mulher.

— Eu sabia que ela tinha um chip — disse o homem.

Fui devolvida à jaula. Estava tão decepcionada que mal conseguia reunir energia para voltar e me deitar no carpete. Mordi um pouco a casinha de cachorro, mas nem isso fez com que eu me sentisse melhor. Suspirei e me deitei, gemendo.

Algumas horas depois, o homem voltou.

— Oi, Molly — disse ele.

Eu me sentei e abanei o rabo, adorando ouvir meu nome. Ele colocou uma corda ao redor do meu pescoço.

— Venha, menina, alguém veio te ver.

Senti o cheiro de CJ assim que o homem abriu a porta no fim do corredor.

— Molly! — gritou ela.

Eu corri em direção a ela, que caiu de joelhos e me abraçou. Beijei seu rosto, orelha e dei voltas ao redor dela, com a corda solta atrás de mim e ficando toda enrolada. Expressei meu alívio chorando sem parar. Ela riu.

— Boa menina, Molly, agora sente-se.

Foi difícil parar quieta, mas eu sabia que precisava ser uma boa menina. Eu me sentei, abanando o rabo, enquanto minha menina permanecia de pé conversando com o homem.

— Fiquei tão preocupada — disse ela. — Acho que ela saiu pelo portão quando o homem foi lá em casa retirar a neve depois daquela nevasca que tivemos.

No corredor, o cachorro alto, preto e marrom começou a latir e todos os outros se uniram a ele. E esperava que as pessoas viessem para levá-los para casa em breve também.

— A mulher que a deixou aqui disse que ela estava correndo pela rua,

— Isso não é coisa da Molly. Quanto é o total?

— Sessenta dólares.

Eu abanei o rabo ao ouvir meu nome. CJ se abaixou para me acariciar.

— Espera. Uma mulher, você disse?

— Uma mulher rica — disse o homem.

— Rica?

— Bem, acho que sim, ela dirigia um Cadillac novo, estava muito bem-vestida, cabelos bonitos. Muito perfume.

— Cabelos loiros?

— Sim.

CJ respirou fundo. Estava procurando algo dentro da bolsa. Eu observei com atenção porque ela costumava manter os petiscos ali.

— Foi esta mulher aqui?

CJ se inclinou sobre o balcão.

— Acho que não devo dizer.

— A mulher da foto é minha mãe.
— O quê?
— Pois é.
— Sua mãe deixou o cachorro aqui? Sem dizer nada a você?
— Pois é.
Eles ficaram em silêncio. CJ estava irritada e triste.
— Sinto muito — disse o homem.
— Pois é.
Fui acomodada no banco da frente para o passeio de carro.
— Senti tanto a sua falta, Molly. Senti tanto medo de que alguma coisa tivesse acontecido com você! — disse CJ.
Ela me segurou perto dela e eu lambi seu rosto.
— Ah, Molly, Molly. Sua bobinha que não é poodle.
CJ estava triste, apesar de estarmos juntas de novo.
— Sinto muito, muitíssimo. Eu não sabia que ela faria algo assim.
Apesar de haver muito mais coisas interessantes para olhar pela janela, eu olhei para ela, lambi sua mão e apoiei a cabeça em seu colo, como costumava fazer quando era uma filhotinha. Era muito bom estar perto dela, e eu logo caí num sono exausto.
Eu me levantei quando o carro perdeu velocidade e entrou numa rua conhecida, cheia de cheiros familiares. Estávamos em casa de novo. O carro ficou silencioso e CJ se virou para mim, segurando minha cabeça com as duas mãos.
— Aqui não é um lugar seguro para você, Molly. Não sei o que vou fazer. Não confio que Gloria não vá te machucar. Eu morreria se alguma coisa acontecesse com você, Molly.
Abanei o rabo levemente. CJ me deixou sair do carro e eu passei pela neve derretida até a porta de entrada. Era muito bom estar em casa. CJ abriu a porta, entrou e então arfou, tomada de medo de repente.
— Shane!
Shane, o amigo de CJ, estava sentado na sala de estar. Ele se levantou, mas eu não me aproximei dele nem abanei o rabo.

Havia algo de errado em relação ao fato de ele estar ali, sozinho na casa.

— Oi, CJ.

— Como você entrou?

Shane se apoiou em um dos joelhos e bateu palmas.

— Oi Molly!

Ele estava cheirando a fumaça. Permaneci ao lado de CJ.

— Shane? Perguntei como você entrou.

— Enfiei um rastelo pela passagem para cachorro e abri o trinco por dentro — disse ele, rindo.

— O que você está fazendo aqui?

— Por que você nunca retorna minhas ligações?

— Você precisa sair daqui agora mesmo. Você não pode entrar na minha casa!

CJ estava brava. Eu a observei com atenção, me perguntando o que estava acontecendo.

— Você não me deu escolha. Tem me ignorado totalmente.

— Sim, é o que as pessoas fazem quando rompem um namoro, Shane. Elas param de conversar. Pode pesquisar para confirmar.

— Tudo bem se eu fumar aqui dentro?

— Não! Preciso que você saia.

— Bem, não vou sair enquanto não conversamos sobre as coisas.

— Que coisas? Shane, você...

CJ respirou fundo.

— Você me ligou trinta vezes em sequência às duas da manhã.

— Liguei? — perguntou ele, rindo.

Ouvi um carro estacionando na frente da casa e fui até a janela para ver quem era. A porta do carro se abriu e era Rocky! Trent saiu também. Rocky correu para erguer a pata numa árvore.

— Alguém chegou — disse CJ.

— Devo esperar lá em cima?

— O quê? Você ficou louco? Quero que você saia.

Ouvimos uma leve batida à porta. Eu corri até ela e enfiei o focinho na fresta, cheirando. Rocky estava do outro lado fazendo exatamente a mesma coisa. CJ se aproximou e abriu a porta.

— Você a encontrou! — disse Trent, até que de repente ele parou.

— Oi, Trent — disse Shane.

Rocky e eu estávamos cheirando um ao outro. Eu saltei e, com alegria, agarrei um pedaço da pele do pescoço dele, puxando.

— Desculpa, talvez eu devesse voltar em outra hora — disse Trent.

— Não! — disse CJ.

— Sim, estamos no meio de algo meio pessoal — disse Shane.

— Não, você estava de saída — disse CJ.

— CJ, precisamos conversar — disse Shane.

— Parece que ela quer que você saia — disse Trent.

Rocky parou de se mexer. Eu mordi a cara dele, mas ele observava Trent, com os músculos muito tensos, parado.

— Talvez eu não queira sair! — disse Shane com a voz mais alta.

Eu sentia a raiva em Trent naquele momento. CJ estendeu a mão e a apoiou em seu punho. As orelhas de Rocky estavam erguidas e o pelo do seu pescoço estava arrepiado. Me ocorreu naquele momento que o propósito de Rocky era amar e proteger Trent, assim como o meu era amar e proteger CJ.

— Shane — disse CJ. — Vai embora. A gente se vê amanhã.

Shane estava olhando fixamente para Trent.

— Shane! — disse CJ, ainda mais alto.

Shane piscou e então olhou para ela.

— O que foi?

— Vejo você amanhã, naquele lugar onde você anda de skate. Ok? Depois da aula.

Shane ficou ali por um momento, e então assentiu. Pegou seu casaco e o jogou por cima do ombro. Ao sair, ele passou encostando em Trent, que continuou olhando para ele até ele sair pela porta.

— Você vai encontrar com ele amanhã? — perguntou Trent.

Distraidamente, ele fez carinho na cabeça de Rocky. Eu lambi a boca de Rocky.

— Não! Não vamos estar aqui amanhã.

— Como assim?

— Molly e eu vamos embora.

CJ foi até a escada e subiu em direção ao quarto dela. Trent, Rocky e eu fomos atrás dela.

— Do que você está falando? — insistiu Trent.

CJ foi até o closet e pegou uma mala. Eu conhecia aquela mala: era a mesma que ela pegou quando me deixou por dias e dias na casa de Trent. Rocky queria começar a brincar de novo, mas ver aquele objeto me deixou ansiosa e me coloquei junto aos pés de CJ. Ela começou a abrir gavetas, pegar roupas e colocar tudo dentro da mala.

— A Molly não fugiu. Foi a Gloria quem abandonou ela no centro de controle de animais.

— O quê?

— Eu mostrei uma foto dela para o cara do abrigo e ele confirmou. Dá para acreditar?

—É. Vindo da sua mãe eu não duvido de nada.

— Então é isso. Hoje à tarde. Vamos para a Califórnia. Vamos morar na praia até eu conseguir um emprego. E depois, quando eu fizer 21 anos, vou pegar o fundo que o meu pai deixou e entrar na faculdade.

— Você não está analisando as coisas muito bem, CJ. Faculdade? Você ainda não terminou o ensino médio.

— Vou fazer supletivo. Ou vou estudar lá, não sei.

— Vou com você — disse Trent.

— Ah, claro, vai dar certo.

— Você não pode morar na praia, onde está com a cabeça?

CJ não respondeu, mas senti que ficava brava. Trent a observou por alguns minutos.

— E quanto aquele outro lance? — perguntou ele, finalmente, bem baixinho.

CJ parou e olhou para ele.

— Do que você está falando?

— Aquele lance da... alimentação.

CJ olhou para ele, respirando fundo.

— Meu Deus, Trent, todos os dias da minha vida eu acordo com uma vozinha na minha cabeça perguntando o que vou comer naquele dia. Não posso ficar com a sua voz também. Simplesmente não dá.

Trent olhou para o chão. Ele parecia triste. Rocky se aproximou e encostou o focinho nele.

— Me desculpa — disse ele.

CJ pegou outra mala e colocou sobre a cama.

— Preciso sair daqui antes que a Gloria veja que peguei Molly de volta.

— Olha, deixe eu dar para você todo o dinheiro que tenho comigo.

— Você não precisa fazer isso, Trent.

— Eu sei que não preciso. Toma.

Eu bocejei ansiosamente. Adorava estar com Rocky e com Trent, mas não se CJ estivesse pegando as malas para ir a algum lugar sem mim.

— Você é o melhor amigo que tenho no mundo, Trent — disse CJ, baixinho e os dois se abraçaram. — Não sei o que eu faria sem você e sem a Molly.

Ouvimos uma batida alta que eu reconheci como sendo o barulho da porta da frente sendo fechada.

— Clarity? — era a voz de Gloria. — Aquele é o carro de Trent?

CJ e Trent se entreolharam.

— Sim — disse CJ, mas sua voz se tornou um sussurro. — Pode fazer a Molly ficar quieta?

Eu abanei o rabo.

— Sim — disse Trent.

Ele se ajoelhou na minha frente, acariciando minhas orelhas.

— Molly, shhh — disse ele para mim, baixinho.

Eu abanei o rabo. Rocky, com ciúmes, enfiou a cara na frente da minha.

CJ foi até o corredor e se inclinou sobre o corrimão. Eu comecei a segui-la, mas Trent me segurou. Eu me esforcei, sentindo um gemido crescer dentro de mim. Não queria deixar CJ se afastar nem um metro que fosse, não com aquelas malas para fora.

— Não — disse Trent para mim, com a voz muito abafada. — Fique parada, Molly.

— Querida, Giuseppe vai me levar ao cinema e depois vamos jantar, então não espere por mim.

— Giuseppe — disse CJ e sua voz estava séria, com raiva.

— Não comece, Clarity June. Deixei todas as coisas desagradáveis para trás e espero que você faça a mesma coisa.

— Tchau, Gloria.

— O que isso quer dizer? Por que está falando assim?

Não consegui me segurar, resmunguei um pouco, remexendo as patas.

— O que foi isso? — perguntou Gloria.

CJ se virou para olhar para mim. Eu resmunguei de novo, me esforçando para chegar até ela.

— É o Rocky. Trent trouxe ele para me ver. Ele sabe que estou arrasada por causa da Molly.

— Temos sempre que estar cercados por cachorros?

— Não, Gloria, não vai acontecer de novo.

— Obrigada. Boa noite, CJ.

— Tchau.

CJ voltou para seu quarto e fechou a porta. Eu pulei nela, lambendo seu rosto.

— Molly, eu fiquei dois metros longe de você, sua maluca. Ei, você sabe o que seria se fosse uma poodle com cocker spaniel? Seria uma spanieldoodle bem misturadinha. Isso mesmo.

CJ beijou meu rosto.

Trent levou as malas escada abaixo e as colocou no porta--malas do carro enquanto eu me acomodava no banco da frente. Rocky se aproximou para me cheirar, mas não tentou entrar comigo, o que eu não teria permitido, de qualquer modo.

Trent parecia triste quando me abraçou. Eu lambi seu rosto. Eu sabia que veria ele e o Rocky em um ou dois dias.

Trent se inclinou na janela da frente, que CJ abaixou depois de entrar no carro. Ela também abaixou o vidro, para que eu pudesse sentir o ar frio.

— Sabe para onde está indo? — perguntou ele.

— Coloquei o endereço no GPS — disse CJ. — Vamos ficar bem, Trent.

— Me liga.

— Bem... Será que ela não vai rastrear as ligações feitas pelo meu celular?

— Ah sim, ela vai acionar os contatos dela no FBI.

CJ riu. Trent a abraçou pela janela.

— Seja uma boa menina, Molly — disse ele a mim.

Eu abanei o rabo por ser uma boa menina.

— Vamos nessa, Molly — disse CJ.

Capítulo 16

Fizemos um passeio demorado de carro. Eu decidi me enrolar no assento da frente com a cabeça ao alcance da mão de CJ, e ela me acariciava com frequência. O amor fluía por aquela mão e me deixava em um estado tranquilo de sonolência. Era muito melhor do que estar no lugar onde os cães latiam sem parar. Eu esperava nunca mais ter que voltar lá. Só queria estar exatamente onde estava, uma cachorra que viaja no assento da frente com minha menina CJ.

Paramos em um lugar com mesas do lado de fora e cheiros deliciosos de comida.

— Não vai estar tão frio assim se eu ficar de casaco — disse CJ ao amarrar minha guia em uma perna da mesa. — Você vai ficar bem, não é, Molly? Vou ali dentro por um segundo. Não olhe para mim desse jeito, não vou te deixar. Você é uma boa menina.

Eu entendi que era uma boa menina. Tentei segui-la quando ela se virou, mas a guia me impediu. Eu me esforcei para me livrar enquanto CJ passava por algumas portas de vidro e entrava no prédio. Eu não entendi, e choraminguei. Se eu era uma boa menina, deveria estar indo com CJ!

— Oi, Molly.

Olhei ao redor e vi Shane. Não abanei o rabo.

— Boa menina.

Shane se abaixou ao meu lado e acariciou minha cabeça. Ele cheirava a fumaça, gordura e carne. Eu não sabia muito bem o que fazer.

Abanei o rabo quando vi CJ. Ela estava segurando uma sacola e parada do lado de dentro das portas de vidro, olhando para nós. Shane acenou. CJ saiu lentamente.

— Oi, linda — disse Shane, e se levantou.

— Acho que seria idiotice perguntar se você está me seguindo — disse CJ.

Ela colocou a sacola no chão. Senti o cheiro de comida e quis muito, muito mesmo enfiar minha cabeça ali para poder cheirar.

— Vi o Trent colocando malas dentro do seu carro. Então, você não vai me encontrar no parque amanhã.

— Uma prima minha está doente. Tenho que ir visitá-la. Volto em dois dias.

— A questão é que você marcou um compromisso comigo. Agora não está cumprindo a promessa.

— Tem razão, estou numa quebra de contrato.

— Não tem graça. Você age assim o tempo todo — disse Shane.

— Eu queria ter ligado.

— Não é essa a questão. Eu disse que precisava conversar com você e você tem me ignorado. E agora isso, vai sair da cidade e nem me disse nada. Não tive opção a não ser te seguir.

Toquei a mão de CJ com o focinho para que ela se lembrasse que eu estava ali e que poderia fazer uso do conteúdo da sacola, se ela não fosse fazer nada com ele.

— Sobre o que você quer conversar, Shane? — perguntou CJ bem baixinho.

— Bem, sobre nós. — Shane se levantou. — Eu estou tendo insônia. Até sinto um certo enjoo, às vezes. E você não responde às minhas mensagens, como você acha que isso me faz sentir? Bem bravo, pode acreditar. Você não pode fazer isso comigo, amor. Quero que as coisas voltem a ser como era. Sinto sua falta.

— Uau — disse CJ.

Ela se sentou à mesa e finalmente começou a tirar comida da sacola. Eu me sentei, quietinha e boazinha.

— Uau o quê? Ei, posso pegar uma batata?

Shane esticou a mão, pegou um pouco de comida com cheiro delicioso e enfiou na boca. Eu acompanhei a mão dele, mas ele não deixou nada cair.

— Fique à vontade — disse CJ.

— Tem ketchup?

CJ empurrou a sacola para ele e Shane começou a mexer dentro dela.

— Uau o quê? — repetiu ele.

— Acabei de me dar conta de uma coisa a meu respeito. De como sou talentosa — disse CJ.

— É?

— Tenho a habilidade de encontrar amigos que só pensam em si mesmos.

Shane levou a comida até meio caminho em direção à boca. Dei a ele toda a minha atenção.

— E isso o que somos? Amigos? — perguntou ele, baixinho.

CJ bufou e desviou o olhar.

— Você sabe que isso não é verdade, amor — disse Shane, com odores deliciosos saindo de suas palavras. — É que você é perfeita para mim. Todo mundo diz que combinamos muito. Me dá mais ketchup, por favor? Você só me deu um sachê. Não é suficiente.

CJ ficou olhando para ele por um momento, e então, sem dizer nada, ficou de pé e entrou no prédio. Assim que ela entrou, Shane esticou o braço e olhou dentro da bolsa dela e puxou algo que não era comestível — o telefone de CJ. Mas não falou com ele. só ficou olhando.

— Santa Monica? — disse ele em voz alta. — Caramba...

Ele jogou o telefone na bolsa e voltou a se sentar.

CJ saiu e entregou algo a ele. Ela abaixou a mão e me acariciou.

— Logo, logo vou servir o jantar, Molly — disse ela.

Ouvir "jantar" e "Molly" na mesma frase me deixou feliz.

— Essa prima... onde você disse que ela mora? — perguntou Shane.

— O quê?

— Perguntei para onde você está indo.

— Ah. St. Louis.

— Certo. Nós dois sabemos que é mentira.

— Como é?

— Não tem prima doente nenhuma. Você está fugindo porque não sabe lidar comigo como uma pessoa sincera.

— E seu talento especial é ser acidentalmente hilário.

A raiva de Shane estava forte, exalando de sua pele. Ele bateu a mão com força na mesa. Eu me sobressaltei, assustada e sem saber o que ele estava fazendo. Senti um pouco de medo em CJ. O que estava acontecendo? Os pelos de minhas costas se ergueram involuntariamente — senti minha pele formigar.

— Isso termina aqui — disse Shane.

— O quê?

— A mentira. A manipulação. O egoísmo.

— Do que você está falando, Shane?

— Vamos entrar no carro e voltar para Wexford. Vou te seguir e Molly vai comigo para eu saber que você não vai tentar fazer nada idiota.

Eu olhei para ele. CJ passou um bom tempo sem dizer nada e sem comer.

— Certo — disse ela, por fim.

Seu medo havia desaparecido.

— Ótimo.

A raiva de Shane também estava diminuindo. Independentemente do que tivesse acontecido entre os dois, parecia ter terminado.

CJ puxou a sacola de perto dela.

— Você não vai comer isso? — perguntou ele.

— Manda ver.

Shane começou a comer a refeição de CJ. Eu observei com tristeza.

— Me dê suas chaves, vou colocar a Molly em seu carro — disse CJ.

— Eu faço isso — disse ele.

— Não, eu tenho que fazer.

— Não confio em você.

— Se você fizer, ela não vai entender. Eu tenho que fazer. Ela não vai querer ir com você. Cachorros são bons em julgar o caráter dos outros. Quero que ela fique sentada ali por um tempo e se acostume com a ideia antes de irmos.

— Juíza de caráter — disse Shane, rindo.

— Você vai me dar as chaves ou não?

Shane, mastigando, enfiou a mão no bolso e jogou algo para ela que tinha um som distinto de chaves. CJ começou a separá-las e as jogou na minha frente. Eu me inclinei para a frente e as cheirei, e senti o cheiro de fumaça e de um animal morto.

— Você tem um pé de coelho no seu chaveiro agora? — perguntou CJ.

— Sim, me faz lembrar de que tenho muita sorte de ter você.

CJ fez um barulho e afastou o pedaço de animal morto com as chaves.

Ela me desamarrou.

— Vamos, Molly.

— Estarei lá em um segundo — disse Shane.

— Não tenha pressa.

CJ me levou a um carro e abriu a porta. Senti o cheiro de Shane do lado de dentro, além de outros odores, mas não de cachorros.

— Certo, Molly, entre!

Aquilo não fazia muito sentido para mim, mas obedeci, feliz por estar no banco da frente. CJ se inclinou para a frente e a janela do meu lado do carro desceu totalmente.

— Bem, Molly, seja uma boa menina — disse CJ. — Vai dar tudo certo.

CJ fechou a porta do carro. Eu observei, curiosa, quando ela voltou para se sentar com Shane. O que estávamos fazendo? Enfiei a cabeça pela janela aberta, choramingando.

CJ ficou de pé e voltou para o prédio. Shane continuou a comer sem olhar para a frente ou sem dar sinais de que estava guardando o jantar para mim.

Então, virei a cabeça, assustada. A porta de trás do prédio tinha sido aberta e agora CJ estava ali, saindo discretamente. O que estava acontecendo? Eu a perdi de vista dando a volta no prédio e choraminguei.

Ouvi o barulho distinto do carro dela sendo ligado, choraminguei ainda mais alto. Shane se levantou, pegando a sacola e a colocando dentro do cesto de lixo. Ele bocejou, olhou para o pulso e então começou a caminhar em direção às portas do prédio. Inclinou a cabeça, passando a mão pelo rosto.

O carro de CJ dobrou a esquina, passando por Shane, que ficou olhando, paralisado. O veículo percorreu alguns metros rua abaixo, parou e a porta da frente se abriu.

— Molly! — gritou CJ.

Shane se virou para olhar para mim. Eu lati pela janela.

— Molly! — repetiu ela.

Shane baixou a cabeça e veio correndo na minha direção. Eu voltei para dentro e dei voltas no assento da frente. Parecia muito provável que Shane abriria a porta e me deixaria sair para ficar com minha menina.

— Molly! — gritou CJ. — Venha aqui! Agora, Molly!

Eu me virei e passei pelo assento do carro, e voei pela janela aberta quando Shane chegou no carro.

— Peguei você! — disse ele ao me agarrar.

Senti sua mão em minhas costas e abaixei a cabeça, girei e me livrei.

— Para! Sua cachorra idiota! — gritou ele.

Shane começou a correr atrás de mim. Eu atravessei o estacionamento e passei pela porta aberta de CJ, pulei em seu colo, e fui parar no banco ao lado dela, ofegante.

CJ fechou a porta e partiu com o carro.

Ela estava olhando reto, para a parte de cima da janela da frente.

— Você só não é muito inteligente, não é, Shane? — disse ela.

CJ estava dirigindo lentamente e depois de alguns minutos, parou. Ainda olhava para a parte de cima.

Eu me virei, olhei pela janela de trás e vi Shane correndo atrás de nós. Pela cara dele, vi que estava irado. CJ desceu o vidro de sua janela e muito, muito lentamente voltou a dirigir.

Shane parou de correr, apoiando as mãos nos joelhos. CJ parou o carro. Shane olhou para a frente, e então começou a caminhar na nossa direção. Ele foi chegando cada vez mais perto, tão perto que com o vento em suas costas, eu sentia com facilidade o cheiro da comida que ele tinha acabado de comer. Teria sido bom se eu tivesse lambido os dedos de alguém em algum momento.

O carro voltou a andar de novo. CJ enfiou a mão na bolsa e pegou as chaves com o pedaço de animal morto. Ela as exibiu pela janela, chacoalhando-as. Então as jogou por cima do carro, na grama alta no lado da estrada e foi embora. Eu observei pela janela de trás quando Shane foi até onde estávamos e olhou para o campo, com as mãos no quadril.

Eu poderia ter encontrado as chaves com facilidade, mas as pessoas não são muito boas em localizar coisas perdidas. Essa é uma das razões pelas quais elas têm cachorros. Mas nesse caso, algo me dizia que CJ havia jogado as chaves por motivos que não tinham nada a ver com uma brincadeira de jogar e buscar.

Pouco tempo depois, CJ parou o carro e despejou a comida em uma tigela para mim. Eu sabia que ela não se esqueceria de me alimentar, mas francamente, o que Shane tinha tirado da sacola tinha um cheiro bem mais interessante.

Foi a viagem de carro mais demorada que me lembro de ter feito. No meio da noite, CJ parou o carro embaixo de um poste e dormiu no assento da frente. Eu dormi com a cabeça apoiada em suas pernas. Dirigimos por um lugar cheio de neve e depois por um lugar com muito vento e outro muito seco.

Na maioria das vezes em que CJ comia, alguém entregava a ela um saco de comida de dentro de um prédio. Às vezes, comíamos sentadas a uma mesa do lado de fora. As refeições eram exóticas e deliciosas. Aquele foi um dos melhores passeios de carro que já fiz!

Eu estava num sono profundo quando o carro parou. Eu me chacoalhei, olhando ao redor. Estávamos em um lugar com muitos outros carros. O sol ainda não estava muito alto no céu.

— Chegamos, Molly! — disse CJ.

Saímos do carro. Quando aquele cheiro me tomou, de repente eu soube exatamente onde estávamos.

Quando eu fui um cachorro que Trabalhava Encontrando e Indicando, normalmente eu vinha com minhas pessoas, Jakob ou Maya, exatamente a este lugar. Era o mar. CJ me levou até a água, me soltou da coleira, e riu. Eu pulei na água, com a energia acumulada de cerca de dois dias me fazendo correr, apesar das ondas que vinham.

Brincamos ali por um tempo e então caminhamos até algumas mesas montadas ao ar livre. CJ me deu água e comida e se sentou comigo ao sol conforme foi esquentando.

— Dia lindo — disse um homem. — E cachorro lindo.

Ele se abaixou para fazer carinho em mim. Suas mãos tinham cheiro de menta.

— Obrigada — disse CJ.

— De onde vocês são? Vou tentar adivinhar: Ohio?

— O quê? Não, sou daqui.

O homem riu.

— Não. Com esse casaco você não é, não. Eu sou o Bart.

— Oi — disse CJ, desviando o olhar.

— Certo, entendi, você não quer companhia. É que o dia está tão lindo, que eu quis dizer oi para você e o seu cachorro. Toma cuidado para os policiais não encontrarem sua sujeira na praia. Eles multam nesses casos.

O homem sorriu de novo e foi até uma mesa, onde sentou-se sozinho.

Nos dois dias seguintes, dormimos no carro. CJ às vezes ficava de pé embaixo de um jato de água e me levava com ela para dentro de um prédio pequeno onde trocava de roupas. Depois, ficávamos por ali, principalmente perto de restaurantes, pelo cheiro deles. CJ amarrava minha coleira à sombra e entrava, e às vezes saía logo e às vezes ficava ali por um tempo. No fim do dia, seus cabelos e suas roupas ficavam tomados por odores incríveis de comida.

CJ sempre me levava ao mar para correr e brincar, mas nunca nadava.

— Ah, você é uma boa menina, Molly — dizia CJ. — É bem mais difícil conseguir um emprego do que pensei, mesmo ganhando o mínimo por hora.

Abanei o rabo por ser uma boa menina. Na minha opinião, estávamos nos divertindo como nunca. Ficávamos o dia todo no carro ou ao ar livre!

Várias noites depois, enquanto nos preparávamos para dormir, começou a chover. CJ costumava deixar as janelas abertas, mas quando a chuva começava a entrar, ela subia o vidro, e foi por isso que não senti o cheiro do homem. Eu só o vi quando ele surgiu no meio da chuva, embaixo do poste de iluminação. Foi como se a noite e a chuva tivessem se unido e criado um homem molhado e escuro. Eu fiquei bem parada, observando. Ele tinha cabelos compridos e um rosto comprido e carregava um saco grande pendurado no ombro. Estava olhando diretamente para nós.

Senti o medo surgir em CJ e soube que ela também o viu. Eu dei um rosnado baixo.

— Tudo bem, Molly — disse CJ.

Abanei o rabo. O homem olhou ao redor lentamente. Parecia analisar os outros carros do estacionamento. Em seguida, ele se virou para olhar para nós mais uma vez.

CJ arfou quando o homem deu passos firmes em nossa direção.

Capítulo 17

O HOMEM SE APROXIMOU DO CARRO E QUANDO ESTENDEU A MÃO PARA tocar a porta, eu me lancei à janela rosnando e latindo. Estava mostrando que se ele tentasse entrar no carro, seria recebido com mordidas. E eu o morderia, sim. Já conseguia sentir sua pele em minha boca.

A chuva escorria pelos cabelos compridos do homem, descendo pelo rosto quando ele se inclinou para nos ver. Ele estava me ignorando e só olhava para CJ. Ela tinha tanto medo que deixou escapar um gritinho. Eu ouvia seu coração acelerado. Fiquei com raiva por alguém ter assustado minha menina. Irritada, eu raspava as garras no vidro, avançando nele várias vezes, querendo atravessá-lo. Meus latidos eram tão intensos quanto aqueles que eu tinha dado no celeiro para proteger a Clarity do cavalo Troy.

O homem sorriu e bateu no vidro. Eu avancei no vidro onde a mão dele estava encostada. Então, ele se endireitou e olhou ao redor.

— Vá embora! — gritou CJ.

O homem não reagiu. Depois de um minuto, ele se afastou, desaparecendo na escuridão.

— Ai, meu Deus. Ai, Molly, você é uma menina ótima — disse CJ, me abraçando, e eu lambi seu rosto. — Eu fiquei morrendo de medo. Ele parecia um zumbi, sei lá! Mas você me protegeu, não é mesmo? Você é um cão de guarda, um cão de guarda e um poodle, minha misturinha! Eu te amo tanto.

Ouvimos uma forte batida e CJ gritou. O homem tinha voltado e estava batendo na janela com um pedaço de pau. Ele sorria. Sob a chuva e no escuro, eu só conseguia ver seus dentes tortos e amarelos, os olhos escondidos pela aba do chapéu. Ele bateu na janela de novo e eu encostei o rosto no vidro. Agora eu via seus olhos e olhei dentro deles. Eu estava rosnando e baba escorria da minha boca. Aquele homem estava assustando a minha menina. Deixei a raiva tomar conta de mim; tudo que eu queria era morder aquele homem.

Ele riu, olhando para dentro da janela. Apontou o dedo para mim e então o chacoalhou, como Gloria fazia quando conversava comigo. E então, ele se endireitou e desapareceu na escuridão e na chuva.

Eu sempre pensei que gravetos eram coisas com as quais brincar, mas agora eu entendia que um graveto também podia ser algo ruim. Se estivéssemos em um lugar assustador e a pessoa que o segurasse não estivesse tentando brincar.

A chuva fez um barulho alto no carro a noite toda. CJ não dormiu, a princípio, mas aos poucos, o medo a deixou e ela abaixou a cabeça. Eu me pressionei contra ela enquanto cochilava para que ela percebesse que estava sendo protegida por mim.

Na manhã seguinte, o sol brilhava lá fora. Havia um cheiro muito interessante no chão, mas CJ queria ir ao lugar onde podia se sentar às mesas ao ar livre. Quando chegamos lá, o homem gentil que tínhamos conhecido alguns dias antes nos cumprimentou e se abaixou para fazer carinho em mim. Ele era mais alto do que a maioria dos caras que eu conhecia. Suas mãos estavam cheirando a menta de novo.

— Vou pagar seu café da manhã — disse ele.

— Não, obrigada — disse CJ. — Só quero café.

— Vamos. O que você quer, uma omelete?

— Não quero nada.

— Ela vai querer uma omelete com legumes — disse o homem bacana à mulher que trouxe comida.

— Eu disse que não quero nada — disse CJ quando a mulher se afastou.

— Olha, desculpa, mas você está com cara de quem está com fome. Você é atriz? Modelo, você provavelmente é modelo. É bonita o suficiente para isso. Meu nome é Bart. Meu nome de batismo é Bartolomeu, e eu fico tipo... valeu, pais, por isso. Então prefiro usar só Bart, mas quer saber mais uma coisa? Meu sobrenome é Simpson. Então, sim, Bart Simpson. E você, qual é seu nome?

— Wanda — disse CJ.

— Oi, Wanda.

Nós nos sentamos à vontade juntos por alguns minutos, aproveitando o cheiro do bacon que vinha da cozinha.

— Então eu estava certo? Modelo. É por isso que você é tão magra — disse o homem.

— Na verdade, estou pensando em me tornar atriz.

— Bem, que bom então. Eu represento atrizes, é o meu trabalho. Sou agente. Você já tem um?

Eu me sentei porque a mulher trouxe comida e a colocou na frente de CJ, que começou a comer e então parou e fez um brinde a mim!

— Não, não preciso de ninguém que me represente — disse CJ. — Mas obrigada.

— Viu só? Você estava com fome. Olha, eu sei o que está acontecendo.

CJ parou de comer e olhou para o homem.

— Eu ando na praia de manhã e já vi você sair do carro como se tivesse acabado de estacionar. Só que uma noite dessas eu passei por aqui e o vi estacionado. Você acha que é a primeira atriz a dormir dentro do carro? Não há nada de vergonhoso nisso.

CJ começou a comer de novo, só que mais lentamente.

— Não tenho vergonha — disse ela, baixinho.

Jogou um pedaço de queijo para mim e eu habilidosamente o peguei no ar.

— Você deveria ir para casa comigo.

— Ah, como uma recompensa pela omelete? — perguntou CJ.

O homem riu.

— Não, claro que não. Eu tenho mais de um quarto. Só até você se ajeitar.

— Na verdade, estamos de férias e eu preciso ir embora amanhã.

O homem riu de novo.

— Você é *mesmo* atriz, hein? Está com medo de quê? Com a possibilidade de não conseguir o que precisa? Independentemente do que seja, posso conseguir para você.

— O quê?

— Estou tentando te proteger aqui, te ajudar. Por que você está sendo hostil?

— Drogas? É disso você está falando? Eu não uso drogas.

Senti que CJ estava ficando brava, mas não sabia por quê.

— Certo, falha minha. A maioria das garotas usa, para dizer a verdade. Estamos em Los Angeles, afinal.

— A maioria. Então você tem o quê, um harém? Um estábulo?

— Eu disse que eu represento...

CJ se levantou.

— Eu sei o que você representa. Bart. Vamos, Molly.

Ela pegou minha guia.

— Ei, Wanda — disse o homem enquanto nos afastávamos, mas CJ não parou de andar. — Você sabe que vai me ver de novo, não é? Não sabe?

Passamos aquele dia sentadas em um cobertor na calçada. Havia uma caixa ali e de vez em quando alguém parava e jogava algo dentro dela, e quase sempre falavam comigo.

— Bonito cachorro — costumavam dizer.

CJ dizia:

— Obrigada.

Eu adorava ver todas aquelas pessoas. Permanecemos naquele cobertor até o sol se pôr, e então CJ me deu comida.

— Eu tenho o suficiente para conseguir comprar comida para você amanhã, Molly — disse ela.

Eu abanei o rabo para mostrar que tinha ouvido meu nome e que estava feliz por estar comendo. Enquanto voltávamos para o carro, CJ diminuiu a velocidade.

— Ah, não — disse ela.

O chão ao redor do carro estava cheio de pedrinhas. Curiosa, eu fui cheirá-las. As pedrinhas brilhavam sob a luz dos postes da rua.

— Não, Molly, você vai cortar as patas!

CJ puxou a guia e eu entendi que havia algo de errado. Olhei para ela.

— Senta.

Ela amarrou a guia a um poste para que eu não pudesse segui-la até o carro. As janelas estavam abertas, e ela enfiou a cabeça dentro de uma. Eu choraminguei porque se íamos entrar no carro, eu não queria ser esquecida.

Um carro lentamente se aproximou de nós. Um feixe de luz veio da lateral dele e pousou sobre CJ, que se virou para olhar para ele.

— Esse carro é seu? — perguntou a mulher olhando para fora.

CJ assentiu. A mulher saiu pelo seu lado e um homem saiu pelo outro e eu vi que ambos eram policiais.

— Levaram alguma coisa? — perguntou a mulher.

— Eu tinha roupas, coisas assim — respondeu CJ.

O policial se aproximou para acariciar minha cabeça.

— Cachorrinho bonito — disse ele.

Eu abanei o rabo. Seus dedos cheiravam a pimenta.

— Vamos fazer um boletim de ocorrência — disse a policial. — O seguro vai pagar pelo vidro e talvez pelos pertences. Depende de sua pontuação, coisas assim.

— Ah. Bom, não sei se vale a pena.

— Sem problema — disse a policial. — Posso ver seu documento?

CJ entregou algo à policial. O policial se levantou, pegou algo e voltou a se sentar em seu carro. CJ se aproximou de mim.

— Boa menina, Molly — disse ela.

CJ parecia um pouco assustada, por algum motivo. A policial começou a dar a volta no carro e CJ soltou minha guia. O policial se levantou.

— Ela está no sistema — disse ele.

A policial olhou para CJ, que se virou e saiu correndo! Eu não sabia o que estávamos fazendo, mas adorei poder correr ao lado dela. Não tínhamos ido muito longe quando ouvi passos atrás de nós. Era o policial. Ele nos alcançou.

— Por quanto tempo você quer fazer isso? — perguntou ele ao se aproximar correndo.

CJ diminuiu a velocidade, e então parou. Apoiou as mãos nos joelhos e lambi seu rosto, pronta para partir de novo.

— Vou participar de uma corrida de dez quilômetros esse fim de semana, então agradeço pela oportunidade de poder treinar um pouco — disse o policial. Ele se abaixou para me fazer carinho e eu abanei o rabo. — Quer me contar por que saiu correndo desse jeito?

— Não quero ser presa — disse CJ.

— Você não vai ser presa. Não prendemos pessoas que fogem de casa. Mas você é menor e está registrada como desaparecida, por isso vai ter que vir com a gente.

— Não posso.

— Sei que agora as coisas parecem impossíveis, mas pode acreditar, você não vai querer ser uma moradora de rua. Como você se chama?

— CJ.
— Bem, CJ, vou ter que algemá-la porque você saiu correndo.
— E a Molly?
— Vamos ligar para o resgate de animais.
— Não!
— Não se preocupe, não vai acontecer nada com ela. Eles vão mantê-la até você poder pegá-la. Está bem?

Voltamos ao carro e as pessoas estavam reunidas, falando.

Por fim, surgiu uma caminhonete com uma jaula na parte de trás. Eu não queria passear de carro naquela jaula, e me encolhi quando um homem saiu da caminhonete com uma haste com uma corda na ponta.

— Não, espere. Tudo bem. Molly, venha aqui — disse minha menina.

Eu a obedeci direitinho. Ela se abaixou e segurou minha cara com as duas mãos.

— Molly, você vai ter que passar uns dias no abrigo, mas vou te buscar. Prometo, Molly. Está bem? Boa menina.

CJ parecia triste. Ela me levou à caminhonete e o homem com a haste e a corda abriu a porta da jaula. Eu olhei para ela. Jura?

— Vamos, Molly. Suba! — disse CJ.

Eu entrei na jaula, e então me virei. CJ encostou o rosto no meu e eu lambi as lágrimas salgadas de seu rosto.

— Você vai ficar bem, Molly. Prometo.

O passeio de carro na jaula não foi divertido. Quando a caminhonete parou, o homem abriu a jaula, encaixou a corda na ponta da haste em meu pescoço e nós entramos em um prédio.

Eu ouvi o barulho e senti o cheiro deles antes mesmo de abrirem a porta: cachorros. Dentro do prédio, eu não consegui manter o equilíbrio porque o chão estava muito escorregadio. Os latidos eram tão altos que eu sequer conseguia ouvir o som das minhas unhas arranhando o piso para ganhar tração. O barulho era absurdo, uma confusão absoluta de cães. Ele me levou de volta para dentro de uma sala e me fez subir uma rampa até chegar a uma mesa de metal. Havia outros dois homens ali e eles me seguraram.

— Ela é boazinha — disse o homem com a corda.

Senti uma mão agarrar os pelos atrás de meu pescoço e senti uma dor leve. Eu abanei o rabo, abaixando as orelhas, para mostrar que apesar de eles terem me machucado, estava tudo bem.

— Então é a primeira coisa que devemos fazer, imunizá-los. Não vai fazer mal se for vacina repetida e, assim, evitamos uma epidemia — disse um dos homens, que teve que gritar por cima da barulheira. — Então essa será sua tarefa como parte do processo de indução.

— Entendi — disse o terceiro homem.

— A dona está no abrigo feminino. Ela é menor — disse o homem que segurava a corda.

— Ah, sim. Ela tem quatro dias.

Eu estava em um corredor estreito. O piso ali era igualmente escorregadio, o que era muito irritante. O salão era repleto de jaulas e em cada uma delas havia um cachorro. Alguns deles estavam latindo e outros, chorando. Alguns estavam no portão e alguns encolhidos no fundo. O lugar fedia a medo.

Eu já tinha ido a lugares repletos de cachorros latindo, mas nunca tão alto assim. Um cheiro forte de produto químico se espalhou pelo ar. Era o mesmo cheiro que saía da máquina que CJ tinha no porão, onde ela gostava de colocar as roupas para molhá-las. E eu sentia o cheiro de gatos também, apesar de não poder ouvir nenhum por causa de todo o barulho que os cachorros faziam.

Fui colocada em uma jaula pequena. Não havia casinha de cachorro, mas uma toalha pequena no chão escorregadio. O homem fechou a porta da jaula. Havia um ralo no chão e eu o cheirei. Muitos cães o tinham marcado com seu odor. Eu decidi não fazer isso naquele momento.

Do outro lado do salão, um cachorro preto e grande estava avançando na porta de sua jaula e rosnava. Quando ele me viu, olhou em meus olhos e rosnou. Era um cachorro mau.

Eu me enrolei em cima da toalha. Sentia saudade de CJ. Os latidos, o choro e os uivos de cortar o coração não paravam mais.

Depois de um tempo, minha voz se uniu à deles. Não consegui evitar.

Capítulo 18

Eu estava com medo e, apesar da algazarra dos cachorros, eu nunca tinha me sentido tão sozinha. Eu me deitei bem enroladinha em cima da toalha que estava no chão. Recebi comida e água, servidos em tigelas de papel. O cachorro da jaula em frente a minha rasgou a tigela dele, mas eu não.

Depois de muito tempo, um homem veio até mim. Ele me tirou da jaula e colocou faixas na minha cara, de modo que eu podia abrir pouco a boca. Ele me levou para dentro de uma sala fria com o mesmo piso escorregadio. Estava mais silencioso ali dentro, mas ainda assim eu ouvia os latidos.

Senti o cheiro de muitos cães na sala, e o cheiro deles estava carregado de medo, dor e morte. Ali era um lugar onde cachorros tinha morrido. O homem me levou a um buraco que estava coberto por uma grade de metal. Fiquei de pé, com as pernas trêmulas. Tentei me encostar no homem para conseguir um pouco de conforto, mas ele se afastou de mim.

Reconheci o cheiro do outro homem — ele havia estado na sala um dia antes. Abanei o rabo para ele um pouco, mas ele não disse meu nome.

— Certo, esta é a primeira vez que você entra aqui? — disse o homem que me levava.

— Não, despejei os corpos dos que passaram por eutanásia ontem — disse o homem que eu conhecia.

— Certo, este é o teste de agressão. Se eles não passarem, têm tempo curto. Isso quer dizer que só ganham quatro dias até serem sacrificados. Caso contrário, ganham mais tempo se não estivermos superlotados.

— E em algum momento nós não estamos superlotados?

— Ah, sim, você está aprendendo. Às vezes não estamos totalmente lotados, mas normalmente é assim.

O outro homem foi a um balcão e pegou uma tigela cheia de comida.

— Vou deixar ela cheirar isto e se acostumar com a ideia de que é a comida. Então, começo a puxar usando uma mão de plástico. Tá? Se ela se virar e avançar na mão, é agressão. Se rosnar, é agressão.

— Como o cachorro sabe que é uma mão?

— Ela tem formato de mão e cor de pele. É uma mão.

— Certo.

— Eu sei que parece mais uma espátula de plástico.

— Então rosne para ela.

Os dois homens riram.

Eu não sabia o que estava acontecendo, mas nunca me senti tão triste. O homem da frente colocou a comida no chão, na minha frente. Comecei a salivar. Eles estavam pensando em me alimentar? Eu estava com fome. Abaixei o focinho e o homem se aproximou de mim com um graveto grande.

Eu havia aprendido, por ter ficado com CJ no carro, que em momentos difíceis, os gravetos podiam ser ruins, então quando o homem aproximou o graveto do meu focinho, eu rosnei, assustada demais para fazer qualquer outra coisa.

— Certo, é isso — disse o homem com a comida. — Agressiva. Pouco tempo.

— Mas a dona disse que voltaria — respondeu o outro homem.

— Todos dizem isso. Faz com que se sintam melhores quando estão deixando o Rex aqui. Mas sabe de uma coisa? Eles nunca voltam.

— Mas...

— Ei, sei que você é novo aqui, mas vai ter que se acostumar bem rápido com as coisas ou não vai durar. É uma cachorra agressiva. Pronto.

— Sim, está bem.

Fui levada de volta à minha jaula. Eu me encolhi, de olhos fechados. Depois de um tempo, consegui adormecer, apesar da agressão física dos latidos.

Um dia se passou, e mais um. Eu me sentia ansiosa e grudenta. Eu estava começando a me acostumar ao barulho e aos cheiros, mas nunca me acostumava a ficar sem minha menina. Eu latia quando me lembrava da dor da separação.

Mais um dia se passou. Foi o pior deles, porque realmente parecia que minha menina tinha se esquecido totalmente de mim. Eu precisava que CJ viesse me buscar imediatamente.

O barulho estava tão alto que senti a presença de uma mulher do lado de fora da minha jaula sem ouvi-la. Ela abriu a porta e deu um tapinha em seus joelhos. Lentamente, hesitante, eu me aproximei dela com as orelhas abaixadas, abanando o rabo. Ela prendeu uma guia em minha coleira e me levou pelo corredor. Os cachorros uivavam, latiam, rosnavam e choramingavam para mim.

A mulher me levou a uma porta e quando ela se abriu, CJ estava ali.

Soluçando, dei um pulo, tentando lamber o rosto dela.

— Molly! — disse ela. — Ah, Molly, você está bem? Sinto muito, Molly, você está bem?

Por vários minutos, trocamos abraços e beijos. Minha menina. Ela não tinha se esquecido de mim, afinal. Eu senti o amor que fluía dela e isso fez meu coração se encher.

CJ me levou a um carro e eu segui cheia de felicidade. Ela abriu a porta de trás, mas eu estava tão feliz por estar indo embora que entrei na hora e então vi por que eu não seria uma cachorra que viaja no banco da frente: Gloria estava ali, sentada no lugar que era sempre meu. Ela olhou para mim e eu abanei o rabo porque até fiquei feliz em vê-la, tão animada que eu estava por estar deixando o local dos cães que latiam muito.

— Boa menina, boa menina — disse CJ ao se sentar ao volante e dar partida no carro.

Dirigimos para um lugar que era tão barulhento quanto o lugar com todos os cães, mas era um alvoroço feito por pessoas. Ouvi carros e ônibus, além de gritos e outros sons, e frequentemente um barulho alto de trovão que parecia chacoalhar o próprio ar.

CJ tirou uma caixa do porta-malas e abriu uma portinha de metal em um dos lados.

— Entre na caixa, Molly.

Olhei para ela sem entender.

— Caixa — repetiu ela, ao que abaixei a cabeça e entrei.

— Boa menina, Molly. Esta é sua caixa.

Ali dentro, eu conseguia olhar para fora pela grade de metal, mas o resto da caixa era sólido.

— Você vai viajar de avião, Molly. Vai ficar tudo bem.

CJ enfiou os dedos pela grade.

Foi um dos dias mais esquisitos da minha vida. Várias vezes, a jaula tombava para um lado e para outro e, por fim, me colocaram em uma sala com outro cachorro, cujo odor eu sentia, mas não via. Ele começou a latir, mas eu estava cansada de latir e só queria dormir. Um rosnado de tremer os dentes logo tomou a sala, fazendo vibrar minha caixa e meu corpo parecer pesado, como se estivesse em um passeio de carro. O cachorro latiu, latiu e latiu, mas eu havia escutado barulhos piores recentemente e não estava incomodada. As vibrações pareciam deixar meus ossos cansados e eu logo dormi.

Depois de mais algumas remexidas, eu me vi em uma situação com muitas pessoas e os mesmos barulhos altos. CJ apareceu e abriu a caixa. Eu saí e me chacoalhei: estava pronta para me divertir. Ela me levou para fora, para um trecho de grama onde pude fazer minhas necessidades, e a combinação de odores flutuando no ar frio me indicava que estávamos perto de casa. Abanei o rabo, feliz.

Um homem nos levou para passear de carro. Gloria se sentou ao lado dele e CJ se sentou ao meu lado. Eu queria me sentar no colo de CJ, estava muito feliz por estar com ela de novo, mas quando tentei, ela riu e me afastou.

Quando chegamos em casa, Trent estava lá e Rocky também! Eu saí pulando do carro e corri até meu irmão. Ele me cheirou de cima a baixo, sem dúvida sentindo os cheiros de todos os cães e de todas as pessoas que eu tinha encontrado desde que tínhamos nos visto pela última vez. Em seguida, brincamos de lutinha na neve. Eu estava me sentindo insegura, por isso não deixei Rocky me puxar além de alguns metros dos pés de CJ, quando ela se sentou nos degraus com Trent.

— Foi... um aventura, com certeza — disse CJ. — Tenho que dizer que da próxima vez que for para a Califórnia, quero ficar num lugar com chuveiro. O Ford não tinha chuveiro.

— O que aconteceu com o carro?

— Cara, Gloria me obrigou a vender. Supostamente eu tinha independência demais. Essa é a nova teoria dela, que eu fugi por causa de independência. Além disso, ela quer que eu comece a ir ao psicólogo. Está convencida de que alguém que não quer viver com ela só pode estar doido.

— Como foi? Quando ela apareceu?

— Quer saber de uma coisa? Foi Gloria pura, inteirinha. Ela chegou ao abrigo feminino e disse: "Graças a Deus, graças a Deus", e agradeceu aos funcionários por cuidarem da sua "menininha". Acho que ela pensou que dariam um prêmio para ela, ou coisa assim. Mãe do Ano. E então, quando chegamos ao carro, ela me perguntou se estava a fim de dar uma volta para vermos as casas das celebridades.

Rocky tentou, várias vezes e sem sucesso, fazer com que eu saísse correndo atrás dele pelo quintal. Agora que tinha desistido, rolou de barriga para cima e expôs a garganta para eu poder mordê-la. CJ estendeu a mão e me acariciou. Era ótimo estar em casa.

— Aí ela me deu um sermão e disse que já encontrou um corretor para vender o carro, que agora estava sob custódia eu acho. E então fomos comer na Ivy, que é um restaurante frequentado por vários atores de cinema. Ela me disse que estava decepcionada comigo e que amava a mãe dela, e então perguntou se eu queria experimentar o vinho que ela tomava porque na Califórnia o vinho era tão bom quanto o da França. Estávamos em um restaurante e ela quer dar vinho a uma menor de idade. Depois disso, fomos buscar a Molly e voltamos para casa de primeira classe. Ela passou a viagem inteira dando mole para o comissário de bordo. Acho que ela achou que ele a queria só porque perguntou se ela queria mais vinho. Isso apesar de o cara ter tipo uns 25 anos e obviamente não curtir mulheres, se é que você me entende.

— E a Molly?

— Bom, essa foi a pergunta principal, não é? Eu disse a ela que se algo acontecer com Molly de novo, vou escrever um livro sobre como fui forçada a fugir de casa porque minha mãe era uma agressora de cães, e vou autopublicá-lo e sair em turnê pelo país. Isso deu a ela algo sobre o que pensar.

Rocky e eu paramos de brincar de lutinha quando ouvimos meu nome. Ele começou a pular e a subir em minhas costas.

— Rocky, pare com isso — disse Trent.

Rocky saiu de cima de mim e foi buscar segurança junto a Trent.

— Vamos andar — disse CJ, levantando-se.

Ela e Trent prenderam as guias em nossas coleiras e então fomos em direção ao portão lateral. Descemos a rua. Era ótimo passear!

— Ah, e depois ela me disse que Shane foi muito solícito, que foi ele quem disse que eu estava em Los Angeles. Isso depois de eu ter contado a ela como ele é louco! Ela atende os telefonemas dele e bate papo e provavelmente dá risada e tudo.

— Eu tentei te encontrar, sabia? Na internet. Fiquei procurando posts, qualquer coisa em que aparecesse seu nome.

— Eu deveria ter ligado. Desculpa, Trent. É que... Não era o melhor momento para mim.

— Mas encontrei algo enquanto procurava — disse Trent.

— O quê?

— Na verdade, é mais o que eu não encontrei. Sabe o site da corretora onde sua mãe trabalha? Então, a foto dela está lá, mas não há propriedades relacionadas a ela.

— É uma foto toda produzida? Detesto essa foto.

— Sim, acho que sim. É bem louca, fora de foco.

— Ela tem certeza de que alguém vai ver aquela foto e contatá-la para fechar um acordo de gravação de um disco.

— Dá para voltar nas vendas de três anos atrás no site. O nome da sua mãe não está em nenhuma delas.

— O que isso quer dizer?

— Acho que quer dizer que nos últimos três anos sua mãe não vendeu nem divulgou nenhuma casa.

— Você está brincando.

— Não, pode conferir.

— Eu não fazia ideia. Ela nunca disse nada a respeito.

Rocky ficou tenso e eu vi no mesmo instante o que ele viu: um esquilo havia corrido para a rua e agora estava paralisado, olhando para nós, provavelmente congelado de medo.

Com as patas afundadas na neve, nós dois fomos até onde nossas guias deixaram, e o esquilo foi em direção a uma árvore e subiu. CJ e Trent nos levaram em direção à árvore. Rocky apoiou as patas no tronco e latiu, um som alegre para mostrar ao esquilo que poderíamos tê-lo pegado, se tivéssemos tentado.

— Oi!

Uma mulher surgiu atrás de nós. Ergui o focinho e senti que já a havia visto antes, mas não tinha certeza de onde.

— Ei! Oi, Sheryl! — disse CJ. — Este é o Trent, meu amigo.

A mulher se inclinou e estendeu a mão para que Rocky e eu a cheirássemos. Ela estava usando uma luva que tinha um cheiro delicioso, mas eu sabia que não deveria pegá-la com minha boca.

— Oi, Trent. Oi, Molly.

— Nós nos conhecemos na festa de Natal — disse Trent.

— Sim, claro — disse Sheryl.

— Hum — disse CJ.

Ela e Trent se entreolharam.

— Sheryl, no Natal, quando Molly fez aquilo... Não ficamos sabendo de mais nada depois. Quero dizer...

A mulher se endireitou.

— Havia um nódulo. Mas era muito pequeno e eu estava tão ocupada que teria continuado adiando a ida ao médico se não fosse pelo alerta que a Molly deu.

Eu abanei o rabo.

— Nós o detectamos a tempo, segundo meu médico. Então...

A mulher deu uma risadinha.

— Eu liguei e contei tudo para a sua mãe, ela não disse nada?

— Não, ela não comentou. Mas eu andei... viajando.

A mulher se inclinou para a frente e me beijou. Abanei o rabo e Rocky enfiou a cabeça no meio do caminho.

— Obrigada, Molly — disse a mulher. — Você salvou minha vida.

Quando chegamos em casa, Trent e Rocky saíram e CJ e eu entramos na casa. Havia um quarto ao qual eu nunca ia porque era onde a Gloria gostava de se sentar e olhar os jornais, e foi para onde fomos. Não havia comida nem brinquedos ali, então não consegui entender por que perderíamos tempo ali. CJ abriu gavetas e analisou papéis, enquanto eu me mantive enrolada, com vontade de tirar um cochilo.

— Ah, não — disse CJ em voz baixa.

Ouvi a palavra "não", mas não parecia indicar que eu tinha feito algo errado. CJ se levantou de repente e atravessou o corredor. Estava brava e pisava forte.

— Gloria!

— Estou aqui nos fundos!

Entramos no quarto de Gloria. Ela estava sentada em uma poltrona na frente de uma televisão.

— O que é isso? — perguntou CJ com a voz alterada, mexendo nos jornais.

Gloria olhou, com os olhos semicerrados, e suspirou.

— Ah, isso.

— Nossa casa está embargada?

— Não sei. É confuso demais.

— Mas... está escrito o pagamento está atrasado há seis meses. Seis meses! É verdade?

— Não pode ser. Já faz tudo isso?

— Gloria. Aqui está escrito que estamos em processo de retirada do imóvel. Se não fizermos alguma coisa vamos perder a casa!

— Ted me disse que eu poderia pegar um dinheiro emprestado com ele — disse Gloria.

— Quem é Ted?

— Ted Petersen. Você ia gostar dele. Ele parece modelo.

— Gloria! Há várias contas na sua mesa que sequer foram abertas.

— Você tem espionado minha mesa?

— O pagamento da casa está atrasado e você não acha que eu tenho o direito de saber a respeito?

— Aquele escritório é particular, Clarity.

A raiva lentamente deixava minha menina. Ela se sentou em uma cadeira, e os papéis caíram no chão. Eu os cheirei.

— Bem, tudo bem — disse CJ. — Acho que vamos ter que usar o fundo do meu pai.

Gloria não disse nada. Ficou olhando para a televisão.

— Gloria, está ouvindo? Você sempre disse que há uma provisão lá se realmente precisarmos do dinheiro para algo, se eu precisasse fazer cirurgia ou coisa assim. Um dinheiro que podemos retirar da conta. Acho que perder a casa é uma dessas emergência.

— Por que, para começo de conversa, você acha que estamos atrasadas?

— Como é?

— Não havia uma quantia suficiente lá. Seu pai deveria ter feito mais seguros de vida, mas nunca foi muito de se planejar.

CJ ficou bem parada, e eu consegui ouvir seus batimentos cardíacos. Encostei o focinho em sua mão, preocupada, mas ela me ignorou.

— O que você está dizendo? Está dizendo que pegou o dinheiro? O dinheiro do meu pai? O meu dinheiro? *Você pegou meu dinheiro?*

— Esse dinheiro nunca foi seu, Clarity. Era o dinheiro que seu pai deixou para você viver. Todo o dinheiro que gastei foi com você. Como você acha que paguei sua comida, a casa? E nossas viagens, o cruzeiro?

— O cruzeiro? Você tirou dinheiro do fundo para poder fazer um cruzeiro?

— Um dia, você vai ser mãe e vai entender.

— E as suas coisas, Gloria? E os seus carros, as suas roupas?

— Bem, é claro que preciso ter roupas.

CJ ficou de pé. A ira dentro dela fez seu corpo todo ficar rígido, e eu me encolhi de medo.

— Odeio você! Odeio! Você é a pessoa mais horrível do mundo! — gritou ela.

Soluçando, ela atravessou o corredor, e eu fui atrás dela. CJ pegou algumas coisas do balcão da cozinha ao passarmos pela porta e foi até o carro de Gloria, e abriu a porta. Eu entrei. E me sentei no banco da frente!

CJ ainda estava chorando enquanto descíamos a rua. Eu olhei pela janela, mas não vi o esquilo que perseguimos mais cedo. CJ segurava o telefone contra a orelha com uma das mãos.

— Trent? Meu Deus, Trent, a Gloria gastou todo o meu dinheiro. Meu dinheiro, o fundo do meu pai, não existe mais! Ela disse que usou o dinheiro para mim, mas é mentira. É mentira, Trent. Ela tirou férias e comprou um monte de coisas e era todo o meu dinheiro. Meu Deus, Trent... Era o dinheiro para a minha faculdade, era o meu... Ah, meu Deus.

A dor de CJ era enorme. Eu resmunguei e apoiei a cabeça em seu colo.

— Não, o quê? Não, eu fui embora. Estou dirigindo. O quê? Não, não roubei o carro dela, não é dela, ela comprou com meu dinheiro! — gritou CJ.

Ela ficou em silêncio por um minuto. E enxuguei os olhos.

— Eu sei. Posso ir à sua casa? Molly está comigo.

Abanei o rabo.

— Espera — disse CJ.

Ela ficou em silêncio, com o corpo parado, e então uma nova emoção veio à tona: medo.

— Trent, é o Shane. Ele está bem atrás de mim.

CJ se virou no assento, e então olhou para a frente. Eu senti um peso que sabia significar que o carro estava mudando de velocidade.

— Não, eu tenho certeza. Ele está me seguindo! Ligo para você mais tarde!

CJ jogou o telefone em meu assento, e ele quicou e caiu no chão à minha frente. Olhei para ele, mas decidi não descer para cheirá-lo.

— Segure-se, Molly — disse CJ.

Eu tive dificuldade para me manter no banco. Ouvi uma buzina. O carro virou e eu caí encostada na porta. Paramos de repente e então voltamos a avançar. Dobramos mais uma esquina.

CJ respirou fundo.

— Ok, ok. Acho que ele se foi, Molly — disse ela.

Ela se inclinou para pegar o telefone, resmungando, e então algo me atingiu tão forte que perdi a noção de tudo. Ouvi CJ gritar e o choque da dor tomou meu corpo e não consegui mais enxergar. Senti que estávamos caindo.

Demorei bastante tempo para entender o que estava acontecendo. Eu não estava mais no banco da frente. Estava deitada no lado de dentro do teto do carro com CJ acima de mim, no assento.

— Ai, meu Deus, Molly, você está bem?

Senti gosto de sangue na boca e não consegui abanar o rabo nem mexer as pernas. CJ soltou o cinto e escorregou do assento.

— Molly! — gritou ela. — Molly, por favor, não consigo viver sem você, por favor, Molly, por favor!

Senti o terror e a tristeza que ela sentia e quis confortá-la, mas só consegui ficar olhando para ela. Ela segurou minha cabeça com as duas mãos. Era muito bom sentir suas mãos em meus pelos.

— Eu te amo, Molly. Me desculpa, me desculpa Molly. Ah, Molly... — disse ela.

Eu não conseguia mais vê-la, e sua voz parecia distante.

— Molly! — disse ela.

Eu sabia o que estava acontecendo. Conseguia sentir a escuridão crescendo ao meu redor e, ao sentir, eu me lembrei de ter estado com Hannah, no último dia em que vivi como Amigão. E de como, ao me desligar, eu me peguei pensando na Clarity bebê, e desejando que ela encontrasse um cachorro que cuidasse dela.

De repente, me dei conta de uma coisa.

Eu tinha sido esse cachorro.

Capítulo 19

Nas vezes anteriores, quando as ondas quentes e calmas passaram por mim levando a dor embora, eu me deixei fluir com a correnteza, voando sem direção. Todas as vezes em que havia renascido antes, tinha sido uma surpresa: eu sempre tinha a sensação de que havia completado minha missão, satisfeito meu propósito.

Mas não dessa vez. Minha menina estava em apuros e eu precisava voltar para ela. Quando as ondas vieram e a sensação das mãos dela em meu pelo desapareceu de mim, eu me esforcei, lutando para fazer meus membros reagirem. Eu queria renascer.

Quando recobrei a consciência e percebi que tinha voltado, foi um alívio. Eu tinha a sensação de que havia passado menos tempo adormecida do que antes, o que era bom. Agora, eu precisava crescer e ficar forte para voltar para CJ e ser seu cachorro.

Minha mãe era bege, assim como meus dois irmãos — duas irmãs, agressivamente procurando se alimentar. Quando os sons começaram a surgir mais distintos e identificáveis, eu ouvi cães latindo. Muitos deles. Estava de novo em um lugar com cães latindo. Depois de um tempo, o barulho se tornou apenas um ruído de fundo, e eu parei de ouvir.

Enquanto a luz ainda estava confusa e meus membros estavam fracos, eu não podia fazer nada além de dormir e me alimentar, mas eu me lembrava do que fazer, de como me aproximar da minha mãe e conter minha impaciência por ser tão impotente.

Havia duas mulheres diferentes cujas vozes eu conseguia ouvir às vezes e cuja presença eu conseguia sentir de vez em quando. Quando essas pessoas chegavam, o corpo da minha mãe tremia ao abanar o rabo; eu sentia isso enquanto mamava.

Mas na primeira vez em que minha visão ficou clara e eu vi uma dessas pessoas, fiquei chocada. Era um gigante parado à nossa frente.

— Que bonitinhos — disse ela. — Boa menina, Daisy.

Minha mãe abanou o rabo, mas eu estava olhando para a frente para a mulher enorme, piscando, tentando me focar. Então, sua mão desceu para acariciar minha mãe, e eu me retraí — a mão era enorme, maior do que eu, maior do que a cabeça da minha mãe.

À medida que fomos crescendo, via minhas irmãs se aproximando para dizer oi às mulheres gigantes quando elas se aproximavam da jaula. Temerosa, eu esperava, sequer ia atrás da minha mãe quando ela saía para receber carinho. Por que minhas irmãs não sentiam medo? Quando a mulher me pegou, suas mãos me envolveram como um cobertor, eu rosnei para ela, apesar de seus dedos fortes me manterem presa.

— Oi, Max, você é um cachorro bravo? Vai ser um cão de guarda?

Outra mulher gigante se aproximou para me espiar. Eu também rosnei para ela.

— Acho que o pai é um yorkie, talvez? — disse ela.

— Parece uma mistura de Chihuahua-Yorkie — disse a mulher que me segurava.

O nome dela, eu logo saberia, era Gail, e de todas as pessoas naquele lugar barulhento, era ela quem passava a maior parte do tempo comigo.

Eles me chamavam de Max, e minhas irmãs se chamavam Abby e Annie. Mesmo enquanto eu brincava com elas, estava sempre com a sensação de que eu deveria estar procurando a CJ. Mas em todas as vezes anteriores em que estive em um lugar com cães latindo, era ela quem havia me encontrado. O que eu precisava fazer, provavelmente, era esperar. Ela viria. Minha menina sempre vinha.

Um dia, Abby, Annie e eu ficamos em um canil pequeno com outros cães. Eram todos filhotes e correram para nos receber, pequenos demais para saber que não se deve tocar focinho com focinho e pular em outro cachorro sem parar. Com desdém, eu deslizei para o lado daquele que havia me atacado. Eu ignorei sua língua e mostrei para ele que, antes de mais nada, deveríamos cheirar educadamente a genitália um do outro.

Havia outros cães em outros canis e ao olhar para eles pela cerca quadriculada, fiquei chocada: também eram enormes! Que lugar era aquele em que as pessoas e os cães eram monstros gigantescos? Fui até a cerca para cheirar um cachorro branco, e ele abaixou a cabeça, era dez vezes maior do que minha mãe. Nós cheiramos a cerca e então eu me afastei, latindo, mostrando para ele que não sentia medo (apesar de estar sentindo medo, claro).

— Está tudo bem Max, vá brincar — disse Gail, a gigante, para mim.

Exceto quando estávamos nos canis, não podíamos ficar sem coleira. Um dia, eu estava sendo levada por um corredor cheio de jaulas e de cães em direção à minha própria jaula, quando vi um cachorro um pouco parecido com o Rocky: a mesma curiosidade, as mesmas patas de ossos finos. Eu sabia que não era o Rocky, mas a semelhança era tão grande que me fez parar apesar do cachorro, como muitos outros do lugar, ser enorme.

Foi quando me ocorreu: não eram os cachorros e as pessoas que eram enormes: *eu que era pequeno*. Um cachorrinho minúsculo!

Eu já tinha visto muitos cães minúsculos na vida, é claro. Mas nunca tinha considerado que eu pudesse ser um deles

— eu sempre tinha sido grande, porque as pessoas às vezes precisam da proteção que um cachorro grande pode oferecer. CJ certamente precisava! Eu me lembro de estar no carro com ela quando o homem tentou entrar e bateu na janela com um graveto e eu o fiz ir embora rosnando. Um cachorrinho pequeno teria conseguido fazer aquilo?

Sim, concluí. Quando acontecesse de novo, eu ainda poderia rosnar, ainda mostraria para o homem que se ele abrisse a porta, eu o morderia. Brincar de lutinha com cachorros pequenos tinha me ensinado que eles tinham dentinhos muito afiados. Eu só teria que convencer os caras maus que estaria disposto a enfiar os meus dentes em suas mãos. Isso os impediria de tentar entrar no carro.

De volta ao canil, observei Abby e Annie brincando. Elas viram que eu as observava. Naturalmente estavam esperando minha liderança, já que obviamente eu era o cachorro mais experiente. Ou pelo menos, elas deveriam. Quando fui entrar na brincadeira, no entanto, as duas se uniram contra mim em vez de se submeterem. Outro aspecto: cachorros pequenos normalmente acabavam de barriga para cima, submissos. Eu teria que me esforçar muito para provar que o fato de ser pequeno não me tornava um cachorro que podia ser oprimido.

Coloquei minha nova decisão em ação quando fomos deixados com outros filhotes, e mostrei para eles que independentemente do tamanho que tinham, eu era o cachorro a quem deveriam prestar atenção. Um cachorro brincalhão, preto e marrom, todo orelhas e patas e que obviamente seria tão grande quanto Rocky um dia, pensou que me colocaria no chão com seu peso maior, mas eu escapei de suas patas dianteiras e fui atrás dele com dentes prontos para morder. Ele caiu de costas, se rendendo tranquilamente.

— Seja bonzinho, Max — disse Gail para mim.

Sim, meu nome era Max, e eu era um cachorro que tinha que ser levado a sério.

Quando fomos desmamados, saímos para um passeio de carro, dentro de jaulas. Fomos para uns canis ao ar livre. Nossa mãe era mantida em um canil separado, o que incomodava Abby e Annie, mas não a mim: eu sabia o que aconteceria. Era o momento de as pessoas chegarem e levarem os filhotes para casa com elas

Os canis ao ar livre não tinham piso protegido, ficavam diretamente no chão. Eu queria rolar na grama verde, me esparramar ao sol, mas momentaneamente fiquei impressionado com os sons e com os cheiros. O barulho era constante, mas não de latidos; eram os mesmos farfalhares mecânicos e gritos que me receberam no dia em que fui jogado de um lado a outro dentro de uma caixa de plástico, no dia em que CJ me buscou daquele lugar com cães latindo perto do mar. E os cheiros: carros, cães, pessoas, água, folhas, grama e, ainda por cima, comida — fortes rajadas de odores de comida me envolviam. Abby e Annie pareciam tão encantadas quanto eu com aquela quantidade de estímulos interessantes, então simplesmente ficamos ali, focinhos ao vento, absorvendo tudo.

Muitas pessoas vinham, olhavam dentro dos canis e às vezes passavam um tempo brincando com os cães do lado de dentro.

— Olha só os filhotinhos! — diziam as pessoas quando olhavam para minhas irmãs e para mim.

Abby e Annie corriam entusiasmadas, mas eu sempre me retraía. Estava esperando por CJ.

Em pouco tempo, dois homens ajoelharam ao lado de nossa jaula, enfiando os dedos pela cerquinha, e Gail se aproximou para falar com eles.

— Acreditamos que eles sejam cruzas de Yorkie. A mãe deles é a Chihuahua ali — disse ela.

Gail abriu o portão e Abby e Annie saíram, e os dois homens riram encantados. Eu fiquei deitada no fundo da jaula, mantendo a cabeça baixa. Foi a última vez que vi minhas irmãs. Fiquei contente porque os dois homens, que obviamente eram bons amigos, as levaram juntos para que Abby e Annie pudessem se encontrar do modo com que Rocky e eu tínhamos permanecido juntos.

— Não se preocupe, Max, você vai encontrar um lar — me disse Gail.

Alguns dias depois, voltamos ao mesmo lugar, e naquela ocasião, minha mãe e alguns outros cães foram para casa com algumas pessoas. Por três vezes, a porta do meu canil foi aberta e nas três vezes eu me deitei no chão e rosnei quando as pessoas tentaram me pegar.

— O que aconteceu, ele foi agredido? — perguntou um homem a Gail.

— Não, ele nasceu no abrigo. Não sei, o Max só é... antissocial. Também não é muito de brincar com os outros cachorros. Acho que ele ficaria bem com alguém que fica mais em casa e não recebe muitas visitas.

— Bem, essa pessoa não sou eu — disse o homem, rindo.

Por fim, ele foi embora com um cachorrinho branco.

Um pouco depois, um homem se aproximou de Gail na lateral do canil.

— Tem alguém interessado em Max hoje? — perguntou ele.

Olhei para ele com olhar suplicante, mas ele não fez qualquer movimento para abrir a porta da jaula para que eu pudesse sair e encontrar CJ.

— Infelizmente não — respondeu Gail.

— Precisamos colocá-lo na lista depois de hoje.

— Eu sei.

Eles se levantaram olhando para mim. Suspirando, eu me deitei na grama.

Aparentemente, eu teria que esperar um tempo até poder sair.

— Bem, talvez tenhamos sorte. Espero que sim — disse o homem.

— Eu também — disse Gail.

Ela parecia triste e eu olhei para ela antes de descansar a cabeça entre as patas.

E então, naquela tarde quente e sem nuvens, com o ronco de carros e máquinas fazendo a atmosfera vibrar e os cheiros de inúmeros cães, pessoas e alimentos tomando nossos olfatos, vi uma mulher descendo a rua. Fiquei de pé para vê-la com mais clareza. Alguma coisa em seu jeito de caminhar, em seus cabelos e em sua pele...

Ela andava depressa ao lado de um cachorro enorme, e enorme não só comparado a mim, mas a todos os outros cachorros que eu já tinha visto. Eu me lembrei do burro que vivia na Fazenda muitos anos antes. Era um bicho grande como ele, com um corpo esguio e uma cabeça enorme. Quando ela se aproximou um pouco, o vento trouxe seu cheiro até mim.

Era, obviamente, CJ.

Eu gritei, e meu latido, baixo e frustrante em comparação a todo o ruído de fundo, me rendeu uma olhada rápida do cachorro gigante. CJ, no entanto, sequer virou a cabeça na minha direção. Frustrado, a observei descer a rua e desaparecer.

Por que ela não tinha parado para me ver?

Alguns dias depois, eu estava de novo nos canis na mesma área de grama e exatamente no mesmo momento do dia quando CJ passou de novo, passeando com o mesmo cachorro. Lati muito, mas ela não me viu.

— Por que está latindo, Max? O que você viu? — perguntou Gail.

Eu abanei o rabo. *Sim, me deixa sair, eu preciso correr atrás de CJ!*

O mesmo homem se aproximou para ver Gail, mas eu estava concentrada em CJ, que se afastava.

— Como está o nosso Max? — perguntou ele.

— Acho que não muito bem, infelizmente. Ele avançou numa menina hoje cedo.

— Eu acho que mesmo se encontrássemos um adotante, acho que ninguém conseguiria lidar com ele — disse o homem.

— Não temos como saber. Com uma socialização melhor do que a estamos podendo oferecer a ele, pode ser que ele melhore.
— Ainda assim, Gail, você sabe o que penso.
— Certo.
— Se não praticássemos a eutanásia, acabaríamos cheios de cães não adotáveis e aí não poderíamos salvar mais nenhum deles.
— Mas ele não mordeu ninguém!
— Você mesma disse que ele avançou numa menina.
— Eu sei, mas... Ele é bonzinho, ou melhor... Acho que no fundo ele é um ótimo animal.

Eu fiquei me perguntando o que significava CJ estar com um cachorro. O cachorro era dela?

Toda pessoa precisava de um cachorro, ainda mais minha menina, mas por que ela precisaria de um cachorro tão grande? Havia muito mais pessoas ali do que em qualquer outro lugar onde já tínhamos morado, então talvez um cachorro grande daquele jeito oferecesse mais proteção se muitas pessoas tentassem entrar no carro à noite na chuva. Mas com certeza ele não conseguiria proteger minha menina como eu. Só eu conhecia CJ desde que ela era bebê.

— Sabe do que mais? — disse o homem para Gail. — Vamos levar o Max para mais uma feira de adoção. Quando é a próxima? Na terça? Certo, só mais essa. Talvez tenhamos sorte. Mas ele já passou do tempo estabelecido.
— Ai, meu Deus — disse Gail. — Coitadinho do Max.

Naquela noite, pensei em CJ. Ela estava mais velha do que quando eu era Molly, e os cabelos estavam mais curtos, mas eu ainda a reconhecia. Não nos esquecemos da aparência de uma pessoa depois de passar horas e horas olhando para ela, mesmo que ela mude um pouco. E apesar de haver um monte de odores ao meu redor naquele lugar, ainda assim eu conseguia sentir o cheiro dela trazido pelo vento.

O céu estava nublado quando fui levado ao canil a céu aberto de novo. Gail estava do outro lado da cerca e se inclinou para falar comigo.

— É isso, Max. Seu último dia. Sinto muito, rapazinho. Não faço ideia do que pode ter acontecido para você ser tão agressivo, eu ainda o acho lindo, mas não posso ter cachorros no meu apartamento, nem mesmo um pequenininho como você. Sinto muito, muito mesmo.

Eu não estava esperando ver CJ antes do final do dia, mas depois de cerca de meia hora ela surgiu carregando duas sacolas, sem o cachorrão. Gritei para ela, que se virou e me viu. Ela olhou dentro dos meus olhos! Pareceu diminuir o passo por um segundo, olhando para as jaulas e para as pessoas na grama, e então, impressionantemente, ela continuou caminhando.

Ela tinha olhado nos meus olhos! Gritei e depois chorei, passando a pata na grade. Gail se aproximou.

— Max, o que foi?

Mantive o foco em CJ, chorando o mais alto que pude, tomado pela dor e pela frustração. Ouvi a porta da jaula ser aberta, e então Gail se inclinou, prendendo uma guia em minha coleira.

— Aqui, Max — disse ela.

Eu avancei nela, e meus dentes passaram tão perto de seus dedos que quase consegui sentir o gosto da pele. Assustada, Gail se inclinou para trás, soltando a guia. Eu saí pelo portão aberto e corri atrás de CJ, com a guia batendo no cimento atrás de mim.

Que felicidade finalmente estar correndo ao ar livre, indo atrás da minha menina! Que dia ótimo!

Eu a vi atravessando a rua, por isso parti na frente dos carros. Ouvi uma freada forte e um caminhão grande e alto parou bem na minha frente. Consegui passar por baixo daquela coisa sem nem precisar me abaixar. Desviei de outro carro e então passei para o outro lado. CJ estava vários metros à frente, subindo numa calçada.

Corri desesperado. Um homem abriu a porta de um prédio alto e CJ entrou nele. O peso da guia estava diminuindo um pouco minha velocidade, mas eu dobrei a esquina e consegui passar pela porta de vidro, bem no momento em que ela se fechava.

— Ei! — gritou o homem.

Eu estava em uma sala grande com piso escorregadio que me fez derrapar. E então eu a vi. Ela estava dentro do que parecia um armário, com uma luz acima da cabeça. Feliz, eu corri pelo piso, com as unhas fazendo barulhinhos.

CJ olhou para a frente e me viu. As portas dos dois lados começaram a se unir. Dei um salto e então entrei junto com ela. Eu me ergui, apoiado as patas nas pernas dela, chorando.

Eu a havia encontrado, havia encontrado minha menina.

— Ai, meu Deus! — disse CJ.

De repente, senti um puxão na guia.

— Você ficou preso! Ai, meu Deus! — gritou CJ.

Ela largou as sacolas, que caíram no chão com uma explosão de sons e cheiros de alimentos. CJ estendeu os braços para mim, mas eu não consegui chegar até ela. A guia estava me puxando para trás.

— Ah, não! — gritou CJ.

Capítulo 20

CJ SE JOGOU NO CHÃO, ESTICANDO AS MÃOS PARA ME PEGAR E PARA ME-xer em meu pescoço desesperadamente. Eu ia escorregando sem poder evitar, minha coleira tão apertada que me impedia de respirar. Ela estava tomada pelo medo e gritava:

— Não! Não!

A guia me puxava para trás e eu bati na parede atrás de mim, e então, com um clique, a coleira se soltou. Eu caí no chão e ouvi um barulho alto de engrenagens. Estremecendo, as portas escuras se entreabriram e a coleira desapareceu.

— Ah, cachorrinho — gritou CJ.

Ela me puxou para si e eu lambi seu rosto. Foi tão bom estar em seus braços de novo, sentir o gosto de sua pele e seu cheiro familiar.

— Você poderia ter morrido bem na minha frente!

Também senti o cheiro de cães e de um gato e, claro, o cheiro forte dos líquidos que vazavam das sacolas que ela tinha derrubado.

— Ok, cachorrinho, menino bonzinho. Espere um pouco.

CJ riu e levantou as sacolas molhadas.

— Ai, droga — disse com desânimo.

Quando as portas se abriram, eu a segui por um corredor acarpetado. O cheiro de um cachorro foi ficando mais forte quando ela parou diante de uma porta, na qual mexeu e abriu.

— Duke! — chamou ela, fechando a porta com o quadril.

Ouvi o barulho antes de vê-lo: era o cão enorme que eu tinha visto andando com CJ na guia. Ele era branco e cinza, com partes de pelos pretos no peito que eram maiores em área total do que a minha mãe inteira. Ele parou assim que me viu, erguendo o rabo na hora.

Eu marchei até ele porque estava ali para cuidar de CJ. Ele baixou a cabeça e eu rosnei para ele, sem me afastar nem um centímetro.

— Seja bonzinho — disse CJ.

Eu nem pude me esticar para cheirá-lo direito, mas quando ele tentou me cheirar, mostrei os dentes para ele, avisando.

CJ passou alguns minutos na cozinha enquanto o cachorro gigante e eu nos aproximávamos com certa hesitação. Eu sentia o cheiro de um gato e sabia que havia um felino morando naquele lugar também, embora não o visse em lugar nenhum. CJ se aproximou, secando as mãos em uma toalha, e me pegou no colo.

— Certo, cachorrinho, vamos ver se conseguimos encontrar seus donos.

Olhei com desdém para o cachorro grande, que observava com seriedade. Ele podia sair para passar com CJ, mas ela nunca o pegaria no colo para fazer carinho.

Saímos de novo e entramos na mesma salinha onde tínhamos nos encontrado, e então ela me levou a um salão com algumas portas de vidro que se abriam para fora.

O homem que tinha gritado comigo estava ali.

— Oi, senhorita Mahoney, esse cachorro é seu? — perguntou ele.

— Não! Mas ele quase foi enforcado no elevador. David, eu sinto muito, mas derrubei uma garrafa de vinho tentando salvar esse pequeno. Vazou um pouco no piso do elevador.

— Vou cuidar disso agora mesmo.

O homem estendeu uma mão com luva na minha direção, e eu rosnei porque não sabia se ele estava tentando tocar a CJ ou a mim — e ninguém tocaria em CJ enquanto eu estivesse por perto. Ele afastou os dedos depressa.

— Ousado, hein? — disse ele.

Meu nome era Max, não Ousado. Eu o ignorei.

CJ desceu a rua comigo e foi com susto que percebi os cheiros dos canis ao ar livre. Eu me remexi nos braços dela, e me virei.

— Oi, eu acho que este cachorrinho é de vocês, não? — disse minha menina enquanto eu apoiava a cabeça em seu ombro e lambia sua orelha.

— Max! — disse Gail de algum ponto atrás de mim.

— Max — disse CJ. — Ele é um fofo. Ele entrou correndo no elevador do meu prédio como se morasse lá. A guia ficou presa nas portas e eu fiquei com medo de ele acabar sendo enforcado.

CJ estava me acariciando e eu encostei a cabeça na curva de seu pescoço. Não queria voltar ao lugar com os cães latindo. Queria ficar bem ali.

— Ele é um amorzinho — disse CJ.

— Ninguém nunca chamou o Max de amorzinho — disse Gail.

Beijei o rosto de CJ e lancei um olhar para Gail, abanando o rabo um pouco para que ela percebesse que eu estava feliz agora e que ela podia voltar a cuidar de outros cães.

— Qual é a raça dele?

— A mãe é uma Chihuahua. Estamos achando que o pai é um Yorkie.

— Max, você é uma misturinha! — disse CJ, sorrindo para mim. — Bem, onde você quer que eu o deixe?

Gail estava me observando, e então olhou para CJ.

— Sinceramente? Não queria que você o deixasse.

— Oi?

— Você tem cachorro?

— O quê? Não, não posso. Eu estou cuidando de um cachorro no momento.

— Então você gosta de cachorros.

CJ riu.

— Gosto, claro. Quem não gosta?

— Você ficaria surpresa se eu te contasse.

— Na verdade, agora que você mencionou, eu já conheci alguém que não gostava de cachorros.

CJ estava me empurrando com delicadeza do abraço forte que eu estava dando nela, agarrado em seu ombro.

— Está claro que Max gostou de você — disse Gail.

— Ele é muito bonzinho.

— A eutanásia dele está marcada para amanhã de manhã.

— O quê?

Senti CJ se assustar, o modo com que me segurou com mais força e deu um passinho para trás.

— Desculpe... Sei que parece brutal. Nosso abrigo tem essa política de sacrificar os animais.

— Que horror!

— Sim, com certeza é, mas fazemos o melhor que podemos e quando temos a oportunidade, passamos os animais a abrigos que não sacrificam. Mas esses abrigos estão cheios, assim como nós, e todos os dias chegam mais e mais cachorros. Normalmente encontramos lares para os filhotes, mas Max nunca se entendeu com ninguém e já passou da hora de isso acontecer. Precisamos do espaço.

CJ me afastou e olhou para mim. Seus olhos estavam marejados.

— Mas... — disse ela.

— Há outros cães que precisam de ajuda. A questão do resgate animal é como um rio, precisa continuar fluindo. Caso contrário, ainda mais cães morreriam.

— Eu não sabia disso.

— Max nunca se aproximou de ninguém além de você. Ele avançou em mim hoje cedo, e eu sou a pessoa que dá comida para ele. É como se ele tivesse escolhido você, dentre todas as pessoas em Nova York. Você pode ficar com ele? Por favor. Não vamos cobrar a taxa de adoção.

— É que eu adotei um gato na semana passada.

— Cães e gatos que crescem juntos costumam se dar bem. Você vai salvar a vida dele.

— Não posso, eu sou passeadora de cachorros. Digo, na verdade eu sou atriz, mas levo cachorros para passear e são todos grandes.

— Max sabe se impor a cães grandes.

— Sinto muito.

— Tem certeza? Ele só precisa de uma chance. Essa chance é você.

— Sinto muito.

— Então, amanhã ele vai morrer.

— Ai, meu Deus.

— Olha só para ele — disse Gail.

CJ olhou para mim e eu me remexi de prazer com a atenção. Ela me colocou perto de seu rosto e lambi seu queixo.

— Tá — disse CJ. — Não acredito que estou fazendo isso.

Depois de deixarmos as jaulas dos cachorros, fomos a um lugar tomado pelo som de pássaros cantando e de cheiros de animais que eu nunca tinha sentido antes. CJ colocou uma coleira em mim e prendeu uma guia. Com a cabeça erguida, eu andei ao lado dela, feliz por de novo ser responsável por protegê-la.

Em pouco tempo, voltamos ao armário pequeno onde eu finalmente tinha conseguido me aproximar de CJ. O que havia vazado de suas sacolas não estava mais ali, mas eu ainda conseguia sentir o cheiro que ainda restava do líquido doce. Caminhei com confiança ao lado dela no corredor, mas ela me pegou ao abrir a porta.

— Duke? — chamou ela.

Ouvi um barulho parecido ao de um cavalo correndo e o cachorrão veio correndo até nós. Eu mostrei meus dentes a ele.

— Duke, o Max vai morar conosco a partir de agora — disse CJ.

Ela me mostrou para ele e quando o cachorro, Duke, levantou o focinho, eu rosnei para alertá-lo. Ele baixou as orelhas e abanou o rabo. CJ não me colocou no chão.

— Sneakers? — chamou CJ.

Ela me levou a um quarto, Duke nos seguiu, e havia uma gata nova deitada na cama. Ela arregalou os olhos quando me viu.

— Sneakers, este é o Max. Ele é uma misturinha de Chihuahua com Yorkie.

CJ me deixou na cama. Eu pensei que soubesse lidar com gatos. Você só precisa mostrar que não vai machucá-los, desde que eles fiquem na linha. Eu trotei até onde Sneakers estava, mas antes de conseguir encostar uma pata nele, o gato se irritou e me deu uma patada na cara com as garrinhas afiadas. Doeu! Eu dei um pulo para trás, chocado demais para fazer qualquer coisa além de gritar, e caí da cama. Duke abaixou a cabeça enorme e me lambeu, sua língua era do tamanho da minha cara. E esse foi o modo com que fui apresentado àquelas criaturas. Nenhuma delas parecia reconhecer a importância de minha chegada ou da minha importância para CJ.

Naquela noite, CJ preparou uma coisas deliciosas, e o cheiro de carne tomou o apartamento. Duke a seguia por todos os lados, apoiando a cabeça no balcão para ver o que ela estava fazendo.

— Não, Duke — disse ela, afastando-o.

Eu tive que me apoiar nas patas traseiras e me enfiar entre as canelas de CJ para receber atenção.

— Certo, Max, você é um bom menino — disse ela para mim.

Eu era um bom menino, e Duke era "não, Duke". Foi o que entendi da interação. Infelizmente, Sneakers estava no quarto e perdeu aquela demonstração de que eu era o animal de estimação preferido.

Enquanto ela cozinhava, CJ também brincava com os cabelos e com as roupas, mas não de um modo em que um cão pudesse participar. Ela calçou sapatos com um cheiro que parecia indicar terem um gosto bom e depois disso, seus passos começaram a fazer barulho na cozinha.

Pouco depois, ouvimos um barulho na porta. CJ me pegou e a abriu.

— Oi, amor — disse ela ao homem que estava ali, de pé.

Ele era atarracado e não tinha pelos na cabeça. Seu cheiro era de alguma coisa queimada, como amendoins com um toque apimentado de algum tipo.

— Nossa, o que é isso? — perguntou ele.

O homem esticou um dedo bem na minha cara e eu rosnei para ele, mostrando os dentes.

— Max! — disse CJ. — Entre. É o Max, ele é meio que meu novo cachorro.

— Espera, meio?

O homem entrou e CJ fechou a porta.

— Ele seria sacrificado amanhã. Eu não podia deixar que sacrificassem esse garotinho. Ele é tão fofinho.

O homem estava muito perto de CJ. Mostrei meus dentes a ele de novo.

— Sim, fofinho. Mas o que o Barry vai dizer quando ele voltar e você estiver com um cachorro novo no apartamento dele?

— Ele já me deixou ficar com a Sneakers. O Max não é maior.

Duke estava tentando enfiar a cabeça grande e idiota embaixo da mão do homem, que o afastava. CJ me colocou no chão e eu arregalei os olhos para o homem — eu ainda não sabia se ele representava alguma ameaça e com meu tamanho, eu não podia baixar a guarda sem ter certeza antes.

— Estou preparando bife com brócolis — disse CJ. — Quer abrir o vinho, Gregg?

— Ei, vem cá — disse o homem.

CJ e o homem se abraçaram bem apertado e então atravessaram o corredor. Eu acompanhei, mas era pequeno demais para conseguir subir na cama com eles. Duke poderia ter subido com facilidade, mas Sneakers saiu pela porta quando CJ e o homem entraram, e Duke estava mais interessado em ir atrás da gata. Sneakers entrou embaixo do sofá. Eu poderia ter entrado ali com ela facilmente, mas decidi não dar à gata a oportunidade de me arranhar de novo. Duke, por outro lado, aparentemente foi tolo o bastante para achar que poderia entrar se tentasse o suficiente. Resmungando e gemendo, ele enfiou a cabeça embaixo do sofá até chegar a movimentá-lo no tapete. Fiquei tentando imaginar por quanto tempo Sneakers toleraria aquilo até demonstrar a Duke por que ela tinha nascido com unhas.

Depois de um tempo, CJ e o homem saíram do quarto.

— Olha! — disse CJ, rindo. — Ainda bem que eu apaguei o fogão. Oi, Max, você se divertiu com Duke?

Duke e eu olhamos para ela quando ouvimos nosso nome e a pergunta.

— Quer abrir aquele vinho? — perguntou ela ao homem.

Ele estava de pé perto da mesa, com as mãos nos bolsos. CJ saiu de novo da cozinha, que ainda estava tomada pelos cheiros deliciosos.

— O que foi?

— Não posso ficar, amor.

— O quê? Você disse...

— Eu sei, surgiu uma coisa.

— Surgiu uma coisa. E o que seria, exatamente, Gregg?

— Ei, eu nunca menti para você a respeito de minha situação.

— Essa situação em que você disse que está terminando. É a essa situação que você se refere?

— É complicado — disse ele.

— Sim, é. Parece que sim. Por que você não me atualiza a respeito da "situação" no momento? Porque eu pensei que no processo de "nunca mentir para mim" você tivesse sido bem claro ao dizer que a situação estava praticamente resolvida.

CJ estava brava. Duke baixou a cabeça, assustado, mas eu fiquei tenso e em alerta. O nome do homem era Gregg e ele estava deixando minha menina brava.

— Preciso ir.

— Então isso aqui foi o quê? Um pit stop? Uma rapidinha?

— Amor...

— Para com isso! Não sou seu amor!

Gregg começou a ficar bravo também. A situação estava fugindo do controle. Eu avancei e agarrei a perna da calça dele.

— Ei! — gritou ele, balançando o pé, quase me acertando.

— Não! — gritou CJ, abaixando-se para me pegar. — Você nem ouse chutar meu cachorro!

— Ele tentou me morder! — disse Gregg.

— Ele só está me protegendo. Foi criado em um abrigo.

— Bem, você precisa adestrá-lo então.

— Certo, vamos mudar totalmente de assunto e falar do cachorro.

— Não sei o que você quer! — gritou Gregg. — Estou atrasado para fazer uma coisa.

Ele caminhou depressa até a porta e a abriu. Virou-se para dentro depois de sair.

— Isso também não é fácil para mim. Você poderia ter um pouco de consideração comigo, pelo menos.

— Certamente você tem toda a minha consideração, posso te garantir.

— Não preciso disso — disse o homem.

Ele fechou a porta com força.

CJ se sentou no sofá e escondeu o rosto com as mãos. Eu não consegui subir no sofá para confortá-la. Duke se aproximou e apoiou a cabeça enorme no colo dela, como se isso pudesse ajudar.

Ela soluçou ao tirar os sapatos e os jogou no chão. Decidi que eram sapatos ruins.

Depois de alguns minutos, CJ entrou na cozinha, pegou duas panelas e as colocou na mesa, e comeu diretamente de dentro delas. Comeu, comeu, comeu e comeu, enquanto Duke observava atentamente.

Eu tinha certeza do que aconteceria em seguida. E aconteceu — dentro de cerca de meia hora, ela estava no banheiro, vomitando. Como ela fechou a porta na minha cara, eu fiquei sentado no chão, choramingando, desejando poder ajudá-la em sua dor. Era meu propósito tomar conta de CJ, e naquele momento, senti que não estava fazendo um bom trabalho.

Capítulo 21

No dia seguinte, fomos todos passear, menos Sneakers. Já tinha visto gatos ao ar livre, mas eles não passeiam com as pessoas. Quase sempre fazem isso sozinhos. Cachorros, por outro lado, quase sempre fazem isso ao lado de uma pessoa. Este é só um dos motivos pelos quais os cães são animais de estimação melhores do que gatos.

Duke e eu estávamos presos à guia. Eu estava me sentindo mais paciente com ele do que quando nos vimos pela primeira vez. Agora ele era submisso o tempo todo — quando brincávamos, ele se deitava de barriga para cima e me deixava subir em seu pescoço e morder o rosto. Mas passear com ele era constantemente irritante. Ele ia para a esquerda quando deveria ir para a direita com a guia, distraído por um cheiro ou outro, desequilibrando CJ e atrapalhando meu caminho.

— Duke... Duke... — dizia CJ.

Ela nunca tinha que dizer "Max... Max..." porque eu trotava ao lado dos pés dela como um cachorro bonzinho. Mas às vezes eu latia, caso contrário eu não tinha certeza se as pessoas me veriam; elas costumavam olhar para Duke, provavelmente surpresas por ele ser tão ruim passeando.

Fiquei feliz por minha menina ter encontrado outro cachorro depois que eu, quando fui Molly, a deixei. Mas agora que estávamos reunidos de novo, é lógico que eu seria o líder porque Duke simplesmente não sabia o que estava fazendo.

Havia cheiros de comida por toda parte, latas de lixo e papéis para cheirar. Como eu precisava forçar minhas perninhas para acompanhar o ritmo, essas delícias passavam rápido demais e eu não conseguia aproveitá-las. Subimos degraus e CJ bateu a uma porta, que se abriu, revelando o cheiro de pessoas, de um cachorro e de alimentos. Havia uma mulher ali.

— Ah — disse ela —, já está na hora?

Senti que CJ estava um pouco tensa.

— Hum, sim, estou bem na hora marcada — disse CJ.

Senti o cheiro de um cachorro desconhecido no vaso de flor ao meu lado e me abaixei para marcá-lo.

— Minhas plantas! — gritou a mulher.

— Ah!

CJ se abaixou e me pegou.

— Desculpa, ele ainda é filhote.

CJ estava irritada e era culpa da mulher. Quando a mulher se inclinou para me espiar, eu rosnei para ela, que deu um passo para trás.

— Ladra, mas não morde — disse CJ.

— Vou chamar o Pepper — disse a mulher.

Ela nos deixou esperando na porta por alguns minutos e então voltou com uma cachorra cor de ferrugem, muito maior do que eu, mas ainda assim bem menor do que Duke. A cachorra estava presa a uma guia que ela entregou a CJ. A cachorra me cheirou e eu rosnei para ela para mostrar que eu estava ali para proteger CJ.

Logo entendi que ela se chamava Pepper e fomos passeando e parando em mais lugares. Pouco tempo depois pegamos uma cachorra marrom chamada Sally e então um cachorro atarracado e peludo chamado Beevis. Todos vinham presos a guias e juntos formávamos uma família canina nada natural.

Não era como estar com Rocky, nem como estar com Annie e Abby, aquilo ali era uma mistura de cães muito tensos uns com os outros, unidos por guias que impediam que nos afastássemos. Durante a maior parte do tempo, tentamos ignorar a presença dos demais, mas Duke tentou brincar com Sally apesar de estarmos indo passear.

Mais estranha do que a natureza nada natural da matilha era a obsessão de CJ em pegar nosso cocô. Na Fazenda, eu fazia minhas necessidades na mata ao redor, e como Molly, eu normalmente usava um canto do quintal — um homem vinha com frequência para ligar máquinas e limpar minha sujeira. Às vezes, CJ recolhia meu cocô, normalmente quando estávamos na propriedade de outra pessoa, mas não era como agora, como um hábito. CJ metodicamente recolhia o cocô de todos os cães de nossa matilha e até guardava o cocô de Duke, que era enorme. Ela os levava consigo por um tempo em sacolinhas e, então, os deixava em contêineres na rua, o que era ainda mais impressionante. Por que se preocupar em recolher e carregar tudo se ela não pretendia ficar com eles?

As pessoas fazem algumas coisas que os cachorros nunca vão entender. Eu costumava acreditar que os seres humanos, com sua vida complexa, realizavam um propósito maior, mas diante de uma coisa dessas não dava para ter muita certeza.

Por ser o cachorro responsável, eu tentava ser civilizado com os outros cães, mas Beevis não gostava de mim e eu não gostava de Beevis. Quando ele me cheirava, seu pelo se arrepiava e ele vinha para cima de mim, todo empinado. Ele era maior do que eu, mas não muito — se não fosse por mim, ele seria o menor cachorro ali. CJ puxou a guia dele e a cara dele se aproximou muito da minha, então eu avancei na direção dele e ele mordeu a lateral da minha orelha.

— Parem! Max! Beevis!

CJ estava brava. Eu abanei o rabo para ela, esperando que ela compreendesse que nada daquilo tinha sido culpa minha.

CJ nos levou a um parquinho de cachorros. Que lugar ótimo! Era tão bom estar sem coleira que saí correndo do nada. Duke e

Sally me seguiram, mas eu podia me virar mais depressa do que eles e em pouco tempo estava correndo sozinho. Havia outros cães no parque com seus donos, alguns correndo atrás de bolas, outros brincando de lutinha, e um cachorro branco com orelhas compridas entrou na brincadeira com Duke e Sally — foi muito divertido brincar de pega-pega com os cachorros!

Vi Beevis se abaixando e depois pulando em mim. Eu desviei e ele veio correndo e rosnando. Fiz um movimento em círculo, mas ele me interrompeu. Parecia que eu não teria escolha a não ser avançar nele, mas Duke veio correndo e meio que trombou em nós dois. Com Duke ao lado dele, Beevis era menos hostil. Corri até CJ, que estava sentada em um banco, tentei pular para ficar do lado dela, mas não alcancei e caí. Rindo, ela me pegou e eu me sentei todo orgulhoso em seu colo, observando os cachorros, sentindo os cheiros exóticos e as mãos dela, amando tudo aquilo.

Quando saímos do parquinho, refizemos o mesmo caminho. Fomos deixando cada cachorro em sua respectiva casa até restarmos somente eu e Duke quando chegamos à casa de CJ. Como eu estava exausto, adormeci aos pés dela depois de comer um petisco.

Ao longo daquele verão, Beevis e eu aprendemos a ignorar um ao outro, apesar de ele ainda rosnar para mim quando eu corria. Ele sequer conseguia me acompanhar, mas era muito bom em me cortar, de modo que, se eu estivesse correndo alegremente com todo o pessoal, ele se enfiava no meio de nós, me desafiando, e todos os cães que estavam correndo passavam a andar. Eu não sabia se mais alguém achava aquilo tão irritante quanto eu.

Em casa, assumi a responsabilidade de guiar Duke para que tivesse um comportamento mais educado. Ele não entendia que minha tigela de comida era só minha, por isso tive que avançar nele algumas vezes até ele perceber. Ele nunca chegou a comer o meu jantar, ou sequer a refeição toda que davam a ele, mas eu não gostava de ver aquele focinho enorme descendo para cheirar o que eu comia. Ele também era preguiçoso: quando alguém batia à porta, ele só latia quando eu latia, apesar de sermos os únicos protetores de CJ no mundo todo. Assim, eu tinha que ser mais vigilante e latia ao menor som que vinha do corredor. Eu sabia que tínhamos que latir porque CJ sempre se mostrava brava quando alguém batia à porta.

— Ei! Parem! Quietos! Já chega! — gritava.

Eu não entendia as palavras, mas o sentido era claro: ela se irritava com as batidas e nós deveríamos continuar latindo.

Quando Duke latia, Sneakers normalmente atravessava a casa e se escondia embaixo da cama. Por outro lado, ela foi passando a sentir muito menos medo com o passar dos dias e, depois de várias aproximações, começou até a se divertir comigo. Brincávamos de lutinha, mas não era exatamente a mesma coisa que brincar com um cachorro, porque Sneakers me envolvia com as patas de trás. Em todo caso, era mais fácil do que tentar brincar com Duke, que era ridiculamente grande e que tinha que rastejar no chão para eu poder subir em cima dele.

O único momento de paz entre Sneakers e Duke era quando CJ passava uma máquina no chão que fazia um barulho alto. Aquilo assustava demais os dois, mas eu não me preocupava porque já tinha visto máquinas parecidas, na minha época. Quando CJ guardava a máquina, ela se aconchegava conosco. Ficávamos os quatro no sofá, nos recuperando de todo o trauma.

Mas eu sabia que era seu animal de estimação preferido, e CJ provou isso, certa manhã, quando prendeu a guia em minha coleira e passeou exclusivamente comigo ao ar livre, num dia quente e úmido. Duke nos seguiu até a porta, mas CJ disse que ele era um bom menino e que deveria ficar onde estava, e então fomos só nós dois.

Eu já estava tão acostumado com os barulhos do lado de fora que mal os notava, mas ainda achava os cheiros interessantes. As folhas começavam a cair de algumas árvores e a se espalhar pela calçada, levadas pela brisa fria. Caminhamos por vários quarteirões à medida que a noite caía. Havia muitas pessoas na rua, além de vários cachorros, por isso mantive minha guarda levantada.

Finalmente, fomos até algumas portas. CJ mexeu com alguma coisa na parede e disse:

— Sou eu, CJ!

Em seguida, ouvimos um zunido. Entramos no prédio e minha menina me carregou por alguns lances de escada. Uma porta se abriu no fim do corredor e um homem saiu para nos receber.

— Oi! — disse ele.

Quando nos aproximamos, senti o cheiro dele: Trent!

Fiquei surpreso, porque nunca pensei que o veria de novo. Mas os seres humanos conseguem se organizar para que as coisas aconteçam da forma que desejam e era assim, por exemplo, que CJ sempre conseguia me encontrar quando precisava de mim.

Trent e CJ se abraçaram enquanto eu me erguia nas patas traseiras e tentava alcançá-lo. Em seguida, ele riu, se abaixou e me pegou do chão.

— Cuidado... — disse CJ.

— Quem é esse? — perguntou ele.

Trent ria com felicidade enquanto eu lambia seu rosto. Eu estava tão feliz por vê-lo! Eu me remexi em seus braços, querendo me aproximar mais e mais.

— Este é o Max. Não acredito que ele está agindo assim... Ele nunca faz isso. Ele não gosta da maioria das pessoas.

— Que garotinho fofo. Qual é a raça dele?

— Uma misturinha, meio Chihuahua e meio Yorkie. É o que acreditam que seja, pelo menos. Nossa! Adorei o que você fez com o apartamento!

Trent riu e me colocou no chão. Ele morava na melhor casa de todas: não havia uma única peça de mobília em nenhum lugar. Eu podia sair correndo sem parar e sem impedimento.

— Já encomendei as coisas — disse Trent. — Quer abrir um vinho? Nossa, como é bom ver você!

Explorei a casa enquanto ele e CJ continuavam sentados, conversando. Havia dois outros quartos, igualmente vazios. Eu me peguei buscando o cheiro de Rocky, mas não havia sinal dele. Meu irmão não devia mais estar vivo. Fiquei me perguntando por que Trent não tinha outro cachorro. As pessoas precisam de cachorros, certo?

— Como está o emprego novo? — perguntou CJ.

— A empresa é ótima. Eu já estava atuando com eles como parceiro financeiro lá em São Francisco, então foi um passo natural. E você, como está a carreira de atriz?

— Participei de algumas oficinas, coisa que eu adoro. Algo no fato de estar num palco, de ver todo mundo me ouvindo, rindo das minhas falas, aplaudindo... É maravilhoso.

— Muito esquisito que a filha de Gloria queira ser atriz para que as pessoas prestassem atenção nela — disse Trent. — Quem teria previsto algo assim?

— E é muito interessante que um investidor queira me dar uma sessão de terapia de graça.

Trent riu. O som era exatamente o mesmo do qual eu me lembrava.

— Tem razão. Me desculpa. Eu mesmo andei fazendo terapia. Morando na Califórnia é obrigatório. Mas ajudou com algumas coisas.

— Sinto muito pelo Rocky.

Ao ouvir o nome do meu irmão, eu parei, olhando para eles por um momento antes de voltar a explorar.

— É, Rocky. Um cachorro tão bom. Torsão gástrica... O veterinário disse que acontece com muitos cães de grande porte.

Senti tristeza fluindo de Trent e atravessei a sala e pulei em seu colo. Trent me pegou e beijou minha cabeça.

— Como foi que você conseguiu o Max?

— Minha casa fica perto de um lugar onde há uma feira de adoção no Central Park.

— Espera, você mora perto do Central Park? Você deve estar se dando muito bem na interpretação, mesmo!

— Bem, não. Quer dizer, sim, eu moro em um lugar incrível, mas estou cuidando da casa e dos animais para um cara chamado Barry. Ele é empresário de um boxeador que está treinando para uma luta na África.

— Esse carinha aqui é a coisa mais fofa do mundo — disse Trent.

— Também acho! E ele já deixou claro que gostou de você.

— Então, vamos pedir comida? Só de olhar para você eu já sinto fome.

— O que isso quer dizer? — perguntou CJ no mesmo momento.

Eu pulei do colo de Trent e fui até ela.

— Você está muito magra, CJ.

— Eu sou atriz, sabia?

— Sim, mas...

— Para com isso, Trent.

Ele suspirou.

— A gente confiava um no outro — disse ele depois de um momento.

— Está tudo sob controle, é só o que você precisa saber.

— Você me deixa chegar perto, mas sempre até certo ponto, CJ.

— Mais papo de terapeuta?

— Para com isso. Sinto sua falta. Sinto falta das nossas conversas.

— Eu também — disse CJ, baixinho. — Mas há algumas coisas sobre as quais não quero falar com ninguém.

Eles ficaram em silêncio por um minuto. Apoiei minhas patas nos joelhos de CJ, e ela me ergueu e beijou meu nariz. Eu abanei o rabo.

Depois de mais conversa entre eles, um homem chegou com sacolas de comida. Todos nos sentamos juntos no chão. CJ e

Trent comeram a comida das sacolas e até me deram um pedaço pequeno de frango que comi, e de um legume que desprezei.

— Como ela se chama? — perguntou CJ em um determinado momento.

— Liesl.

— Espera, Liesl? Você está namorando uma das Von Trapps? — perguntou CJ, rindo.

— Ela é alemã. Ou melhor, ela mora em Tribeca, mas veio da Europa quando tinha nove anos.

— Tribeca. Hum. Então você tem vindo a Nova York sem me avisar?

— Um pouco — admitiu Trent.

— Pronto, Max, pode atacar. Direto na jugular.

Ouvi meu nome, mas não entendi o que tinha que fazer. CJ estava fazendo um gesto na direção de Trent, por isso fui até ele, ele se abaixou e eu lambi seu rosto. Os dois riram.

Quando estávamos indo embora, Trent e CJ ficaram na porta e se abraçaram por muito tempo, o amor fluindo entre eles. Percebi naquele momento que o melhor para CJ seria que deixássemos Sneakers e Duke para lá e fôssemos morar no lugar divertido sem mobília, onde ela e Trent poderiam se amar. CJ precisava de um parceiro, assim como Ethan precisara de Hannah, e Trent precisava de um cachorro.

Se os outros dois animais de estimação tivessem que ir junto, no entanto, precisaríamos pelo menos de um sofá para que Sneakers tivesse algo embaixo do qual se esconder.

— Estou muito, muito feliz em ver você — disse Trent.

— Eu também.

— Certo, vamos fazer isso sempre então, agora que estou me mudando para cá. Prometo.

— Jura? Sentar no chão e jantar?

— Talvez nós quatro? Eu, você, Liesl e Gregg.

— Claro — disse CJ.

Trent se afastou, olhando para ela.

— O que foi?

— Não é nada. É... o Gregg que... a situação com a família dele não está totalmente resolvida ainda.

— Está brincando? — perguntou Trent, com a voz alterada.

— Para.

— Você não pode estar falando sério...

CJ levou a mão aos lábios dele.

— Não faça isso. A noite foi tão boa... Por favor. Sei que você se importa comigo, Trent. Mas eu não suporto quando você fica me julgando.

— Eu nunca julguei você, CJ.

— Bem, é a impressão que tenho.

— Certo — disse Trent. — Está bem.

CJ ficou um pouco triste naquele momento. Nós dois saímos do apartamento e voltamos para casa.

Eu esperava que fôssemos ver Trent todos os dias depois disso. O que eu não esperava foi o que aconteceu com Beevis no dia seguinte.

Capítulo 22

Estávamos todos no parquinho de cachorros, como sempre. Duke e Sally já tinham parado de cheirar o cachorro grande e branco cujo nome era "Pega a Bola Tony". Pega a Bola Tony tinha mais interesse em tentar montar em Sally do que em prestar atenção em seu dono. Eu estava tentando chamar a atenção de um cachorro do meu tamanho. Ele se parecia muito com a minha mãe, com a mesma cara e a mesma cor. Finalmente consegui convencê-lo a correr. Quando isso aconteceu, naturalmente Beevis veio correndo, rosnando, mostrando os dentes e com as orelhas de pé. Meu parceiro de brincadeira no mesmo instante se retraiu e se afastou da agressão, mas eu me virei e ataquei Beevis, para que ele percebesse que estava indo longe demais. Em vez de se afastar, Beevis veio correndo diretamente para mim.

Ouvi CJ gritar "Não!", mas Beevis se apoiou nas patas traseiras e me deu uma dentada, tentando me ferir. Eu contra-ataquei e peguei uma dobra de pele na boca e então minha menina apareceu, usando as pernas para nos afastar.

— Não! — gritou ela de novo.

CJ me pegou e eu fiquei rosnando e mostrando os dentes enquanto Beevis tentava me alcançar. CJ se virou, usando o corpo para bloqueá-lo.

— Para, Beevis! Não, Max, não!

Em seguida, Duke apareceu, reagindo ao estresse na voz de CJ. Estava claro que ele não entendia o que estava acontecendo, mas seu aparecimento fez Beevis se afastar.

— Ah, Max, sua orelha — disse CJ.

Eu senti seu desespero e sua ansiedade, e mantive o foco em Beevis, que não parava de nos rodear, inquieto. Quando senti o cheiro de sangue, não ficou claro imediatamente que era meu, mas senti a dor quando CJ levou a mão à minha orelha. Ela pegou um papel da bolsa e o pressionou contra a lateral da minha cabeça.

CJ me carregou enquanto levávamos os cachorros para casa. Na casa de Sally, tivemos que esperar um pouco até seu dono chegar.

— Sinto muito, mas os cachorros brigaram. Posso devolver a Sally um pouco antes? — perguntou CJ.

Na casa de Beevis, CJ disse ao homem que abriu a porta:

— Sinto muito, mas não vou poder mais passear com o Beevis. Ele briga com os outros cachorros.

— Ele não briga — disse o homem. — Só se o outro cachorro começar.

Senti CJ ficando brava, e apesar de minha orelha estar dolorida, rosnei para o homem. Beevis, por sua vez, estava feliz por estar em casa, então abanou o rabo, e entrou sem olhar para trás.

Quando chegamos em casa, CJ deixou Duke entrar, mas me manteve em seus braços, ainda pressionando minha orelha com a mão. Fomos a um Veterinário — eu sabia que era um Veterinário porque ele me colocou em cima de uma mesa de metal, fez carinho e eu sentia o cheiro de muitos cães em suas roupas. Senti uma picada na orelha e então ele a puxou um pouco. CJ observou o tempo todo.

— Está tudo bem, mas você fez certo ao manter pressão sobre ela. Esses ferimentos sangram muito — disse o Veterinário.

— Ah, Max. Por que você tem que rosnar para todo mundo? — perguntou CJ.

— Você quer castrá-lo, aproveitando que está aqui?

— Hum, sim, acho. Isso quer dizer que Max terá que passar a noite aqui?

— Claro, mas você pode pegá-lo pela manhã.

— Certo. Bem, Max, você vai passar a noite aqui.

Ouvi meu nome e percebi uma leve tristeza na voz dela, então abanei meu rabo.

CJ saiu, o que eu não gostei nem um pouco, mas o Veterinário fez carinho em mim e eu caí num sono tão profundo que quase perdi noção do tempo. Quando acordei, estava de manhã e eu estava dentro de uma jaula, usando uma coleira idiota e rígida que envolvia meu rosto e afunilava todos os barulhos e cheiros diretamente para os meus sentidos. *Mais uma vez*, fiquei sem entender. Há muito tempo já tinha desistido de tentar entender por que as pessoas gostavam de colocar seus cachorros em situações tão ridículas.

Quando CJ chegou, o Veterinário me deixou sair da jaula e me entregou a ela. Eu estava cansado e só queria dormir nos braços da minha menina. Ao sairmos, paramos na porta da frente para conversar com uma moça que tinha cheiro de limão. Ela disse algo a CJ.

— O quê? Eu... não tenho tudo isso — disse CJ.

Ela estava chateada, por isso rosnei para a moça do limão.

— Aceitamos cartão de crédito.

— Não tenho limite suficiente. Posso te dar quarenta agora e o resto assim que receber?

— Cobramos o pagamento no ato.

Havia tristeza dentro de CJ, e essa tristeza tentava sair. Lambi seu rosto.

— É tudo o que tenho comigo no momento — sussurrou ela.

Independentemente do que estivesse deixando CJ triste, estava claro que era culpa de Beevis.

Ela entregou alguns papéis e a mulher do cheiro de limão devolveu outros para ela, e então deixamos o consultório veterinário triste. Eu queria descer e me remexi, mas CJ me manteve firme em seus braços.

Duke e Sneakers queriam cheirar minha coleira idiota e, quando enfiaram o focinho na minha orelha, eu senti que havia algo preso nela. Resmunguei um pouco para Duke, mas Sneakers ronronou para mim, então deixei que ela cheirasse. Foi muito estranho ver a cara de gato dela dentro do espaço pequeno formado por aquela coleira idiota.

Durante alguns dias, eu não pude sair para passear com Duke, o que me deixou triste. Mas Sneakers estava feliz e saía debaixo da cama para brincar comigo. Quando eu me deitava ao sol, ela se enrolava ao meu lado, ronronando. Eu gostava de dormir com ela, mas me sentia um menino mau que tinha que usar uma coleira idiota e ficar em casa em vez de sair para passear.

Numa manhã, CJ tirou minha coleira, lavou minha orelha e então, quando colocou Duke na guia, colocou uma em mim também. Eu estava indo passear! Saímos e buscamos todos os cachorros de sempre, mas Sally e Beevis não foram mais com a gente. Eu não sentia falta do Beevis, mas o Duke parecia triste sem a Sally.

Em alguns dias, CJ não se levantava da cama para passear com os cachorros, então, Duke e eu a acordávamos. E então, ela não saía para passear com todos os cachorros, mas ia comigo e com Duke. Eram meus dias preferidos e eu queria que todos fossem como aqueles. Em um desses dias, CJ usou produtos químicos de cheiro forte no chão e na mobília, e passou a máquina no chão que fazia Duke latir e Sneakers se esconder. Quando terminou e guardou a máquina, Duke correu pela sala de estar como se tivesse acabado de sair da jaula.

Eu não tive opção além de correr atrás dele. Animado, Duke se abaixou na minha frente, me chamando para brincar de lutinha. Eu subi em cima dele e brincamos um pouco, e então a porta da frente se abriu. Lati, e Duke também. Um homem entrou, gritando "Duke!", acompanhado por outros dois homens que colocaram suas maletas no chão e saíram. Eu corri até o desconhecido, rosnando, enquanto Duke abanava o rabo e cheirava as mãos do homem.

— Max! — chamou CJ.

Ela me pegou bem no momento em que eu estava prestes a agarrar a calça do homem com os dentes, já que ele estava me ignorando e fazendo carinho em Duke. Duke estava recepcionando aquele homem apesar de ele ter entrado na casa de CJ sem permissão. Aquele cachorro simplesmente não compreendia o conceito de proteção — era bom eu estar ali.

— Bem-vindo, Barry.

— Oi, CJ. Ei, Duke sentiu minha falta? Sentiu, garotão?

Ele se ajoelhou e abraçou Duke, que abanou o rabo, mas se aproximou para cheirar CJ, sempre com ciúmes por ela pegar somente a mim no colo para fazer carinho.

— Ele não parece ter sentido nem um pouco — disse o homem.

Ele tinha cheiro de óleos e frutas. Quando me olhou nos olhos, eu rosnei.

— Você passou muito tempo longe — disse CJ. — Para um cachorro, sete meses são uma eternidade.

— Certo, mas eu poderia tê-lo colocado em um canil. Paguei para uma pessoa ficar com ele nesta casa.

— Ele não sabe disso, Barry.

— Quem é esse? Pensei que você tivesse dito que adotaria um gato.

— Certo, este é o Max. É uma longa história. Max, seja bonzinho.

Apesar de eu estar desconfiado do homem, CJ parecia estar bem com ele, por isso, quando ela me colocou no chão, eu voltei correndo para brincar com Duke.

— Seu agenciado venceu? — perguntou CJ.

— O quê?

— Seu agenciado. No boxe.

Duke deitou de barriga para cima e eu mordi seu pescoço, e me chacoalhei de leve.

— Você é mesmo uma cabeça oca, não é? — disse o homem.

— O quê?

— Não, ele não venceu.

— Ah, que pena, Barry. Foi por isso que você voltou dois meses antes?

— Bem, sim... quando o lutador perde o empresário não sai fazendo coletiva de imprensa, sabe? O que o... o que o Duke está fazendo?

— Duke?

Com as pernas abertas para cima, a língua para fora e meus dentes mordendo sua pele de leve, Duke parou ao ouvir CJ chamar seu nome.

— Eles só estão brincando — explicou ela.

— Duke! Para com isso! — gritou o homem com raiva.

Duke ficou de pé, me derrubando, e foi até CJ com as orelhas abaixadas. Eu me deitei no chão onde tinha caído, ofegante.

— O que foi, Barry?

— Você transformou meu cachorro num banana.

— O quê? Não, eles brincam muito bem juntos.

— Não quero que ele "brinque" desse jeito com um cachorro-rato.

— Max não é um cachorro-rato, Barry.

Concluí que o nome do homem era Barry.

— Certo, bem... Não me lembro de ter te dado permissão para você ter um cachorro e com certeza eu não gosto desse comportamento do Duke. Contratei você porque disse que tinha muita experiência. Então, pronto, voltei. Se você puder voltar para sua casa, quero relaxar e voltar a conhecer meu cachorro.

CJ ficou em silêncio por um momento. Eu fiquei olhando para ela, sentindo sua tristeza e sua dor.

— Mas... eu não tenho casa, Barry.

— O quê?

— Você disse de oito a dez meses. Não havia sentido em manter um apartamento se eu passaria oito meses aqui.

— E agora você vai ficar comigo? — perguntou Barry.

— Não! Ou melhor, vou dormir no sofá e procurar uma casa amanhã.

— Espere, não. Esquece. Eu... estou estressado, CJ. Passei um ano trabalhando nisso e o cara sofreu um nocaute no segundo round. Você pode ficar aqui, ok? Vou deixar minhas coisas e vou para a casa de Samantha. A gente tem uma viagem marcada para o Havaí, de todo modo. Então, você tem duas semanas para encontrar um lugar para ficar. Pode ser? Vou conseguir outra pessoa para cuidar de Duke quando eu voltar.

— Então estou despedida?

— É melhor assim.

— Claro, estou vendo que sim.

— Não precisa ser sarcástica, ok? Eu paguei muito bem e você ficou morando aqui de graça. E o cliente sempre tem razão.

— Tudo isso é verdade — disse CJ.

Um pouco depois, Barry foi embora.

— Tchau, Duke — disse ele olhando para trás.

Duke abanou o rabo ao ouvir seu nome, mas percebi que ele estava tão aliviado quanto eu com a partida de Barry, porque CJ tinha relaxado. Minha menina parecia um pouco triste, no entanto.

No dia seguinte, depois de sairmos para passear com os cachorros de sempre, CJ nos deixou sozinhos em casa e passou muito tempo fora. Fiquei brincando de lutinha com Duke por um tempo, mas fiquei irritado com ele porque sua cabeça era tão grande e forte que sempre me derrubava.

Eu estava dormindo quando ouvi um gemido alto vindo do quarto. Fui investigar e encontrei Duke totalmente agitado, com o rabo ereto e firme balançando no ar, a cabeça enfiada embaixo da cama. Ele estava ofegante e animado e o gemido vinha de Sneakers, que estava totalmente assustada. Duke era tão forte que estava conseguindo levantar a cama toda ao passar por baixo dela para chegar à Sneakers.

Fui até Duke e lati com seriedade. Ele também estava tremendo, louco de alegria por estar chegando perto da Sneakers, que estava encostada na parede com as orelhas abaixadas. Duke ignorou meus latidos, então avancei nele, mostrando os dentes.

Isso chamou a atenção dele. Ele se afastou e a cama caiu com um baque. Eu me levantei e rosnei para ele até que ele estivesse totalmente fora do quarto, e então voltei para ver Sneakers.

Eu era pequeno o suficiente para passar por baixo se eu quisesse, mas decidi deixar Sneakers em paz. Ela ainda estava assustada, e pelo que eu já sabia a respeito do comportamento dos gatos, eles costumam usar as garras quando estão assustados.

CJ nos deixava sozinhos todos os dias, e todo dia Duke tratava sua partida como sinal de que estava na hora de começar a incomodar a pobre Sneakers. Chegamos a um ponto em que, assim que a porta se fechava, Sneakers saía de onde quer que estivesse cochilando e corria para seu esconderijo embaixo da cama — se Duke a visse passar, ele corria atrás dela desesperado, batendo nas paredes ao tentar fazer a curva depressa demais. Eu também corria, e quando chegava à cama, mergulhava embaixo dela. Logo dava para ver o focinho úmido e trêmulo de Duke e eu exibia meus dentes, rosnando. Duke resmungava frustrado e às vezes até latia, o som ensurdecedor no espaço pequeno, mas eu sabia que não podia ceder. Em algum momento ele perdia o interesse e voltava à sala de estar para tirar um cochilo.

Então, um dia o padrão mudou. Saímos para nosso passeio de sempre, mas quando voltamos, CJ trouxe uma caixa e abriu a porta dela, colocando Sneakers do lado de dentro, com cuidado. A caixa me fazia lembrar daquela em que tinham me colocado quando eu era Molly, aquela que escorregou de um lado para o outro até parar naquele lugar barulhento com todos os carros.

Sneakers não estava feliz e não veio quando eu ergui o focinho para sentir seu cheiro. E então Duke se aproximou, rosnando alto, e Sneakers se recolheu no fundo da caixa.

— Duke — disse CJ de modo a dar um alerta.

Duke se aproximou dela para ver se ela lhe daria um petisco.

CJ pegou a caixa na qual estava Sneakers e nos deixou sozinhos. Isso foi totalmente desconcertante; para onde ela estava levando Sneakers que não podíamos ir juntos? Não soubemos o que fazer, por isso nos deitamos no chão e mordemos os brinquedos.

Quando minha menina voltou, Sneakers não estava mais com ela.

Onde estava Sneakers?

Capítulo 23

Durante dois dias, CJ nos levou para passear e depois nos deixou sozinhos sem a Sneakers. Duke e eu fizemos o melhor que pudemos — na verdade, a partida do gato aliviou um pouco a tensão entre nós e pudemos brincar de lutinha com mais liberdade e por tanto tempo, que às vezes acabávamos dormindo um em cima do outro. Bem, eu estava em cima, pelo menos. Se Duke estivesse em cima, sinceramente duvido que eu teria conseguido dormir.

No terceiro dia, quando voltamos de nossa caminhada, uma mulher estava esperando por nós na porta da entrada. Duke, claro, abanou o rabo e esticou a cabeça grande na direção dela, enquanto eu me encolhia nos pés de CJ esperando, meio tenso, para ver se havia alguma ameaça ali.

CJ chamou a mulher de "Marcia". Depois de passarmos cerca de meia hora do lado de dentro, Marcia cuidadosamente estendeu a mão para mim e eu a cheirei depois que CJ disse: "devagar, Max" para mim em um tom tranquilo. A mão tinha cheiro de chocolate, de cachorros e de coisas doces que não pude identificar.

Duke e eu mordemos um ao outro sem machucar enquanto CJ e Marcia conversavam.

— Certo, acho que isso é tudo — disse CJ por fim, levantando-se.

Duke e eu nos levantamos. Iríamos passear?

— Então, Duke, acho que é hora da nossa despedida. Marcia vai cuidar de você agora — disse CJ.

Uma tristeza repentina tomou conta dela, e eu me aproximei e apoiei as patas em sua perna quando ela se inclinou por cima do sofá, segurando a cara de Duke com as mãos. Eu percebi que ele sentia a tristeza dela pelo jeito com que abaixou as orelhas e abanou o rabo brevemente. Eu queria saber se ele sabia o que estava acontecendo, porque eu não fazia ideia.

— Vou sentir saudade de você, grandão — sussurrou CJ.

Tentei subir no colo dela, mas não consegui.

— Meu Deus, eu me sinto péssima — disse Marcia.

— Não se sinta, Marcia. Barry tem o direito, o cachorro é dele.

— Sim, mas digo... O Duke acha que é *seu* cachorro. Dá para perceber. Não é justo cortar o contato entre vocês dois.

— Ah, Duke, sinto muito — disse CJ, sua voz tomada de pesar.

— A gente se fala, quem sabe marcamos em algum lugar — sugeriu Marcia.

CJ balançou a cabeça.

— Não quero que você se meta em apuros. Barry vai mandar você embora em um segundo. Pode acreditar, falo por experiência própria.

Duke, pesaroso, apoiou a cabeça no colo de CJ, compartilhando sua tristeza misteriosa.

Senti inveja dele pela altura: só pude me enrolar em suas pernas, sem sucesso, esperando ser notado.

— Certo — disse CJ, suspirando. — Foi um prazer conhecer você, Marcia. Vamos, Max.

CJ se abaixou e me pegou, e agora eu estava mais alto do que Duke, olhando por cima. CJ prendeu uma guia em minha coleira, mas não na de Duke, e todos fomos à porta.

— Tchau — disse CJ baixinho.

Ela abriu a porta e Duke tentou acompanhá-la para fora, arrastando Marcia consigo enquanto lutava contra a força que ela fazia para segurá-lo.

CJ, ainda me segurando, bloqueou a passagem de Duke.

— Você fica, sinto muito.

Elas conseguiram fechar a porta. CJ me colocou no chão e eu me chacoalhei, pronto para o que fôssemos fazer.

Dentro da casa, Duke ficou à porta, raspando as patas com tudo, fazendo barulho. Enquanto atravessávamos o corredor, ouvi os latidos tristes e arrasados dele e fiquei tentando imaginar o que podia estar acontecendo. Por que Duke não estava vindo conosco? Ele queria vir!

Minha menina estava chorando. Fiquei olhando para ela, preocupado, mas ela não disse mais nada. Fizemos uma longa caminhada, primeiro por ruas barulhentas e fedidas e depois subindo um monte de escadas. CJ girou uma maçaneta e abriu uma porta, e no mesmo momento eu senti o cheiro da Sneakers.

— Bem-vindo à sua casa, Max — disse CJ.

Estávamos em uma cozinha pequena, e no chão havia uma tigela para a comida de Sneakers, que decidi cheirar. Também havia uma cama na cozinha, e foi onde eu encontrei a gata. Ela estava deitada em um travesseiro, e se levantou, arqueando as costas, quando me viu.

Sneakers tinha uma casa só para ela! Eu não entendi, mas pensei que talvez tivesse a ver com o modo com que Duke sempre a perturbava quando CJ deixava nós três sozinhos. Talvez para proteger Sneakers, CJ tenha encontrado essa casa no topo daquela escada grande, um lugar onde a gata ficaria segura. Agora, eu estava vendo que era ali onde Sneakers vivia, e logo voltaríamos para casa para pegar Duke, que sentiria o cheiro da Sneakers em mim. Eu queria saber o que ele concluiria disso! Será que ele perceberia que CJ e eu tínhamos ido à casa da Sneakers?

As pessoas fazem o que querem, eu sei. Mas os gatos já comem uma comida melhor do que a dos cachorros, sabe? Dar uma casa a um gato parecia um exagero. Sneakers ronronou e andou ao meu redor, se raspando em mim, e brincamos um pouco. Ela parecia bem feliz por me ver ali sem Duke. Conseguia sentir o cheiro das mãos de outra pessoa nela, um cheiro forte e floral que fazia com que eu me lembrasse um pouco de Gloria.

Não fomos para casa naquela noite — CJ dormiu na cama pequena e eu também, enrolado em seus pés. Sneakers andou um pouco pela casa e então saltou para tentar se aconchegar comigo, mas ficou desconfortável demais para nós dois. Quando CJ murmurou e mexeu as pernas, Sneakers voltou para o chão e não tentou subir de novo durante a noite.

O que ela fez, no entanto, foi se sentar à porta da frente e miar um pouco na manhã seguinte. CJ disse:

— Certo, você quer ver a sra. Minnick? Vamos ver se ela está em casa.

CJ foi ao corredor e bateu à porta ao nosso lado. A mulher que abriu a porta tinha os cheiros fortes que senti em Sneakers, por isso eu sabia que ela e Sneakers tinham passado um tempo juntas. Na verdade, Sneakers entrou como se morasse ali.

— Ah, olá Sneakers! — disse a sra. Minnick, estalando os lábios com um jeito esquisito ao falar.

Eu me mantive firme, mas não rosnei porque a mulher era fraca e claramente não apresentava ameaça.

A partir daquele dia, Sneakers parecia ver cada porta aberta como uma oportunidade de sair correndo para ver a Sra. Minnick. Eu não sabia qual era a graça do lugar, mas estava claro que Sneakers gostava de lá. Eu não tinha nenhuma opinião formada a respeito da Sra. Minnick, além do fato de ela fazer barulhos esquisitos com a boca ao falar.

Ainda fazíamos passeios com os cachorros, mas agora tínhamos que andar muito para pegar a primeira, que se chamava Katie, não havia mais na matilha Sally, Duke e Beevis.

Eu não sentia nem um pouco de saudade do Beevis.

Um dia, choveu no caminho que fizemos para pegar a Katie, e eu senti tanto frio que comecei a tremer.

— Ah, Max, sinto muito — disse CJ para mim.

Ela me segurou em seus braços até eu ficar aquecido, e quando o vento esfriou de novo, ela passou um cobertor sobre mim que eu podia vestir.

— Gostou do casaquinho, Max? Você fica tão lindo com ele!

Eu adorava sentir a blusa colada ao meu corpo e ainda tinha o benefício de me manter aquecido. Eu me orgulhava em usá-la porque sentia ser uma demonstração de que CJ me amava mais do que amava Sneakers, que nem tinha coleira.

— Você fica lindo de casaco de lã, Max. Você é meu galã! — dizia CJ para mim.

Eu abanava o rabo, adorando ser o centro de seu mundo.

Quando CJ tirava minha blusa, fazia um som de algo se rasgando, todas as vezes. Comecei a associar esse som com o fim de um passeio e o começo de um cochilo.

Não sabia por que nós nunca voltávamos para casa, e não sabia por que Duke não caminhava mais conosco. Sabia que a Sneakers provavelmente não sentia saudades dele, mas descobri que eu sentia. Por mais irritante que ele fosse às vezes, Duke era grande, atrapalhado e divertido para brincar. Ele me deixava liderar e me seguia, e eu sentia que as pessoas ficavam em alerta quando CJ era protegida por nós dois. Ele fazia parte da nossa família.

Era assim, pensei, que as pessoas organizavam o mundo. Um dia, elas decidiam morar em outro lugar e paravam de brincar com certos cães. Às vezes, CJ se sentava na única peça de mobília que tinha além da cama, um banquinho solitário, e jogava uma bolinha pela cozinha. A bolinha quicava e eu corria atrás dela, raspando minhas unhas no piso liso.

— Ah, Max, sinto muito por este lugar ser tão pequeno — disse ela.

Eu adorava a brincadeira e, agora que estava acostumado com ela, gostava mais da casa nova do que do lugar antigo, porque significava que eu poderia ficar mais perto de CJ.

Estávamos brincando com a bola quando ela foi até a cama e eu pulei atrás dela! Fiquei um pouco surpreso porque nunca tinha conseguido subir ali, e eu sei que Sneakers se assustou também porque ela se levantou, com os olhos arregalados e o rabo todo bufante.

— Max! — disse CJ, rindo e se divertindo.

Quando CJ calçou os sapatos de cheiro agradável e passou muito tempo brincando com os cabelos, eu percebi que Gregg apareceria. Logo ouvimos uma batida à porta e eu corri até ela, latindo enquanto Sneakers fugia. Senti o cheiro de Gregg do outro lado, por isso continuei latindo. CJ me pegou no colo.

— Max, seja bonzinho — disse ela, abrindo a porta.

Gregg entrou e encostou o rosto no de CJ, enquanto ela me afastava dele. Eu rosnei.

— Simpático como sempre — disse ele.

— Max, seja bonzinho. Bonzinho, Max.

Eu tinha entendido que "bonzinho" significava "não morder", mas continuava olhando com frieza para Gregg para que ele entendesse que não deveria tentar nada.

— Belo lugar — disse Gregg, olhando ao redor.

CJ me colocou no chão e eu fui cheirar sua calça, que tinha cheiro de folhas molhadas.

— Sim, permita-me fazer o tour com você. Mas fique perto de mim para não se perder — disse CJ, rindo. — Esta é a cozinha sala de jantar e estar.

— Tenho uma surpresa.

— Ah é? Qual?

— Vamos viajar. Para o norte. Três dias.

— Você está brincando!

CJ bateu palmas e eu olhei para ela com curiosidade.

— Quando?

— Agora.

— Oi?

— Sim, vamos agora. Não tenho que estar em lugar algum pelos próximos dias.

— Mas e...

Gregg balançou a mão.

— Alguma coisa a ver com a venda de uma propriedade. Ela teve que viajar.

CJ ficou parada, olhando para ele.

— Não foi isso o que eu quis dizer. O que quero dizer é que não posso sair agora, Gregg. Não imediatamente.

— Por que não?

— Tenho clientes. Eu teria que encontrar alguém que me cobrisse. Não posso simplesmente ir embora.

— Seus clientes são cachorros — disse Gregg.

Percebi certa raiva na voz de Gregg e olhei de maneira ameaçadora, mas ele ignorou.

— Eles dependem de mim. Se eu não estiver, tenho que encontrar outra pessoa que me cubra.

— Meu Deus! — disse Gregg, olhando ao redor. — Esse apartamento não tem lugar nem para a gente sentar e conversar.

— Bem, sim, podemos nos sentar na cama — disse CJ.

— Certo, boa ideia — disse Gregg.

Gregg e CJ foram para a cama para se abraçarem. Sneakers saiu dali e eu subi, lambendo CJ no rosto.

— Max! — disse ela, rindo.

Gregg não estava rindo.

— Ai... — disse ele.

— Vamos, Max — disse CJ, me pegando no colo.

Ela me levou ao banheiro e Sneakers foi junto, serpenteando pelos tornozelos de CJ.

— Fique aqui — disse CJ.

Ela fechou a porta e Sneakers e eu nos entreolhamos de modo insatisfeito.

Ficar?

Sneakers se aproximou de mim e me cheirou, procurando conforto, e então foi até a porta e se sentou ali ansiosa, como se eu pudesse abri-la para ela. Arranhei a porta do banheiro algumas vezes, choramingando, e então desisti e me enrolei deitado no chão, esperando.

Algum tempo depois, CJ abriu a porta. Eu corri pela cozinha, feliz por estar solto. Aquilo era tão divertido! CJ estava descalça, mas voltou a calçar os sapatos de cheiro bom, pulando num pé só ao fazer isso. Apoiei meus pés em suas pernas e ela sorriu para mim.

— Bom menino, Max. Oi!

Abanei o rabo por ser um bom menino.

— Bem, ok então — disse Gregg. — Se você não pode, não pode. Eu entendo.

— Me desculpa, Gregg, mas você precisa me avisar essas coisas com mais antecedência. Mesmo que seja um ou dois dias. Tem um cara que conheci no parque que também passeia com cachorros. Aposto que ele poderia me substituir, mas não sei como entrar em contato com ele.

— Esse tipo de coisa não acontece com antecedência.

— Bem... Mas em pouco tempo, isso não vai mais importar, certo? Afinal, você disse que seriam apenas mais alguns meses.

Greg olhou ao redor.

— Cara, este lugar é minúsculo mesmo para os padrões de Nova York, sabia?

— Gregg? Você disse que seriam só mais alguns meses. Certo? *Né?*

Gregg passou as mãos pelos cabelos.

— Preciso ser sincero, CJ. As coisas não estão funcionando para mim desse jeito.

— O quê?

— Digo... — Gregg olhou ao redor. — Isto não é muito conveniente.

— Ah, certo, porque acima de tudo, eu sou uma inconveniência — disse CJ, parecendo irritada.

— Sabe de uma coisa? Você já está usando aquele tom agressivo comigo de novo — disse Gregg.

— Agressivo? Sério?

— Você entendeu o que eu quis dizer.

— Na verdade, não entendi. O que você está tentando dizer?

— Você simplesmente deixou de ser compreensiva e agora fica aí cheia de exigências. Eu tinha uma viagem incrível planejada para nós dois e você, de repente, não pode ir. E desde o começo você sabe que tenho coisas para resolver em casa. É que... Tenho pensado nas coisas e...

— Ai, meu Deus, Gregg, você está fazendo isso *agora*? Você não podia ter dito *antes*? Ou não teria sido "conveniente" para você.

— Foi você quem tocou no assunto. Eu estava querendo viajar e tudo, mas você começou a pressionar.

— Pressionar. Nossa.

— Acho que precisamos de um tempo, para ver como nos sentimos.

— Eu sinto que você foi o maior erro que já cometi na vida.

— Bem, chega, não vou mais ser agredido por você.

— Vai embora, Gregg!

— Quer saber de uma coisa? Eu não tenho culpa! — gritou Gregg.

Eu entendi que, além de deixá-la irritada, Gregg estava magoando CJ, então mirei em seus tornozelos e ataquei, rosnando. Ele desviou e então CJ me pegou.

— Se esse cachorro fizer isso de novo eu vou chutar ele para fora do planeta — disse Gregg.

Ele também estava bravo. Eu me esforcei para ir para o chão para mordê-lo, mas CJ me segurou com força.

— Vai embora. Agora. Não volta nunca mais — disse CJ.

— Pouca chance de acontecer — disse Gregg.

Assim que Gregg foi embora, CJ se sentou à mesa e chorou. Eu resmunguei, ela me pegou e eu tentei lamber seu rosto, mas ela me forçou a deitar em seu colo.

— Sou tão idiota, tão idiota — dizia ela, sem parar.

Eu não entendi nada do que ela estava dizendo, mas o sentimento que vinha dela era de como se ela pensasse que eu era um cachorro mau. Ela tirou os sapatos e depois de um tempo, levantou-se e pegou sorvete do freezer.

Depois daquilo, passei muito tempo sem ver aqueles sapatos. Passeamos com os cães na maioria dos dias e frequentemente íamos a um parque, onde eu procurava o cheiro de Duke por todos os lados. Nem uma vez consegui detectá-lo, mas havia evidência de muitos outros cachorros. Sneakers passava metade do tempo na nossa casa e na casa da Sra. Minnick, o que era ótimo porque significava que eu podia passar mais tempo só com CJ. Os dias foram ficando mais frios e eu usava a blusa de lã praticamente todas as vezes que saíamos.

Quando os sapatos finalmente apareceram, eu me preparei para outro encontro com Gregg, mas fiquei bem surpreso quando, ao correr para a porta depois de ouvir a batida, senti o cheiro da pessoa do outro lado. Trent!

— Oi, sumido! — disse CJ ao abrir a porta.

Uma onda de cheiro de flor me tomou: Trent estava segurando um monte delas nos braços. Eles se abraçaram. Mais forte do que o cheiro das flores era o cheiro de sabonete nas mãos de Trent, além de algo meio cremoso, quando ele se abaixou para me cumprimentar. Eu me remexi sem parar em suas mãos amistosas.

— O comportamento do Max com você é inacreditável — disse CJ ao guiar Trent para dentro. Ela colocou as flores sobre a mesa e instantaneamente a casa toda foi tomada pelo aroma.

— Olha, gosto bem mais deste lugar do que do outro — disse ele.

— Ah, para. Você acredita que eles me disseram que havia um fogão? Eu disse para a senhora: oi, um fogão tem mais de uma boca, isso é só uma chapa.

Trent se sentou no balcão, e eu não gostei porque, assim, não conseguia alcançá-lo.

— O aluguel aqui deve ser um pouco mais barato do que o da cobertura, imagino.

— Bem, sim, mas você sabe como é Nova York. Ainda assim não é barato. E o lance de passear com cachorros não está indo bem. Parece que quando perdemos um cliente famoso, perdemos alguns não famosos também.

— Mas você está bem?

— Sim, estou.

Trent olhou para ela.

— O que foi? — perguntou CJ.

— Você está muito magra, CJ.

— Ah, Trent. Para.

Eles ficaram em silêncio por muito tempo.

— Bem, eu tenho notícias — disse Trent, por fim.

— Colocaram em você no comando do sistema financeiro mundial?

— Ah, claro, mas isso foi semana passada. Não, é... A Liesl.

— O que foi?

— Vou pedi-la em casamento nesse fim de semana.

Senti que CJ ficou chocada. Ela se sentou no banquinho. Fui até ela, preocupado.

— Uau — disse ela, por fim. — Isso é...

— Sim, eu sei. As coisas estão um pouco estranhas entre nós, acho que eu comentei isso com você, mas ando pensando, sei lá. Parece o mais certo a se fazer, sabe? Estamos juntos há um ano e meio. É como se fosse uma conversa que nunca tivemos, bem à nossa frente, então eu pensei... Hora de tocar no assunto. Quer ver a aliança?

— Claro — disse CJ, baixinho.

Trent enfiou a mão no bolso e tirou um brinquedo, que entregou a CJ.

Ela não o mostrou para mim, então imaginei que não devesse ser muito divertido.

— O que foi, CJ?

— E que parece, não sei. Rápido, algo assim. Tipo... Você é tão novo. Casado.

— Rápido?

— Não, esquece. A aliança é linda.

Logo depois disso, CJ e Trent saíram. Quando ela voltou, estava com um cheiro delicioso de carne, mas sozinha. Eu fiquei desapontado porque pensei que Trent ficaria para brincar, como ele sempre fazia quando tinha o Rocky. Fiquei me perguntando se a falta de um cachorro impedia Trent de nos visitar com mais frequência, como antes. Não pela primeira vez, pensei que Trent realmente precisava de um cachorro.

CJ parecia triste. Ela se deitou na cama, deixou os sapatos no chão, e então eu a ouvi chorar. Sneakers pulou na cama, mas eu não achava que um gato seria capaz de consolar uma pessoa tão bem quanto um cachorro. Quando alguém fica triste, ela precisa do seu cachorro. Eu me afastei, corri em direção à cama e saltei. CJ me pegou e me segurou firme.

— Minha vida é insignificante — disse ela.

Havia muita dor em suas palavras, apesar de eu não saber o que ela estava dizendo e nem mesmo se estava falando comigo ou com o Sneakers.

Depois de um tempo, minha menina adormeceu, apesar de ainda estar com as mesmas roupas que usara para sair com Trent. Eu desci da cama e caminhei pelo quarto, perturbado por ela estar tão triste.

Provavelmente por estar triste e tentando entender o que estava acontecendo, fiz uma conexão que não tinha me ocorrido antes: sempre que CJ calçava os sapatos de cheiro bom, ela ficava triste. Eles podiam ter um cheiro delicioso, mas eram sapatos da tristeza.

Eu sabia o que precisava fazer.

Capítulo 24

Pensei que se mastigasse os sapatos tristes, minha menina não se sentiria triste, mas quando ela acordou e viu os pedaços espalhados pelo chão, não foi esse o resultado.

— Ah, não! — gritou ela. — Menino mau! Menino mau!

Eu era um menino mau. Não deveria ter roído os sapatos.

Fui até ela com a cabeça baixa e as orelhas para trás, passando a língua pela boca com nervosismo. CJ caiu de joelhos e chorou, escondendo o rosto com as mãos.

Sneakers foi à ponta da cama para nos observar. Com ansiedade, apoiei as patas nas pernas dela, mas isso não ajudou no começo, só quando ela me pegou no colo e me deixou a seu lado. Então, a tristeza fluiu enquanto ela chorava.

— Estou sozinha no mundo, Max — disse ela para mim.

Eu não abanei o rabo porque o jeito com que ela disse meu nome era cheio de pesar.

CJ acabou jogando fora os pedaços de sapatos. A partir daquela manhã, parecia que ela se movia mais lentamente, com uma tristeza vaga em seu modo de agir e em seus movimentos. Ainda saíamos para passear com alguns outros cães quase todos os dias, mas CJ não parecia feliz ao vê-los. Quando a neve começou a cair, ela ficava sentada observando Katie e eu correr pelo parquinho, mas nunca sorria.

Queria que Trent viesse nos visitar; CJ sempre ficava feliz ao ver Trent. Mas ele não vinha e minha menina nunca dizia o nome dele ao telefone.

Em vez disso eu ouvia "Gloria". CJ estava sentada em seu banquinho, falando. Segurava o telefone perto do rosto.

— Como você está, Gloria? — perguntou ela.

Eu estava brincando com a Sneakers no quarto, mas entrei correndo na cozinha, curioso. Gloria não estava ali; CJ estava falando ao telefone, dizendo: "Aham. Aham. Hum...

— Havaí? Que bacana — disse CJ.

Eu bocejei e dei uma volta ao redor de mim mesmo sobre meu travesseiro, ficando à vontade. Sneakers se aproximou correndo, pulou no balcão e fingiu não se importar por eu estar ali.

— Uhum, que bom — disse CJ. — Bem, olha, Gloria, eu queria perguntar uma coisa... Eu... Queria sabe se você pode me emprestar um dinheiro, eu... Estou com umas contas atrasadas. Estou procurando emprego, também estou tentando encontrar mais clientes com cachorros para passear, mas está meio difícil. Uhum. Ah, claro, entendo, deve ter sido caro, mesmo. Sim, sim. Eu entendo, não dava para você ficar com malas velhas. Não, não estou, só estou ouvindo o que você está dizendo. Ok, foi só uma pergunta, Gloria, não quero que isso se torne uma grande discussão.

Sneakers acabou perdendo a paciência e desceu da cama, aproximando-se de mim e ronronando para mim. Eu não reagi, então ela se aconchegou a mim em cima de meu travesseiro. Suspirei.

Com uma batida, CJ colocou o telefone sobre a bancada. Ela estava brava, isso era claro, mas eu sabia, pelo episódio do sapato, que não significava que ela queria que eu fizesse algo a respeito. Na minha opinião, no entanto, celulares não eram bons brinquedos. Ela foi à geladeira, abriu e ficou para olhando para dentro por muito tempo. Então olhou para mim.

— Vamos passear, Max — disse ela.

Estava muito frio lá fora, mas não reclamei. Mas em determinado momento, CJ me pegou no colo e me carregou enquanto caminhávamos, e com as patas longe do chão molhado eu me senti confortável e quente.

Várias noites depois, uma batidinha de leve à porta me alertou e eu lati alto. CJ havia passado a maior parte do dia na cama, deitada, e fiquei ao lado dela quase o tempo todo. Mas ela se levantou enquanto eu permaneci com meu focinho na fresta da porta. Eu abanei o rabo quando senti o cheiro: Trent!

— Quem é, Max? Oi? — perguntou minha menina.

— CJ, sou eu.

— Ah.

CJ olhou ao redor, passando as mãos pelos cabelos, e então abriu a porta.

— Oi, Trent.

— Meu Deus, eu ando preocupado com você. Por que seu celular está desligado?

— Ah, é que... só uma coisa boba. Preciso ligar para a assistência.

— Posso entrar?

— Claro.

Trent entrou, batendo os pés para tirar a neve deles. Seu casaco estava molhado; ele o pendurou no gancho onde minha guia tinha sido colocada. Eu dei a volta por suas pernas, e finalmente ele se ajoelhou, aceitando meus beijos.

— Oi, Max, como você está, garoto? — perguntou Trent, rindo.

E então, ele se levantou, olhando para CJ.

— Ei — disse ele baixinho. — Você está bem?

— Sim.

— Você parece... Andou doente?

— Não — disse CJ. — Eu só estava tirando um cochilo.

— Você não respondeu às minhas mensagens. De antes, quero dizer, quando o celular ainda estava funcionando. Está brava comigo?

— Não. Me desculpa, Trent, sei que é difícil para você acreditar, mas eu ando um pouco ocupada e talvez não tenha conseguido responder às pessoas dentro de um prazo razoável.

Trent ficou em silêncio por um minuto.

— Me desculpa.

— Não, tudo bem.

— Olha, quer sair para comer alguma coisa?

Senti CJ ficar um pouco irritada. Ela cruzou os braços.

— Por quê?

— Sei lá... Porque está na hora do jantar.

— Então você veio me alimentar? Por que eu simplesmente não dou um pio e a mamãe passarinho enfia comida na minha boca?

— Não. CJ, por que você está agindo assim? Eu só vim ver como você estava.

— Veio me supervisionar. Para ver se estou fazendo todas as refeições.

— Não foi isso que eu disse.

— Bem, não posso. Tenho um encontro.

Trent hesitou.

— Ah.

— Preciso me arrumar.

— Certo. Olha, eu sinto muito se...

— Não precisa se desculpar. Me desculpa você. Mas é melhor você ir.

Trent assentiu. Pegou o casaco do gancho, e a guia embaixo dele se balançou, chamando minha atenção. Eu olhei para CJ, mas não parecia que ela estava pretendendo sair para passear. Trent vestiu o casaco, e então olhou para CJ.

— Eu sinto sua falta.

— Tenho andado ocupada.

— Você também sente? Falta de mim?

CJ desviou o olhar.

— É claro.

Uma tristeza fluiu de Trent naquele momento.

— Bem, como eu faço para entrar em contato com você?

— Quando pegar meu celular de novo eu ligo.

— Vamos tomar um... café, algo assim.

— Claro — disse CJ.

Eles se abraçaram. Havia tristeza nos dois. Eu não entendia por que estavam se sentindo tão mal, mas às vezes acontecem coisas entre as pessoas que os cachorros não têm que entender.

Trent foi embora e Sneakers saiu de debaixo da cama. Eu gostaria que ela não tivesse se escondido — não havia motivos para se esconder de Trent, ele era bacana.

Alguns dias depois, estávamos voltando do passeio com os cães e havia uma mulher parada na frente de nossa porta com um pedaço de papel. CJ estava um pouco ofegante por ter subido a escada. Lati para a desconhecida.

— Lydia! — disse CJ.

Ela parou e me pegou do chão, e eu parei de latir.

— Eu estava deixando um aviso — disse a mulher.

— Aviso — repetiu CJ.

A mulher suspirou.

— Você está muito atrasada, querida. Consegue me pagar uma parte do aluguel hoje?

— Hoje? Não, eu... Vou receber na sexta, posso pagar a maior parte na sexta?

Minha menina estava com medo. Eu rosnei para a mulher, porque só pude concluir que ela era a fonte da agitação de CJ.

— Quieto, Max — disse CJ, pousando uma mão sobre meu focinho.

Rosnei atrás da mão dela.

— Na sexta vence mais um mês, é por isso que estou aqui. Eu sinto muito, CJ, mas vou ter que pedir para você pagar ou sair. Eu também tenho aluguel e contas a pagar.

— Não, eu entendo. Certo, eu entendo — disse CJ, enxugando os olhos.

— Você tem família? Alguém a quem possa recorrer?

CJ me segurou com mais força e eu parei de mostrar os dentes para a mulher. Percebi que CJ precisava de meu consolo mais do que da minha proteção.

— Não. Meu pai morreu em um acidente de avião quando eu era pequena.

— Sinto muito por isso.

— Eu vou sair. Obrigada por toda a sua paciência, Lydia. Prometo que pagarei o que devo. Estou procurando um emprego melhor.

— Cuide-se, querida. Parece que você não come há uma semana.

A mulher partiu. CJ entrou no apartamento, levando o papel que a mulher havia dado a ela. Sentou-se na cama e quando eu resmunguei, ela me pegou e me colocou ao seu lado. Ao subir em seu colo, notei que ela estava tomada por tristeza e medo.

— Eu me tornei minha mãe — sussurrou ela.

Um pouco mais tarde, CJ ficou de pé e começou a juntar as roupas e a colocá-las em uma mala. Ela me deu mais queijo e me deu a comida de Sneakers quando a gata se recusou a comer. Normalmente, eu ficaria maravilhado com essas coisas, mas havia algo de estranho no modo com que CJ fez isso, com uma tristeza fria, um distanciamento, e isso tirou uma parte da alegria.

CJ pegou a caixa de Sneakers e colocou todos os brinquedos dela ali dentro, e também a cama da gata. Sneakers observou tudo sem se expressar, enquanto eu andava ao redor dos pés de CJ, ansioso. Fiquei um pouco melhor quando CJ prendeu minha guia à minha coleira, pegou Sneakers e a caixa e foi até a casa da Sra. Minnick, ao lado.

— Oi, Sra. Minnick — disse CJ.

A Sra. Minnick estendeu as mãos e pegou Sneakers, que estava ronronando.

— Oi, CJ — disse ela.

— Queria pedir um favor imenso à senhora. Eu... tenho que me mudar. E o lugar para onde estou indo não aceita animais de estimação. Então, queria saber se a senhora cuidaria da Sneakers por um tempo? Talvez para sempre? Ela fica tão feliz aqui.

O rosto da Sra. Minnick se abriu em um amplo sorriso.

— Tem certeza?

Ela segurou a gata com os braços esticados.

A gata parou de ronronar porque não gostava de ser segurada daquela forma. Apoiei uma pata na perna de CJ porque estava impaciente para o nosso passeio. A Sra. Minnick deu um passo para trás e CJ colocou a caixa do lado de dentro.

— Todas as coisas dela estão aqui. Além de algumas latas de comida, mas ela não tem comido muito ultimamente.

— Bem, eu tenho dado comida para ela aqui em casa.

— Imaginei. Tudo bem. Mais uma vez, muito obrigada.

CJ deu um passo para a frente, mais para perto da Sra. Minnick, que estava segurando e acariciando a gata.

— Sneakers. Você é uma boa menina — disse CJ, encostando o rosto nos pelos da gata.

Sneakers passou a cabeça no colo de CJ, ronronando.

— Certo — sussurrou CJ.

Choraminguei, ansioso pela tristeza que senti fluir de minha menina. A Sra. Minnick ainda observava CJ.

— Tem certeza de que está bem?

— Sim, sim. E você, Sneakers, você é minha gatinha preferida, seja boazinha, ok?

— Você virá nos visitar? — perguntou a Sra. Minnick, hesitante.

— Claro. Em breve, assim que eu conseguir me acomodar na casa nova, está bem? Preciso ir agora. Tchau, Sneakers. Eu te amo. Adeus.

A gata pulou dos braços da Sra. Minnick e entrou na casa da mulher. Sneakers era uma boa menina, mas estava deixando CJ triste e eu não gostava disso.

Depois de deixar a Sneakers com a Sra. Minnick, fizemos um passeio muito esquisito. Primeiro, fiz minhas necessidades na neve, e então CJ me pegou e me levou e caminhamos sem parar. Eu adorei sentir seu calor e me sentir segura. CJ parecia bem cansada e triste, e eu fiquei me perguntando aonde estávamos indo.

Finalmente, ela parou e me deixou no chão. Eu cheirei a neve, sem reconhecer nenhum dos cheiros. CJ caiu de joelhos, inclinando-se para mim.

— Max.

Eu lambi o rosto dela e isso trouxe a tristeza de volta, o que não fazia muito sentido para mim. Normalmente, quando eu a lambia, ela ficava feliz.

— Você tem sido um menino tão bom, tão bom. Entendeu? Você tem sido o cachorro mais lindo que uma garota sozinha na cidade poderia querer. Você me protegeu e cuidou de mim. Eu te amo, Max. Independentemente do que aconteça, nunca se esqueça do quanto eu te amo, porque é verdade.

CJ estava enxugando o rosto, as lágrimas escorriam em suas mãos. A tristeza dentro dela era tão horrível que senti medo.

Depois de um minuto, ela ficou de pé, respirando fundo.

— Certo — disse CJ.

Ela me levou um pouco mais à frente e então os cheiros se tornaram familiares, e eu sabia que veríamos Trent. Senti uma onda de alívio — Trent ajudaria CJ. O que estivesse acontecendo estava além da compreensão de um cachorro, mas eles saberíamos o que fazer.

Trent abriu a porta.

— Meu Deus, o que aconteceu? — perguntou ele. — Entra.

— Não posso — disse CJ, de pé no corredor. — Preciso ir. Preciso ir ao aeroporto.

Ela me colocou no chão e eu corri até Trent, saltando e abanando o rabo. Ele se abaixou e acariciou minha cabeça, mas estava olhando para CJ.

— Aeroporto?

— É a Gloria, ela está bem doente, e eu preciso ir até lá.

— Eu vou com você — disse Trent.

— Não, não, preciso que você cuide do Max. Por favor. Você é a única outra pessoa no mundo inteiro de quem ele gosta.

— Claro — disse Trent lentamente. — Max? Quer passar uns dias aqui?

— Preciso ir — disse a minha menina.

Ela não parecia mais feliz aqui com Trent.

— Quer que eu vá ao aeroporto com você?

— Não, tudo bem.

— Você parece bem chateada, CJ.

CJ respirou fundo, tremendo.

— Não, estou bem. Acho que tenho alguns assuntos... não resolvidos com Gloria. Não importa. Preciso ir.

— Que horas é seu voo?

— Trent, *por favor*, eu me viro, está bem? Eu preciso ir.

— Está bem — disse Trent baixinho. — Diga tchau para a CJ, Max.

— Nós já...

Ela balançou a cabeça e se apoiou em um dos joelhos.

— Certo, está bem. Tchau, Max. Eu te amo. Vamos nos ver logo, tá? Tchau, Max.

CJ ficou de pé.

— Tchau, Trent.

Os dois se uniram em um abraço apertado. Quando se separaram, eu senti que Trent estava com um pouco de medo. Olhei ao redor, mas não vi nenhuma ameaça.

— CJ? — chamou ele com a voz baixa.

Ela balançou a cabeça, sem olhar nos olhos dele.

— Preciso ir.

E então ela se virou. Tentei segui-la, mas minha guia me impediu. Lati para ela, mas CJ não olhou para trás. Foi direto para a salinha de portas duplas, e quando elas se abriram, minha menina entrou. Quando se virou, finalmente olhou para mim. Olhou bem nos meus olhos, e então olhou, sorriu e acenou para Trent. Mesmo de onde eu estava pude ver suas lágrimas refletidas na luz forte da salinha, a luz que vinha do teto. Lati de novo. E então, as portas se fecharam.

Trent me pegou e olhou para mim.

— O que está acontecendo de verdade, Max? — sussurrou ele. — Não gosto disso. Não gosto nem um pouco disso.

Capítulo 25

AGORA AS COISAS ESTAVAM TOTALMENTE DIFERENTES. Eu estava na casa de Trent, que era maior do que onde eu morava com CJ. Eu ainda fazia passeios com cachorros — uma mulher chamada Annie chegava todos os dias com um cachorro amarelo, grande e feliz chamado Harvey, entrava na casa de Trent e me levava com ela. Era esquisito para mim o fato de o nome dela ser Annie porque minhas irmãs no lugar dos cachorros que latem eram Abby e Annie. Concluí que algumas pessoas amavam tanto seus cachorros que davam a outras pessoas nomes de cachorros. Annie tinha o cheiro de diferentes gatos e cachorros, o que parecia confirmar minha teoria.

No primeiro dia em que ela veio, corri em sua direção, latindo forte para que ela soubesse que Harvey não me intimidava, mas Trent estava ali e me pegou do chão. Em seguida, Annie estendeu os braços e me pegou do colo de Trent, e eu não soube o que fazer em relação a isso. Normalmente, quando eu rosnava, as pessoas não me abraçavam. Ela falou comigo e me ninou, e eu senti que baixava a guarda totalmente. CJ não estava ali e não precisava da minha proteção, então talvez não tivesse problema se eu deixasse Annie tomar certas liberdades.

Annie, Harvey e eu passeamos com outros cães, mas Annie fez errado — ela não parou para pegar Katie no caminho, apesar de pararmos para pegar um cachorro chamado Zen que era grande, mas com patas muito curtas e orelhas muito pesadas que quase encostavam no chão. Ele se parecia muito com Barney, o cachorro que vivia com Jennifer quando Rocky e eu éramos filhotes. Quando eu rosnei para o Zen, ele caiu e rolou de barriga para cima, e passivamente me deixou cheirá-lo todo. Eu não teria problemas com ele. Menos cooperativo era um cachorro alto de pelo enrolado chamado Jazzy, que não queria brincar comigo

Trent só chegava em casa à noite, normalmente trazendo um saco de comida que ele comia em silêncio, de pé na cozinha. Ele parecia muito cansado e muito triste. Estendia as mãos para mim e eu sentia o cheiro de muitas coisas diferentes, mas não senti o cheiro da minha menina nem uma vez.

— Ah, Max, você sente saudade dela, não é? — disse Trent baixinho para mim.

Eu abanei o rabo para mostrar que tinha ouvido o meu nome e que gostava quando ele fazia carinho na minha cabeça.

Eu era muito próximo de Trent e achava uma pena ele não ter um cachorro, mas eu precisava ficar com a CJ. Não entendia onde ela estava e por que tinha me deixado aqui. Às vezes, eu sonhava que ela estava do meu lado, mas quando abria os olhos, eu sempre estava na casa de Trent, sempre sozinho.

CJ tinha voltado a morar com Sneakers? Por isso ela estava tão triste? Eu havia sentido o mesmo tipo de tristeza em Hannah quando eu era Amigão e fui levado ao veterinário naquela última vez. Era uma tristeza de quem dá adeus. Mas CJ precisava de mim em sua vida, e por isso ela voltava a me encontrar sempre que eu era filhote. Nada nunca mudaria isso, então independentemente do que estava nos mantendo afastados, eu sabia que só podia ser temporário.

Certa tarde, quando Annie e Harvey me levaram de volta à casa de Trent, ele estava sentado na sala de estar.

— Olá! — disse Annie. — É hoje?

— Sim — disse Trent.

Harvey estava sentado à porta, esperando receber permissão para entrar. Ele era um daqueles cachorros que estavam sempre pedindo permissão para fazer as coisas. Eu poderia ser um cachorro assim, mas a CJ nunca me pedia isso.

— Certo, Harvey — disse Annie.

Harvey entrou e foi ver se eu tinha deixado comida para ele na minha tigela. Eu nunca deixava, mas ele conferia todas as vezes, para ter certeza.

Annie se abaixou e estendeu os braços para mim. Fui até ela timidamente, e deixei que ela me acariciasse. Harvey enfiou seu focinho grande e simpático na frente dela e também foi acariciado.

— Tenha um bom dia hoje, Max.

Quando Annie saiu, Harvey foi com ela sem olhar para trás.

— Olha só o que eu tenho para você aqui, Max — disse Trent.

Era como uma caixa, mas as laterais eram moles. Trent parecia bem animado para mostrá-la a mim. Eu a cheirei com cuidado. Quando eu era Molly, a caixa era muito maior — mas eu também era bem maior.

Pensar em ser Molly e na viagem desorientadora que fiz uma vez em uma caixa me fez imaginar se veríamos CJ. Quando Trent disse que eu tinha que entrar na caixa macia, obedeci sem reclamar, mas mal conseguia enxergar qualquer coisa além da tela que cobria uma das extremidades. Foi um pouco desorientador quando ele levantou tudo nos braços, muito diferente de quando as pessoas me pegavam no colo e me erguiam do chão.

Fizemos um passeio de carro, Trent e eu sentados no banco de trás. Eu estava frustrado por ele não ter me deixado sair da caixa macia. Eu queria olhar pela janela e latir para os cachorros que talvez passassem. Mas o carro estava quentinho, o que era bom em comparação ao ar frio e à chuva que molhou a caixa quando Trent e eu saímos de seu prédio.

Entramos em outro prédio e eu fiquei decepcionado por não haver barulho. Era tão silencioso que as pessoas até sussurravam, mas eu sentia o cheiro delas e dos produtos químicos. Eu não conseguia ver muito bem o que estava acontecendo e o jeito com que Trent movia a caixa enquanto andava me deixava meio zonzo. Entramos em uma sala pequena e ele colocou a caixa no chão.

— Ei — disse ele com carinho.

Ouvi um farfalhar.

— Oi — disse alguém com a voz fraca e rouca.

— Trouxe alguém para te ver — disse Trent.

Ele mexeu no material suave da caixa e lambi seus dedos pela tela, animado para sair. Por fim, ele enfiou a mão dentro da caixa e me pegou. Fui erguido e vi uma mulher deitada em uma cama.

— Max! — disse a mulher, e foi quando notei que era CJ.

Ela estava com um cheiro esquisito, ácido, tomado por produtos químicos, mas eu a reconheci. Eu me esforcei para sair dos braços de Trent, mas ele me segurou forte.

— Você precisa ser bonzinho, Max. Bonzinho — disse Trent.

Com cuidado, ele me entregou a CJ, que me pegou com as mãos quentes e incríveis. Eu me encostei nela, chorando um pouquinho. Não dava para evitar, eu estava feliz demais por ver minha menina.

— Certo, calma, Max. Está bem? Calma — disse Trent.

— Ele está bem. Você sentiu minha falta, não é, Max? Sim, meu amor — disse ela.

Eu não entendi por que a voz dela estava tão fina e rouca... Não se parecia nem um pouco com a voz dela de verdade. Havia uma guia de plástico pendurada em seu braço, e também ouvi um bipe muito desagradável ecoando pelo quarto.

— Como está se sentindo hoje? — perguntou Trent.

— A garganta ainda dói por causa da intubação, mas estou um pouco melhor. Ainda meio enjoada — disse CJ.

Eu queria sentir o cheiro dela e explorar todos os novos cheiros que estavam em seu corpo, mas sentia suas mãos tensas. Acho que ela queria que eu ficasse parado. Obedeci.

— Sei que você acha que está péssima, mas, em comparação a como estava quando foi internada na UTI, é como se você estivesse pronta para correr uma maratona. Seu rosto está corado de novo — disse Trent. — Os olhos estão claros.

— Tenho certeza que estou fabulosa — murmurou CJ.

Uma mulher entrou na sala e eu lancei a ela um rosnado baixo para que ela soubesse que CJ estava sendo protegida.

— Não, Max! — disse CJ.

— Max, não! — disse Trent.

Ele se aproximou e pôs as mãos em mim também, então fui bem imobilizado enquanto a mulher dava alguma coisa sem cheiro para CJ comer e um copo de água. Na verdade, foi muito bom sentir os dois me segurando, e eu permaneci parado.

— Como ele se chama? — perguntou a mulher.

— Max — responderam Trent e CJ ao mesmo tempo.

Eu abanei o rabo.

— Ele não deveria estar aqui. Cachorros não podem entrar.

Trent deu um passo na direção dela.

— Ele é tão pequenininho, e nem late. Será que não pode fazer uma visitinha rápida?

— Eu amo cachorros. Não vou contar a ninguém, mas se você for pego, não ouse dizer que eu sabia disso, ok? — disse a mulher.

Quando ela saiu do quarto, Trent e CJ disseram: "Bom menino" ao mesmo tempo, e eu abanei o rabo.

Senti muitas emoções sombrias na minha menina, um misto de tristeza e desesperança. Encostar o focinho nela não pareceu animá-la. Ela também estava cansada — exausta, até —, e em pouco tempo sua mão não estava mais me segurando, apenas mantida no local pela gravidade.

Fiquei confuso. Por que CJ estava naquele quarto? Ainda mais assustador e triste foi o fato de Trent logo me tirar de cima de CJ e me puxar pela guia.

— Voltaremos daqui a alguns dias, Max — disse Trent.

Ouvi meu nome, mas não entendi.

— Bom menino, Max. Vá com o Trent. Não, não traz ele de volta, ok? Não quero burlar as regras do hospital — disse CJ. E abanei o rabo por ser um bom menino.

— Volto amanhã. Vê se dorme, ok? E pode me ligar qualquer hora se não conseguir. Eu gosto de conversar — disse Trent.

— Você não tem que vir aqui todo dia, Trent.

— Eu sei disso.

Voltamos para a casa de Trent. Durante os dias que se seguiram, Annie foi me buscar para passear com Harvey, Jazzy e Zen, mas agora, quando Trent voltava para casa toda noite, eu conseguia sentir um leve cheiro de CJ em suas mãos, juntamente com todos os outros cheiros desconhecidos.

Voltamos ao quartinho um ou dois dias depois, e CJ ainda estava cochilando na mesma cama. Seu cheiro estava um pouco melhor, no entanto, e ela estava sentada quando Trent me deixou sair da caixa macia.

— Max! — chamou ela, feliz.

Eu pulei em seus braços e ela me abraçou. Não havia mais a guia em seu braço e o barulho dos bipes tinha parado.

— Feche a porta, Trent, não quero que Max se meta em problemas.

Enquanto CJ e Trent conversavam, eu me enrolei embaixo do braço dela, ocupando aquele espaço porque se Trent saísse, ele não tentaria me levar junto. Eu estava cochilando quando ouvi uma mulher dizer "Ai, meu Deus!" na porta. No mesmo instante reconheci a voz.

Gloria.

Ela entrou no quarto trazendo flores que entregou a Trent ao se aproximar de CJ. Gloria tinha o cheiro daquelas flores, além de muitos outros aromas doces que deixaram meus olhos marejados.

— Você está péssima — disse Gloria.

— Bom te ver também, Gloria.

— Eles estão alimentando você? O que é este lugar?

— É um hospital — disse CJ. — Você se lembra do Trent.

— Olá, srta. Mahoney — disse Trent.

— Ah, claro que sei que é um hospital, não foi isso que eu perguntei. Olá, Trent.

Gloria olhou para Trent e então se virou de novo para CJ.

— Nunca fiquei tão preocupada na vida. O choque da notícia quase me matou!

— Me desculpe por isso — disse CJ.

— Querida, você acha que eu não andei passando por momentos ruins? Mas, apesar disso, sempre encontrei forças para seguir em frente. Você será uma fracassada se vir a si mesma como uma fracassada; já te disse isso. Para você chegar a esse ponto... Eu quase tive um treco. Vim assim que soube.

— Bem, dez dias depois — disse Trent.

Gloria olhou para ele.

— O que disse?

— Eu liguei para você há dez dias. Você não veio exatamente assim que soube.

— Bem... não havia motivos para eu vir enquanto ela estava em coma — disse Gloria, franzindo a testa.

— Claro — disse Trent.

— Ela tem razão — disse CJ.

Ela e Trent trocaram um sorriso.

— Não suporto hospitais. Odeio, na verdade — disse Gloria.

— Você é a única — disse CJ. — A maioria das pessoas ama.

Dessa vez, Trent riu.

— E então, Trent. Acha que uma mãe pode conversar com sua filha? — perguntou Gloria com frieza.

— Claro.

Trent se desencostou da parede.

— Leve seu cachorro também — disse Gloria.

Eu olhei para CJ quando ouvi a palavra "cachorro".

— O cachorro é meu. O nome dele é Max — disse CJ.

— Me chame se precisar de alguma coisa. — disse Trent ao sair do quarto.

Gloria foi até a poltrona e se sentou.

— Este lugar é bem deprimente. Trent está de novo na parada?

— Não, Trent nunca esteve "na parada", Gloria. Ele é meu melhor amigo.

— Certo, chame do que quiser. A mãe dele, que naturalmente não pôde esperar para me ligar assim que soube que minha filha tinha tomado comprimidos com anticongelante, disse que ele é vice-presidente do banco em que trabalha. Mas não caia na conversa dele se ele disser que isso é algo grande e tudo mais. Eles dão títulos para todo mundo nos bancos, é assim que evitam ter que pagar salários decentes.

— Ele é um banqueiro de investimentos e *é* muito bem-sucedido — respondeu CJ, com hesitação.

— Por falar em investimentos, tenho notícias bem importantes.

— Conte.

— Carl vai me pedir em casamento.

— Carl?

— Eu te contei sobre o Carl. Ele fez fortuna vendendo umas moedas, tipo aquelas que utilizamos na lavanderia. Ele tem uma casa na Flórida com uma lancha de sessenta e quatro pés! Também tem um apartamento em Vancouver e é dono de parte de um hotel em Vail, para onde ele pode ir sempre que quiser. Vail! Sempre quis ir lá, mas nunca encontrei a pessoa certa. Dizem que é como Aspen, só que sem os moradores da região para estragar tudo.

— Então você vai se casar?

— Sim. Ele vai me pedir em casamento mês que vem, vamos ao Caribe. Foi onde ele pediu as outras duas esposas. Então, sabe como é, eu liguei os pontos. Quer ver a foto dele?

— Claro.

Olhei para cima, bocejando, quando Gloria mostrou algo a CJ, que deu uma risada alta.

— Este é o Carl? Ele é veterano da guerra civil?

— Não faço ideia do que você está querendo dizer.

— Ele parece ter mil anos.

— Não tem, e é um homem muito distinto. Vou pedir para você não ser grosseira. Ele será seu padrasto.

— Ah, meu Deus. Quantas vezes já ouvi isso? E aquele que quitou o financiamento, aquele a quem você me obrigou a chamar de "pai"?

— Não dá para confiar na maioria dos homens. Carl é diferente.

— Por que ele é ancestral?

— Não, porque ele ainda é amigo das ex-esposas dele. Isso diz alguma coisa.

— Claro que diz.

CJ levou a mão à cabeça. Aquela sensação aconchegante do mais puro amor me deixou tonto e em pouco tempo, adormeci. Mas acordei quando ouvi e senti a raiva em CJ.

— Como assim, você não vai falar nesse assunto? — perguntou CJ a Gloria.

— Aquela família era horrível comigo. Não quero contato nenhum com eles.

— Mas isso não é justo comigo. Eles são meus parentes de sangue. Quero conhecê-los, saber de onde venho.

— Eu criei você sozinha, sem ajuda.

Senti uma tristeza crescendo em CJ, mas ela ainda estava brava.

— Eu me lembro muito pouco de quando meu pai me levava lá quando era pequena. Eu me lembro... De um cachorro. E da minha avó. Tudo o que sei são só fragmentos de quando eu tinha uns cinco anos.

— E é assim que deve ser.

— Você não pode decidir isso!

— Olha só — disse Gloria, que também estava irritada e ficou de pé. — Você não está mais no Ensino Médio e eu não quero que você se comporte como uma criança mimada. Você agora vai morar sob o meu teto, seguindo as minhas regras. Entendido?

— Ela não vai, não — disse Trent, em voz baixa, da porta.

As duas se viraram para olhar quando ele entrou.

— Isso não é da sua conta, Trent — disse Gloria.

— É da minha conta, sim. CJ não precisa disso neste momento, Gloria. Ela precisa evitar se estressar. E ela não vai para casa com você. A carreira de atriz dela é aqui.

— Ah... acho que nunca serei atriz — disse CJ.

— Exatamente — disse Gloria.

— Então, você vai ser *alguma coisa*. Pode fazer o que quiser. Não é impotente, CJ. Você pode decidir que tem o poder — disse Trent de modo solidário.

— Do que você está falando? — perguntou Gloria com frieza.

— Você acredita em mim, não é, CJ? — perguntou Trent.

— Eu... Não posso ficar, Trent. Não tenho dinheiro...

— Lá em casa tem espaço de sobra... Você pode ocupar o quarto extra até se estabelecer.

— Mas e a Liesl?

Trent riu.

— Ah, a Liesl. A gente terminou de novo. Acho que dessa vez é para valer porque não vou implorar para ela voltar. Finalmente percebi que ela gosta do drama de terminar e voltar, e terminar de novo... Como se fosse um vício.

— Quando isso aconteceu?

— Um dia antes de você... deixar o Max comigo.

Abanei o rabo.

— Eu me sinto péssima por saber que você estava lidando com isso e eu não perguntei nada — disse CJ.

— Tudo bem, você tem andado meio distraída — disse Trent com um sorriso sarcástico.

— Podem, por favor, voltar ao assunto? — pediu Gloria.

— Ou seja, ao que *você* quer falar? — disse CJ.

— Não, não é disso que estou falando. Estou falando que vamos embora na quarta-feira. Já tomei as providências — disse Gloria com firmeza.

— Você precisa ficar com alguém que acredita em você, CJ. Eu. Eu acredito em você. Sempre acreditei — disse Trent.

Senti que a raiva de Gloria piorava.

— Ninguém vai me acusar de "não acreditar na minha filha". Eu apoiei essa história ridícula de se mudar para Nova York, não é?

— *Apoiou!* — respondeu CJ.

— Você não faz bem para ela, Gloria. Ela precisa se curar e você é a última pessoa que poderia ajudá-la nisso — disse Trent.

— Eu sou a *mãe* dela — rebateu Gloria com frieza.

— Bem, sim, você deu à luz a ela, é verdade. Mas ela é adulta. Quando o filho cresce, o trabalho da mãe termina.

— CJ? — disse Gloria.

Eu olhei para Gloria, que olhava fixamente para CJ, e então olhei para Trent, que estava olhando para Gloria, e então finalmente para CJ, que olhava para Trent, e voltei a olhar para todos. Gloria levou as mãos à cintura.

— Você nunca me agradeceu. Fiz muitos sacrifícios — disse ela, de maneira amarga.

Ela se virou para sair, parando na porta para olhar para a filha.

— Volto amanhã, e vamos embora um dia depois, como está marcado. Não há mais nada a ser dito.

Ela arregalou os olhos para Trent.

— *Por ninguém* — acrescentou antes de sair.

Eu abanei o rabo porque Gloria estava indo embora. Eu sempre me sentia um pouco menos estressado quando ela saía.

Quando Trent e eu voltamos para a casa dele naquela noite, fiquei me perguntando se aquela era a nova rotina: dormíamos na casa dele, e então íamos ao quarto novo de CJ com o piso liso. Ela parecia preferir morar em lugares cada vez menores.

Trent jogou um brinquedo de borracha para mim que quicou muitas vezes na cozinha, e eu fui atrás dele e o trouxe de volta. Ele riu e me disse que eu era um bom menino.

Mais tarde, enquanto ele se abaixava para colocar um pouco de comida úmida e deliciosa em cima da que estava seca na minha tigela, senti um odor metálico e inconfundível em seu hálito. Fiquei surpreso, mas fiz o que tinha sido treinado para fazer há muito tempo.

Sinalizei.

Capítulo 26

Alguns dias depois da visita de Gloria, CJ passou a ficar na casa de Trent. Ela deixava suas coisas em um quarto diferente do de Trent e algumas de suas roupas ainda tinham o cheiro da Sneakers. A nova casa parecia deixá-la cansada, já que ela passava muito tempo na cama, e estava triste, fraca e sentia dor quase sempre. Eu tentava animá-la levando meus brinquedos para perto dela. Eram brinquedos que Trent sempre me dava quando chegava em casa, em sacolinhas, mas CJ não tinha muito interesse em brincar, só os segurava sem muita firmeza.

Trent ia para casa pelo menos uma vez durante o dia para me deixar sair.

— Não tem problema, eu trabalho aqui na esquina.

— Talvez amanhã eu me sinta disposta para levar Max para passear — disse CJ.

— Não tenha pressa — disse Trent.

Eles gostavam de fazer uma brincadeira na qual Trent se sentava ao lado dela e enfiava seu braço em uma blusa parecida com a minha, e então apertava uma bolinha. Eu ouvia um assovio esquisito e CJ e Trent ficavam parados.

— Ótimo, a pressão arterial ainda está boa — dizia Trent.

Quando era tirada, a blusa fazia o mesmo som de algo sendo rasgado, como a minha. Eu não tinha permissão de brincar com aquela bola porque, aparentemente, era a preferida de Trent.

Era ele quem me alimentava, então aprendi que para conseguir uma refeição eu tinha que fazer um sinal quando sentia o cheiro metálico estranho em seu hálito, o que acontecia na maioria das vezes.

— Você não vai rezar, Max? — perguntava ele às vezes.

Eu sinalizava, e ele dizia "bom menino, Max", e me recompensava com o jantar.

— Max reza antes de jantar — disse Trent a CJ.

Eu estava andando pelo quarto, queimando energia, mas parei quando ouvi meu nome ser mencionado com a palavra "jantar". Eu já tinha comido, mas não me oporia se Trent quisesse me dar um petisco.

— Como assim? — perguntou CJ, rindo.

— Juro. Ele abaixa a cabeça e une as patas, como se estivesse rezando. É muito bonitinho.

— Nunca vi ele fazer isso — disse CJ.

— Reza, Max! — disse Trent para mim.

Eu sabia que tinha que fazer alguma coisa, por isso me sentei e lati. Os dois riram, mas não me deram um petisco, então aparentemente eu havia feito algo de errado.

Quando CJ finalmente saiu da cama para ir ao sofá, fez isso muito, muito devagar, empurrando uma coisa que se parecia um pouco com uma cadeira, a qual ela se segurava com muita firmeza. A coisa-cadeira tinha bolinhas de tênis nela, mas CJ não as jogava longe para eu buscar. Eu me rastejei a seus pés, feliz por vê-la andando, mas ela respirava fazendo barulho e não parecia muito feliz.

Mas Trent ficou muito feliz quando entrou no quarto.

— Você foi até o sofá! — disse ele, sorrindo.

— Sim, só demorei uma hora.

— Isso é muito bom, CJ.

— Claro que é.

CJ desviou o olhar suspirando. Eu pulei no sofá e encostei o focinho na mão dela para ajudá-la a se sentir melhor.

Todos os dias depois disso, CJ saía da cama para se locomover pelo apartamento, sempre empurrando a coisa com as bolinhas de tênis. Então, um dia, começamos a andar do lado de fora. A neve estava derretendo na primeira vez em que fizemos isso, por isso os pneus dos carros faziam barulho na calçada e em todos os lugares havia barulho de água pingando ou espirrando. Avançamos apenas alguns metros na calçada e as bolinhas de tênis daquela cadeira-coisa a qual CJ se segurava ficaram molhadas. Alguns dias depois, voltou a nevar, e demos poucos passos, porque tivemos que voltar. Um dia depois, o sol saiu e esquentou. Junto ao cheiro de neve derretida eu sentia o cheiro de grama nova.

Nossa casa tinha uma sala ao ar livre chamada varanda. Trent colocou uma caixa forrada com carpete duro lá fora e me chamou.

— Aqui você pode fazer suas necessidades, está bem, Max? É seu penico portátil especial.

O carpete duro era mais macio do que o piso de cimento da varanda. Eu adorava me deitar nele quando estava ventando e erguer o focinho para sentir a mistura inebriante de odores das ruas abaixo. Às vezes, eu sentia o cheiro da Sra. Warren, que sempre saía na varanda ao lado da nossa.

— Olá, Max — dizia ela, e eu abanava o rabo.

— Isso aqui não é para deitar, Max — disse Trent quando saiu para me ver.

CJ riu, parecendo animada. Eu não sabia o que estava acontecendo, mas concluí que se deixava minha menina feliz eu me deitaria no carpete duro sempre que possível.

Conforme os dias foram ficando mais quentes, CJ ia cada vez mais longe com sua cadeira-coisa, sempre muito lentamente. Em nenhum desses passeios passávamos para buscar Katie ou qualquer outro cachorro.

Eu me familiarizei com nosso caminho, e ficava ansioso para cheirar os canteiros de flores ao alcance do meu focinho. Havia um cachorro, que eu nunca tinha visto, que sempre marcava as plantas. Eu cheirava com muito cuidado antes de erguer a pata na mesma área.

— Max adora parar aqui e sentir o cheiro das flores — disse Trent.

Eu ouvi que era um bom menino, mas estava concentrado demais no cheiro daquele cachorro.

Alguns dias eram melhores do que outros para CJ. Em um dos dias ruins, ela estava deitada na cama quando ouvi alguém mexer na porta da frente. Corri até lá, latindo. Quando ela foi aberta, fiquei surpreso ao sentir o cheiro de quem estava ali com Trent.

Duke!

Duke entrou correndo no quarto, cheio daquela energia maluca. Eu me apoiei nas patas traseiras, me apoiei em sua cabeça com as da frente e lambi sua boca, bem feliz por vê-lo. Ele colocou a língua grande para fora e lambeu minha cara sem parar. Duke gemia e se chacoalhava, muito feliz por estar comigo. Ele se deitou de costas para subir em cima dele, e brincamos de lutinha, muito felizes.

— Voltem, meninos — disse Trent.

Fomos ao quarto de CJ e ela se sentou na cama.

— Duke! — disse ela.

Duke estava tão animado em vê-la que pulou em sua cama. CJ arfou de dor.

— Ei! — gritou Trent.

O abajur ao lado de CJ caiu no chão e depois de um flash, o quarto ficou mais escuro. Duke, ofegante, continuou pulando, derrubando outras coisas, e então voltou a se jogar em cima da cama.

— Desce, Duke! — disse CJ, e ela estava irada.

Rosnando, eu mordi as patas de Duke, e ele se encolheu no chão, com as orelhas para trás. O que minha menina precisava, notei naquele momento, era de calma e silêncio.

Quando Duke pulou em cima dela, ela sentiu dor, e o comportamento afobado dele deixou CJ e Trent bem bravos.

Ser um bom menino naquela casa significava ser menos barulhento e agitado. CJ precisava de tranquilidade.

Com Duke mais sob controle, CJ puxou a cabeça dele para o colo e coçou suas orelhas.

— Certo, Trent, como você fez isso? — perguntou ela.

— Não foi difícil encontrar o Barry. Liguei para ele no escritório e expliquei a situação. Ele não ia dizer não — disse Trent.

CJ parou de coçar Duke e olhou para Trent.

— Você quer dizer que ele não ia dizer não a você.

— Certo. Bem...

— Ah, Duke, estou tão, mas tão feliz por ver você... — disse CJ.

Eu pulei na cama, mas o fiz com agilidade, e fui até onde Duke estava recebendo todo aquele amor. Sabia que a CJ também me queria ali. Eu era o cachorro mais importante na situação.

Depois que Duke foi embora, CJ e Trent jantaram à mesa e não no quarto dela. Eu gostava mais quando ela comia na cama porque sempre me dava pedacinhos, mas eles pareciam mais felizes por estarem sentados com as pernas ao alcance do meu focinho, por algum motivo. Eu fiquei pacientemente sentado embaixo da mesa, atento à comida que caía.

—Talvez a diálise não seja tão ruim — disse Trent.

— Ai, meu Deus, Trent.

— Só estou dizendo que se tiver que acontecer, vamos lidar com isso.

— Se acontecer *comigo*, *nós* vamos lidar com isso? — disse CJ, bruscamente.

Por alguns momentos, não houve nenhum outro som além daquele feito pelos garfos nos pratos.

— Desculpa, Trent — disse CJ, baixinho. — Eu dou muito valor a tudo o que você está fazendo por mim. Meu Deus, eu agi como a Gloria agora.

— Não, você tem passado por muita coisa, CJ. Você está com dor e a coisa da diálise é assustadora. Faz sentido que você se irrite comigo por sugerir que seria, de alguma maneira, uma experiência minha também. Mas o que quero mesmo dizer é que vou te apoiar de todas as maneiras que puder, independentemente do que aconteça. É isso.

— Obrigada, Trent. Não mereço um amigo como você — respondeu CJ.

Quando eles terminaram de comer, Trent encheu minha tigela com comida. Eu adorava o barulhinho do jantar caindo em minha tigela de metal, e dei giros e mais giros esperando que ele terminasse de me servir.

— Agora veja. Reze, Max, reze.

Trent afastou a comida de mim, mas ele estava curvado, e eu senti o cheiro metálico em seu hálito. Sabia o que ele queria, e sinalizei.

— Viu? — disse Trent, rindo e se divertindo.

— Que esquisito. Nunca vi o Max fazer isso antes — disse CJ.

— Ele está rezando — disse Trent.

CJ e eu íamos cada vez mais longe em nossos passeios. Depois de um tempo, ela parou de empurrar a cadeira-coisa com bolinhas de tênis à sua frente, mas se apoiava em um graveto curvado à medida que percorríamos lentamente a calçada. Eu havia aprendido a ser paciente e permanecia ao lado dela no ritmo que ela queria ditar. Agora, protegê-la significava cuidar para que ela não caísse nem sentisse dor por andar muito depressa. Às vezes, Trent voltava para casa no meio do dia e passeava conosco. Ele também passou a andar mais devagar.

Já fazia tanto tempo que eu não andava de carro que eu praticamente já tinha esquecido a ideia de um dia voltar a ser um cachorro que viaja no banco da frente, apesar de sempre haver muitos carros nas ruas. Por isso, fiquei muito surpreso quando fui colocado em uma caixa, com laterais firmes e muito mais espaço dentro da qual me mexer do que na caixa macia. Fui levado para fora por Trent. Ele me colocou no banco de trás de um carro grande.

— Prenda a caixa com o cinto — disse CJ. — Fica mais seguro com o cinto preso.

Eu dei um gritinho quando o carro partiu com Trent ao volante. Será que eles tinham se esquecido de que eu estava ali?

— Ah, Max, eu sei, mas estamos logo aqui na frente. Você fica mais seguro na parte de trás — disse CJ.

Eu não tinha ouvido nada que pudesse entender, mas senti o amor na voz de CJ. Controlei minha reação. Queria continuar latindo até eles me tirarem da caixa, mas me lembrei de quando eu fui Molly, do dia em que deixamos o mar e eu fiz uma viagem longa e barulhenta com um cachorro latindo o tempo todo. Ninguém deixou que ele saísse da caixa e os latidos me irritaram. Eu não queria irritar a CJ. Meu modo de cuidar dela agora era impedir que qualquer coisa a perturbasse. Então me deitei, emitindo um suspiro comprido e insatisfeito.

— Primeira vez que saio de Nova York em agosto. Eu sempre senti muita inveja de todo mundo que saía. O calor é assassino — disse CJ.

Foi um longo passeio de carro.

— Você não vai me dizer aonde estamos indo? Nem agora? — perguntou CJ depois de um tempo.

— Você vai descobrir — respondeu Trent. — Até lá, quero que seja surpresa.

Estava muito quente do lado de fora e sentíamos muito calor quando parávamos. Passamos a noite em um lugar tão frio que eu dormi embaixo dos cobertores com CJ. Trent ficou em um quarto diferente, mas tinha um cheiro parecido com o do nosso.

Conforme adormecia, pensei na última viagem bem comprida de carro que tínhamos feito, quando acabamos indo para o mar. Era para onde estávamos indo agora?

Estávamos fazendo um passeio bem demorado de carro no segundo dia e CJ dormiu a maior parte do tempo, mas quando ela acordou, de repente ficou muito animada.

— Estamos indo para onde acho que estamos? — perguntou ela.

— Sim — disse Trent.

— Como você descobriu?

— Não foi difícil. Registros públicos. Ethan e Hannah Montgomery. Então eu liguei e disse que você queria fazer uma visita.

Em minha caixa, eu me mexi um pouco ao ouvir os nomes Ethan e Hannah na mesma frase.

— Não foi difícil *para você*. Como é possível que você saiba fazer tudo isso? Eu sempre fui muito mais esperta do que você, Trent — disse CJ.

— Ah, claro, você mais esperta? Não vou nem rebater, meus circuitos de memória estão fritando.

Os dois riram.

— Eles sabem que estamos indo? — perguntou CJ.

— Sabem, sabem. Estão muito animados.

— Meu Deus, mal posso esperar. Isso é incrível!

Eu adormeci, já que fiquei grogue com o murmurinho do motor do carro.

Quando acordei, o cheiro dentro do carro me deixou tonto. Eu sabia onde estávamos, e quando o carro parou, chorei, ansioso para sair.

— Certo, Max — disse Trent.

O ar quente da noite me envolveu quando Trent abriu a porta da caixa e segurou minha guia. Eu pulei na grama.

Mas eu não deveria ter me surpreendido: no fim das contas todo mundo voltava para a Fazenda.

Muitas pessoas saíram da casa e desceram correndo para me ver e também para ver CJ.

— Tia Rachel? — perguntou CJ, em dúvida.

— Olha só você! — exclamou a mulher, abraçando CJ quando os outros se reuniram.

Havia três mulheres, dois homens e uma menininha. Reconheci os cheiros de todos, menos da menininha.

— Sou sua tia Cindy — disse outra mulher.

Ela se abaixou para oferecer a mão para ser cheirada, mas Trent me puxou para trás, e minha coleira me apertou quando ele puxou a guia.

— Esse é o Max, ele não é muito simpático — disse Trent.

Eu estava abanando o rabo, feliz por ver todo mundo e por estar em casa de novo. Íamos passar a viver ali agora? Para mim estava ótimo.

— Ele parece bonzinho — disse Cindy.

Eu me inclinei para a frente e consegui limpar a mão dela, e Trent riu. Em pouco tempo, Cindy me pegou no colo e eu fiquei com o focinho perto do rosto de todos na família.

— Vamos entrar — disse Cindy.

Ela deu a guia para a menininha, cujo nome era Gracie.

Foi um prazer subir os degraus de madeira, apesar de precisar de mais esforço do que quando eu era um cachorro maior. Orgulhoso por conhecer o caminho, eu me forcei a passar pela primeira porta, sentindo a guia pender quando Gracie a soltou.

Havia uma mulher sentada em uma poltrona na sala de estar. Ela era idosa, mas eu reconheceria seu cheiro em qualquer lugar. Atravessei a sala e pulei em seu colo.

Era Hannah, a companheira de Ethan.

— Minha nossa — disse ela, rindo enquanto eu me remexia e lambia seu rosto.

— Max! — disse Trent.

Ele parecia sério, então saí do colo de Hannah e corri para ver a encrenca na qual tinha me metido. Ele puxou minha guia.

— Vovó? — disse CJ.

Hannah se levantou lentamente e CJ se aproximou dela. Abraçaram-se por muito tempo. As duas estavam chorando, o amor e a felicidade fluíam das duas e tocavam todos ao redor.

Capítulo 27

Não ficamos morando na Fazenda, mas passamos mais de uma semana ali. Eu adorava sair correndo com o focinho próximo ao chão, sentindo todos os cheiros familiares. Havia patos no lago, uma família toda, como sempre, mas apesar de eu ter ficado parado para observá-los por um tempo, não me dei ao trabalho de correr atrás deles. Além de não haver nenhum benefício nisso, os dois maiores eram do meu tamanho. Foi a primeira vez em muito tempo que pensei em como era pequeno sendo Max. Não me parecia certo que um cachorro fosse do mesmo tamanho de um pato.

Havia cheiros fortes de cavalo no celeiro, mas nenhum cavalo à vista, o que eu achei bom. Se CJ tivesse entrado ali, eu teria enfrentado aquele cavalo de novo, mas a possibilidade de isso acontecer como Max, e não como Molly, me dava bastante medo.

CJ passava muito de seu tempo caminhando e conversando com Hannah, que se movimentava na mesma velocidade baixa que a minha menina. Eu me mantinha a seu lado, orgulhoso por estar protegendo as duas.

— Nunca perdi a esperança — disse Hannah. — Sabia que este dia chegaria, Clarity. Ou melhor, CJ, me desculpe.

— Tudo bem — disse CJ. — Gosto quando você me chama assim.

— Eu mal me aguentei. Gritei como uma adolescente quando seu namorado telefonou para mim.

— Ah, o Trent? Não, ele não é meu namorado.

— Não?

— Não. Somos melhores amigos desde sempre, mas nunca ficamos juntos.

— Interessante — disse Hannah.

— O que foi? Por que está olhando para mim assim?

— Nada. Só estou feliz por você estar aqui, só isso.

Certa tarde, choveu. O rosnado que veio do céu foi tão alto quanto os carros que eu conseguia ouvir quando ficava em meu carpete especial na varanda, só que sem as buzinas. As janelas estavam abertas e os cheiros úmidos de terra entraram e tomaram a sala. Eu fiquei deitado tranquilamente aos pés de CJ quando ela e Hannah se sentaram e comeram biscoitos sem me dar nenhum.

— Eu me sinto culpada por não ter tentado mais — disse Hannah a CJ.

— Não, vovó, não. Se a Gloria enviou a você aquela carta do advogado...

— Não foi só isso. Sua mãe se mudou tantas vezes depois que Henry... depois do acidente de avião. E a vida consegue se tornar tão caótica a ponto de não notarmos a rapidez com que o tempo passa. Ainda assim, eu deveria ter feito alguma coisa, talvez devesse ter contratado um advogado.

— Está brincando? Conheço a Gloria. Eu cresci com ela. Se ela disse que a processaria, estava falando a verdade.

Minha menina se aproximou de Hannah e elas se abraçaram. Suspirei, sentindo o cheiro das migalhas de biscoito ainda no prato. Às vezes, as pessoas colocam um prato no chão para que o cachorro possa lamber os restos, mas na maior parte do tempo, elas se esquecem.

— Tenho uma coisa para você — disse Hannah. — Está vendo aquela caixa na estante, aquelas com flores cor-de-rosa? Olhe dentro dela.

CJ atravessou a sala e eu fiquei de pé, mas ela só pegou uma caixa e a trouxe de volta. Eu não senti o cheiro de nada interessante.

CJ manteve a caixa no colo.

— O que é isso? — perguntou ela.

Independentemente do que fosse, tinha cheiro de papel.

— Cartões de aniversário. Todos os anos, eu comprava um cartão para você e escrevia o que tinha acontecido desde seu aniversário anterior. Casamentos, nascimentos... está tudo aí. Quando comecei eu não imaginava que acabaria escrevendo tantos. Em determinado momento, tive que encontrar uma caixa maior. Ninguém pensa que vai viver até os 90 anos.

Hannah riu.

CJ estava brincando com os papéis na caixa, totalmente alheia à conexão clara entre as migalhas de biscoito e seu cachorro merecedor, Max.

— Ah, vovó, este é o presente mais maravilhoso que já me deram.

Na hora do jantar, eu me deitava embaixo da mesa e Rachel e Cindy, além de outras pessoas, se sentavam com CJ, conversavam e riam, e todo mundo estava muito feliz. Por isso, fiquei surpreso no dia em que Trent começou a levar malas para fora da casa e para dentro do carro, porque eu sabia que significava que apesar de CJ estar muito feliz, estávamos indo embora.

Os seres humanos fazem isto: ainda que estejam se divertindo mais na Fazenda, ou no parquinho de cachorros, eles decidem ir embora e pronto, vão embora. É tarefa do cachorro ir com eles depois de marcar o território com seu cheiro.

Eu estava dentro da caixa no carro. Minha menina tinha se esquecido totalmente de que eu era um cachorro que andava no banco da frente.

— Parece que minha avó me deu todas as lembranças da minha vida, da vida que eu perdi. Todas elas dentro de uma caixa — disse CJ enquanto viajávamos.

Ela estava chorando e eu choraminguei, querendo confortá-la, apesar de não conseguir vê-la.

— Tudo bem, Max — disse CJ.

Eu abanei meu rabo ao ouvir meu nome.

Depois de viajarmos por muitas horas, eu me sentei na jaula porque pela segunda vez, os cheiros eram familiares. Por fim, o carro parou e eu esperei pacientemente em minha caixa para sair, mas CJ e Trent ficaram sentados onde estavam.

— E então? — disse Trent.

— Não sei. Não sei se quero vê-la.

— Tudo bem então.

— Não — disse CJ. — Quero dizer, sempre que encontro com ela eu acabo me sentindo mal a meu respeito. Isso é péssimo, não é? Ela é minha mãe.

— Você tem o direito de se sentir assim.

— Acho que não consigo fazer isso.

— Tudo bem, então — disse Trent.

Bem, eu já estava cansado de esperar. Chorei, frustrado.

— Seja um menino bonzinho, Max — disse CJ.

Abanei o rabo por ser um menino bonzinho.

— Tem certeza, então? Quer ir embora? — perguntou Trent.

— Sim. Não, não! É melhor eu entrar, sei lá, já estamos aqui — disse CJ. — Você espera, pode ser? Vou subir e ver como está o humor dela.

— Claro. Max e eu vamos ficar quietinhos aqui.

Abanei o rabo. A porta do carro se abriu e eu ouvi CJ saindo. Esperei ansioso quando a porta se fechou, mas ela não veio até onde eu estava para me soltar.

— Tudo bem, Max — disse Trent.

Eu choraminguei. Onde estava minha menina? Trent se inclinou e enfiou os dedos pelas barras, e eu os lambi.

A porta se abriu e o carro chacoalhou quando CJ entrou. Abanei o rabo, esperando que ela me deixasse sair e me acariciasse para comemorar seu retorno, mas ela simplesmente fechou a porta.

— Você não vai acreditar.

— O quê?

— Ela se mudou. A mulher que atendeu a porta vive aqui há um ano, disse que comprou a casa de um senhor.

— Não brinca. Pensei que aquele namorado dela, aquele que era filho do senador, tivesse quitado o financiamento para que ela sempre tivesse uma casa — disse Trent.

— Isso mesmo, mas parece que ela vendeu a casa mesmo assim.

— Bem... quer ligar para ela? O celular deve ser o mesmo.

— Não. E quer saber? Vou usar isto como um sinal. É como aquela piada em que os pais se mudam e não dão o endereço aos filhos, sabe? Foi exatamente o que Gloria fez comigo. Vamos embora.

Começamos a dirigir de novo. Com um suspiro, eu me acomodei.

— Quer passar pela sua antiga casa? — perguntou CJ.

— Não, tudo bem. Essa viagem era para ser sua. Tenho um monte de boas lembranças daquela casa, mas depois que minha mãe morreu e a vendemos... Prefiro manter tudo na memória do que ver as mudanças todas, sabe?

Dirigimos por muito tempo e ninguém disse mais nada. Eu estava sonolento, mas acordei quando ouvi a voz de CJ. Havia certo medo nela.

— Trent?

— Sim?

— É verdade, não é? Esta viagem foi toda para mim. Tudo o que você tem feito desde que fui internada tem sido para mim.

— Não, eu também me diverti.

— A coisa toda. Localizar meus parentes. Fazer o retorno para que eu pudesse ver a Gloria apesar de nós dois sabermos que eu, no último segundo, provavelmente iria amarelar feito um franguinho.

Inclinei a cabeça. Franguinho?

— Desde a infância você esteve ao meu lado. Sabe de uma coisa? Você é minha fortaleza.

Eu me virei na caixa e me deitei.

— Mas não é por isso que eu te amo, Trent. Eu te amo porque você é o melhor homem do mundo.

Trent ficou em silêncio por um instante.

— Eu também te amo, CJ — disse ele.

Então, senti o carro virar e diminuir a velocidade até parar. Eu fiquei de pé na caixa e me chacoalhei.

— Acho que preciso parar de dirigir por um minuto — disse Trent.

Esperei pacientemente que eles me soltassem, mas só ouvi uma movimentação no banco da frente, além do que pareciam ser sons de alguém se alimentando. Será que eles estavam comendo um franguinho? Eu não senti cheiro de frango, mas pensar nisso me deixou agitado, de qualquer modo. Por fim, lati.

CJ riu.

— Max, a gente esqueceu totalmente de você.

Abanei o rabo.

No fim das contas, não foi a última vez em que vimos Hannah e sua família toda. Não muito tempo depois de voltarmos para casa, eu fui levado a uma sala grande cheia de pessoas sentadas em fileiras de cadeiras, como se fôssemos fazer aquela brincadeira que Andi tinha me ensinado quando eu era Molly. Trent me segurou firme, mas eu me remexi para sair de seus braços quando senti o cheiro de Cindy, Rachel e Hannah. Rachel riu e me pegou no colo, me segurando para alcançar Hannah, e eu lambi seu rosto. Mas fui cuidadoso e delicado, bem diferente de como Duke teria agido, porque Hannah parecia frágil e sempre tinha alguém segurando-a pelo braço.

Eu estava muito feliz por vê-las! CJ também estava feliz, feliz como me lembrava de tê-la visto poucas vezes. Havia muita alegria e muito amor no ar, fluindo pelas pessoas nas cadeiras e entre CJ e Trent, e não tive como não latir.

CJ me pegou no colo e me aninhou.

— Shh, Max — sussurrou ela, beijando meu focinho.

Colocaram algo macio em minhas costas e eu andei com CJ entre as pessoas até onde Trent estava de pé, e me sentei ali com eles enquanto conversavam, e então eles se beijaram, todo mundo na sala gritou e eu lati de novo.

Foi um dia maravilhoso. As mesas estavam cobertas por um tecido, então formavam-se salinhas embaixo de cada uma, salinhas com pernas de pessoas e pedacinhos de carne e de peixe. As flores e as plantas por todos os lados deixavam o lugar com um cheiro delicioso, como o do parquinho de cachorros. Eu brinquei com crianças que riam e me perseguiam, e, quando Trent me pegou para levar para fora para que eu pudesse fazer minhas necessidades, fiquei ansioso para voltar para dentro.

CJ usou dobras e dobras de tecido, então formou-se uma salinha embaixo dela também, mas sem comida — só as pernas. Quando eu me arrastava ali para baixo, minha menina sempre ria e me tirava dali.

— Ah, Max, você está se divertindo? — perguntou CJ depois de um incidente desses.

Ela me pegou e beijou minha cabeça.

— Ele passou o tempo todo correndo feito doido — disse Trent.

— Ele vai dormir como uma pedra hoje.

— Bem... isso é bom — disse CJ, e os dois riram.

— O dia foi perfeito. Eu te amo, CJ.

— Também te amo, Trent.

— Você é a noiva mais linda na história dos casamentos.

— Você também não é nada mal. Não acredito que estou me casando com você.

— Até quando você quiser. Para sempre. Você é minha esposa para sempre.

Eles se beijaram, o que vinham fazendo muito ultimamente. Abanei o rabo.

— Recebi uma mensagem da Gloria — disse CJ por fim, ao me colocar no chão.

— É mesmo? Ela rogou a praga de sete demônios em nós e em nossas terras?

CJ riu.

— Não, na verdade, foi até gentil. Ela disse que sentia muito por boicotar o casamento, mas sabia que eu entenderia o motivo.

— Não entendi — respondeu Trent.

— Está tudo bem. Ela me disse que sentia orgulho de mim, que você é um bom partido e nos desejou um ótimo casamento, apesar de ela não estar aqui. Também disse que seu maior arrependimento se deve ao fato de ela sempre ter pensado que cantaria no meu casamento.

— Bom, esse não é meu maior arrependimento — disse Trent.

No fim do dia, eu estava tão cheio e tão exausto que só consegui abanar o rabo conforme as pessoas se abaixavam para me beijar e para falar comigo. Fui levado a Hannah e beijei seu rosto, lambendo algo doce de seus lábios, com meu coração cheio de amor por ela.

— Tchau, Max, você é um cachorrinho muito doce — disse Hannah para mim. — Um menino muito, muito bonzinho.

Adorei ouvir aquelas palavras ditas por Hannah.

Naquele inverno, CJ conseguiu fazer passeios mais compridos e mais rápidos. Trent continuava brincando com a bola de borracha todo dia, sentando-se ao lado dela e fazendo os barulhos de assovio com ela. Nunca vou entender por que ele nunca pensou em jogar a bolinha para mim.

— Está bom — dizia ele, normalmente.

Naquela situação, "bom" não tinha nada a ver com "cachorro".

— Tomou seus aminoácidos?

— Estou bem cansada dessa dieta de baixa proteína. Quero um hambúrguer com um filé por cima — disse CJ.

Não tivemos Feliz Dia de Ação de Graças naquele ano, mas um dia, o prédio todo ficou com cheiros típicos desse dia. Trent e CJ me deixaram sozinho por várias horas e, quando voltaram para casa, os cheiros deliciosos de Feliz Dia de Ação de Graças estavam impregnados nas roupas e nas mãos. Eu os cheirei, desconfiado. As pessoas podiam fazer Feliz Dia de Ação de Graças sem um cachorro? Não me parecia possível.

Mas tivemos Feliz Natal. Trent construiu uma coisa na sala de estar que tinha o mesmo cheiro do meu carpete da varanda, e pendurou brinquedos de gato nele. Quando abrimos os pacotes que ficavam embaixo dessa coisa, o meu tinha um brinquedo delicioso de morder.

Depois do Feliz Natal, CJ começou a me deixar sozinho a maior parte do dia, vários dias por semana, mas nunca voltava com cheiro de outros cachorros, então eu sabia que ela não estava passeando com eles sem mim.

— Como foram suas aulas hoje? — perguntava Trent com frequência.

Ela parecia feliz por ter me deixado sozinho, o que não fazia sentido. Na minha opinião, ficar sem o cachorro deixa as pessoas tristes.

Mas eu percebia que às vezes ela se sentia muito fraca e cansada.

— Olha só como meu rosto está inchado! — disse ela a Trent.

— Talvez devêssemos conversar com seu médico para ele aumentar a dose de diuréticos.

— Mas eu já passo o tempo todo no banheiro — respondeu ela com amargura.

Encostei o focinho em sua mão, mas ela não gostou tanto do contato quanto eu. Queria muito que ela sentisse a felicidade que eu sentia sempre que nos tocávamos, mas as pessoas são criaturas mais complexas do que os cães. Sempre as amamos muito, mas às vezes elas ficam irritadas conosco, como quando eu mastiguei os sapatos tristes.

Um dia, minha menina estava muito triste e quando Trent chegou em casa, ela estava sentada na sala de estar, olhando pela janela comigo em seu colo.

— O que foi? — perguntou ele.

Ela começou a chorar de novo.

— Meus rins — disse ela. — Disseram que é muito perigoso termos filhos.

Trent a puxou para si e eles se abraçaram. Eu enfiei o focinho entre eles para que me acariciassem. Trent também estava triste.

— Podemos adotar. Adotamos o Max, não é? Veja como ele cresceu bem.

Abanei o rabo ao ouvir meu nome, mas CJ o afastou.

— Você não pode consertar tudo, Trent! Eu fiz besteira. Esse é o preço que todos temos que pagar por isso, está bem? Não preciso que você me diga que está tudo bem.

CJ se levantou, me derrubando no chão, e se afastou. Trotei atrás dela, mas quando ela chegou ao fim do corredor, bateu a porta na minha cara. Um minuto depois, eu me virei e voltei até Trent, e pulei em seu colo, porque precisava ser confortado por ele.

Às vezes, as pessoas ficam bravas umas com as outras e não tem nada a ver com sapatos. São coisas que vão além do que um cachorro pode compreender, mas o amor entre minha menina e seu companheiro Trent, eu entendia. Eles passavam muitos dias se abraçando no sofá e na cama e frequentemente se sentavam bem perto um do outro, as cabeças quase se tocando.

— Você é o amor da minha vida, CJ — dizia Trent com frequência.

— Eu também te amo, Trent — respondia CJ.

A adoração entre os dois em momentos assim fazia com que eu ficasse todo agitado e feliz.

Por mais que eu gostasse de usar minha blusa de lã, ficava mais feliz quando o ar estava quente. Naquele ano, CJ se sentava na varanda enrolada em cobertores e eu sabia que ela estava com frio pelo modo com que me abraçava. Eu sentia que ela perdia as forças, que ficava cada vez mais cansada.

A mulher chamada Sra. Warren costumava sair na varanda ao lado da nossa para brincar com as plantas.

— Oi, Sra. Warren — dizia CJ.

— Como está se sentindo hoje, CJ, melhor? — respondia a Sra. Warren.

— Um pouco.

Eu nunca via a Sra. Warren em outro lugar que não fosse a varanda, mas às vezes sentia o cheiro dela no corredor. Ela não tinha cachorro.

— Olha só os meus pulsos, estão bem inchados — disse CJ a Trent quando ele chegou em casa, certa tarde.

— Amor, você ficou aqui no sol o dia todo? — perguntou ele.

— Estou congelando.

— Você não foi à aula?

— O quê? Que dia é hoje?

— Ah, CJ. Estou preocupado com você. Vou checar sua pressão.

Trent pegou sua bolinha especial e eu observei com atenção quando ele a apertou, pensando que talvez, dessa vez, ele me deixasse brincar também.

— Acho que provavelmente está na hora de falarmos sobre um tratamento mais permanente.

— Não quero fazer diálise, Trent!

— Amor, você é o centro do meu universo. Eu morreria se alguma coisa acontecesse com você. Por favor, CJ, vamos ao médico. *Por favor*.

CJ foi cedo para a cama naquela noite. Trent não me mandou rezar quando me alimentou, mas o cheiro em seu hálito estava tão forte que eu sinalizei mesmo assim.

— Bom menino — disse Trent do modo educado com que as pessoas elogiam os cães sem sequer olhar para eles.

Na manhã seguinte, um pouco depois de Trent sair, CJ caiu na cozinha. Ela estava fazendo uma segunda viagem da varanda para a cozinha para encher uma lata com água e, no minuto seguinte, caiu no chão. Senti o baque pelas almofadas que eu estava e, quando corri até ela e lambi seu rosto, ela não reagiu.

Eu choraminguei, depois lati. Ela não se mexeu. Seu hálito tinha um cheiro azedo e ruim enquanto ela inspirava e expirava de modo raso.

Fiquei desesperado. Corri até a porta da frente, mas não ouvi ninguém do outro lado. Lati. E então corri para fora, para a varanda.

A Sra. Warren estava ajoelhada, brincando com suas plantas. Lati para ela.

— Oi, Max — disse ela para mim.

Pensei em minha menina caída na cozinha, inconsciente e doente. Precisava contar o que estava acontecendo para a Sra. Warren. Avancei até minha cara estar entre as barras e lati para ela com tanta urgência que dava para notar claramente um tom de histeria em minha voz, como uma sirene.

A Sra. Warren ficou ali me observando. Eu lati, lati e lati.

— O que foi, Max?

Ao ouvir meu nome como uma pergunta, eu me virei e corri de novo para dentro do apartamento, para que a Sra. Warren percebesse que o problema era ali dentro. Então, corri de novo para a varanda e lati mais um tanto.

A Sra. Warren se levantou.

— CJ? — chamou ela, em dúvida, inclinando-se para tentar olhar dentro de nossa casa.

Continuei latindo.

— Espere, Max — disse a Sra. Warren. — Trent? CJ?

Eu não parei de latir. Então, a Sra. Warren balançou a cabeça, foi até a porta, abriu e entrou. Quando ela fechou a porta, eu fiquei tão confuso que parei de latir.

O que ela estava fazendo?

Choramingando, corri de volta à minha menina. Sua respiração estava ficando mais fraca.

Capítulo 28

EMBORA FOSSE INÚTIL, FUI ATÉ A PORTA E A ARRANHEI DESESPERADAMENte. Minhas unhas fizeram um risco fundo na madeira, mas foi só isso. Eu estava chorando de medo, minha voz soava aguda e vacilante. Então ouvi um barulho do outro lado, o som de passos. Lati e enfiei o nariz na fenda embaixo da porta e farejei a Sra. Warren e um homem chamado Harry, que sempre carregava ferramentas pelo corredor.

A porta se entreabriu.

— Olá? — chamou Harry.

— CJ? Trent? — disse a Sra. Warren.

Com cuidado, os dois entraram na sala. Fui para a cozinha, olhando para trás para ver se eles estavam me seguindo.

— Ai, meu Deus — disse a Sra. Warren.

Alguns minutos depois, alguns homens vieram e puseram CJ em uma cama e a levaram embora. A Sra. Warren me pegou no colo enquanto tudo acontecia, me acariciando e dizendo que eu era um bom menino, mas meu coração estava aos pulos e o pânico me deixava enjoado. Então ela me pôs no chão e saiu, junto com Harry e todo mundo. Fiquei ali, sozinho.

Andei nervosamente para lá e para cá, ansioso e preocupado. A luz diminuiu, veio a noite, e CJ ainda não havia chegado em casa. Eu me lembrei dela, deitada com o rosto contra o chão da cozinha, e pensar nisso me fez choramingar.

Quando a porta finalmente se abriu, era Trent. CJ não estava com ele.

— Ah, Max, eu sinto muito — disse ele.

Ele me levou para passear, e foi um alívio erguer a perna em um arbusto.

— Vamos ter que dar uma força para a CJ agora, Max. Ela não vai gostar da diálise, mas não tem escolha. Temos que fazer isso. Poderia ter sido muito, muito pior.

Alguns dias depois, quando CJ voltou para casa, ela estava muito cansada e foi direto para a cama. Eu me enrosquei ao lado dela, aliviado e, ainda assim, apreensivo, pois ela parecia bem triste e frustrada.

Daquele momento em diante, CJ e eu faríamos uma viagem de poucos em poucos dias no banco de trás de um carro que nos buscava na frente de nosso prédio.

No início, Trent sempre ia com a gente.

Íamos para um quarto e ficávamos lá, deitados, quietos, enquanto algumas pessoas faziam muitas coisas com a minha menina.

Ela sempre parecia fraca e adoentada quando chegava e exausta e triste quando se levantava do sofá. Percebi que não era culpa das pessoas que estavam sobre ela, nem mesmo quando machucavam seu braço.

Eu não rosnava para elas como talvez tivesse feito antes.

Um dia depois de irmos a esse lugar, em geral, CJ ficava bem. Ela se sentia mais forte e mais feliz.

— Dizem que provavelmente levará anos até eu conseguir um rim — disse CJ, certa noite. — Há poucos disponíveis.

— Bem, eu estava pensando no que comprar para você de aniversário — comentou Trent, dando risada. — Tenho um bem do seu tamanho aqui.

— Nem pense nisso. Não vou pegar o seu nem de qualquer outra pessoa viva. Eu me vejo no seu lugar, Trent.

— Eu só preciso de um. O outro é sobressalente, quase não uso.

— Engraçadinho. Não. Vou pegar de alguém que já tenha morrido. Tem gente que passa vinte anos fazendo diálise. Vai acontecer quando tiver que acontecer.

Naquele inverno, CJ entrou pela porta um dia com uma caixa de plástico, e eu fiquei surpreso quando ela abriu a tampa da caixa e tirou a Sneakers!

Corri até a gata, realmente empolgado em vê-la, e ela arqueou as costas, abaixou as orelhas e chiou para mim, então eu parei de uma vez.

O que havia de errado com ela?

Ela passou o dia farejando o apartamento, enquanto eu a seguia, tentando fazer com que ela se interessasse por um joguinho de cabo-de-guerra.

Ela não queria nada comigo.

— Como estão os filhos da Sra. Minnick? — perguntou Trent no jantar.

— Acho que estão se sentindo culpados. Eles mal a visitavam, e então, um dia, ela morre — disse CJ.

Observei Sneakers saltar em silêncio sobre um balcão e, encarapitada ali, observar a cozinha com desdém.

— Quê? O que foi? — quis saber Trent.

— Só estou pensando na Gloria. É assim que vou me sentir? Um dia ela vai embora e aí eu vou me arrepender por não ter feito nenhum esforço?

— Quer ir visitá-la? Convidá-la para dar uma saída?

— Olha, falando sério? Eu não faço ideia.

— Bem, me avise.

— Você é o melhor marido do mundo, Trent. Tenho tanta sorte.

— Eu sou o sortudo aqui, CJ. Durante a vida inteira eu só quis uma garota, e agora essa garota é minha mulher.

CJ levantou-se e eu também. Ela se jogou na cadeira de Trent, apertando o rosto contra o dele. Eles começaram a se inclinar, caindo de lado.

— Tudo bem, coragem agora — disse CJ enquanto deslizavam para fora da cadeira e despencavam no chão, rindo.

Então, eles travaram uma lutinha por um tempo. Olhei para Sneakers, que não parecia se importar com nada, mas o que senti entre Trent e minha menina foi um amor tão poderoso quanto completo.

Sneakers acabou ficando mais afetuosa. Às vezes ela estava caminhando pela sala e, de repente, subia em cima de mim e esfregava a cabeça na minha cara, ou me lambia as orelhas enquanto eu estava deitado no chão. Mas não queria brincar de lutinha como costumávamos fazer. Eu não conseguia deixar de achar que o tempo que ela havia passado sem um cachorro tinha sido ruim para ela.

CJ e Trent passavam fins de tarde frios enrolados em um cobertor, juntos na varanda, e nas noites frias ficavam deitados no sofá. Às vezes, CJ calçava sapatos bonitos e cheirosos e eles saíam à noite. Estavam sempre felizes quando voltavam desses passeios — mas mesmo que ela ficasse triste, dificilmente eu faria alguma coisa com seus sapatos.

Passeávamos pelas ruas e no parque. Às vezes, CJ caía no sono em um cobertor sobre a grama, e Trent se deitava com ela, observando-a com um sorriso no rosto.

Quando passávamos o dia no parque, eu sempre ficava faminto e queria comer assim que chegávamos em casa. Em um desses dias, eu estava andando impaciente pela cozinha, observando Trent preparar meu jantar, quando houve uma leve mudança na rotina.

— Vai levar uma vida para terminar minha graduação, e então, quando penso no mestrado, tipo, vai ser lá pelos meus trinta anos. Trinta anos costumavam ser velhice antigamente!

CJ ergueu minha tigela.

— Vamos, Max. Reze — disse ela.

Fiquei tenso. Queria jantar, mas o comando só fazia sentido no contexto do odor que às vezes vinha do hálito de Trent.

— Ele sempre faz isso comigo — observou Trent. — Max? Reze!

CJ estava com meu jantar, e eu estava morrendo de fome. Fui até Trent e, como ele estava inclinado para baixo, percebi o cheiro.

Sinalizei.

— Bom menino! — elogiou Trent.

CJ pôs minha tigela no chão, e eu corri para comer. Estava consciente de que ela me observava com as mãos na cintura.

— O que foi? — perguntou Trent.

— Max nunca reza para mim. Só para você.

— E daí?

Eu estava engolindo a comida toda.

— Quero testar uma coisa quando ele terminar — disse CJ.

Eu me concentrei na minha comida. Quando terminei, lambi a tigela.

— Tudo bem, chame ele.

— Max! Vem cá! — disse Trent.

Fui até ele, obediente, e me sentei. Antes, ele me chamava e sempre me dava um petisco quando eu atendia, mas, infelizmente, por algum motivo, aqueles dias tinham acabado.

— Agora, chegue perto dele, como se fosse pôr a tigela de comida no chão — disse CJ.

— O que estamos fazendo?

— Só faça isso. Por favor.

Trent inclinou-se para mim. O cheiro estava bem forte naquele dia.

— Reze! — disse CJ.

Obediente, eu sinalizei.

— CJ, o que está acontecendo? Por que está me olhando assim? — perguntou Trent.

— Quero que faça uma coisa por mim — respondeu CJ.
— Quê? O que foi?
— Quero que vá ao médico.

No ano seguinte, Trent ficou muito doente. Muitas vezes ele vomitava no banheiro, e isso me lembrava do tempo em que CJ vomitava com certa regularidade, o que ela não fazia mais.

CJ parecia tão chateada quando Trent vomitava como ficava quando ela mesma fazia aquilo, e eu sempre ficava ansioso pelos dois.

Os pelos da cabeça de Trent caíram totalmente, e eu conseguia fazê-lo sorrir quando lambia sua careca enquanto ele estava na cama. CJ também ria, mas havia sempre um desespero triste por trás de seu riso, uma preocupação constante e ansiosa.

— Não quero que este seja meu último Natal com meu marido — disse ela naquele inverno.

— Não vai ser, querida, eu prometo — disse Trent.

Observando a conduta espalhafatosa de Duke com CJ, aprendi como *não* me comportar perto de uma pessoa doente, assim eu me concentrava em ficar calmo e dar conforto, o que Trent e CJ pareciam apreciar muito. Tinha sido minha tarefa manter as ameaças sob controle, coisa que eu havia feito, e agora era minha tarefa manter a tristeza longe, e isso exigia um conjunto diferente de comportamentos.

Eu ainda ia com CJ algumas vezes por semana deitar no sofá e deixar que as pessoas mexessem nela. Todos me conheciam, me adoravam, me acariciavam e me diziam que eu era um bom menino, e eu sabia que era por ficar quieto e não pular pela sala.

Quando saíamos do lugar com o sofá, sempre parecia que minha menina não estava tão doente quanto estava quando começamos a ir até lá, mas eu era só um cachorro e podia estar enganado.

Certa noite, CJ e Trent estavam abraçados no sofá, e eu me aconcheguei entre eles. Sneakers, do outro lado da sala, nos observava sem piscar. Eu nunca soube o que os gatos pensam, ou mesmo se pensam.

— Só quero que saiba que tenho bastante dinheiro do seguro e dos investimentos. Você vai ficar bem — disse Trent.

— Não vamos falar disso. Você vai ficar bem. Você está melhorando — comentou CJ, ficando nervosa.

— Sim, mas quero que você saiba só por garantia.

— Não importa. Não vai acontecer nada — insistiu CJ.

Houve algumas vezes em que Trent ficou fora durante dias, e CJ ficava fora a maior parte do tempo também, embora sempre voltasse para casa para me levar para passear, me alimentar. Todas as vezes ela trazia consigo o cheiro de Trent, então eu sabia que os dois tinham ficado juntos em algum lugar.

Certa ocasião, em um dia quente de verão, estávamos apenas nós dois, CJ e eu, sentados na grama. Eu tinha corrido à vontade e estava contente no colo da minha menina.

Ela acariciava minha cabeça.

— Você é um bom menino — me disse ela.

Seus dedos roçavam a parte das minhas costas onde eu sentia coceira, e eu gemia de felicidade.

— Eu sei o que você estava fazendo, Max. Você não estava rezando, não é? Estava tentando nos contar sobre Trent, tentando dizer que podia sentir o cheiro do câncer dele. No início, nós não entendemos. Foi a Molly que contou isso para você? Ela fala com você, Max? Foi assim que você soube? Ela agora é um anjinho da guarda, olhando por nós? Você é um anjinho da guarda também?

Gostei de ouvir CJ falando o nome Molly. Abanei o rabo.

— Descobrimos a tempo, Max. Por sua causa eles cuidaram da doença e ela não voltou. Você salvou meu marido. Não sei como, mas se você conversa com a Molly, pode dizer a ela que eu agradeço?

* * *

Eu fiquei bem decepcionado quando os cabelos de Trent cresceram de novo, porque lamber sua careca sempre o fazia rir. Mas as coisas mudaram: os cabelos da CJ, por exemplo, estavam mais longos do que nunca, formando uma tenda gloriosa que caía sobre mim quando ela se curvava.

E quando Trent se curvava, eu não conseguia mais detectar aquele odor metálico.

Quando ele dizia "reza" para mim agora, eu ficava olhando para ele, confuso e frustrado. O que ele queria? Eu ficava mais confuso ainda quando, depois de me sentar e encará-lo por um bom tempo depois da ordem de rezar, ele e CJ riam, batiam palmas, diziam "bom menino!" e me davam um petisco. Eu não tinha feito *nada*!

Um cão não pode ter como objetivo entender o que as pessoas querem, porque é impossível.

No verão depois do cabelo de Trent crescer de novo, alguns homens vieram e levaram tudo da nossa casa.

CJ falou com eles e os conduziu pela casa, então eu sabia que estava tudo bem, mas ainda assim lati por hábito. Ela me colocou dentro da minha caixa quando lati e também pôs Sneakers na caixa de gatos, o que senti ser um pouco de exagero da parte de CJ.

Fizemos uma longa viagem de carro no banco de trás de um carro, ainda em nossas caixas e, no fim da viagem, os mesmos homens estavam lá, dessa vez carregando todas as nossas coisas para uma casa nova.

Foi muito divertido explorar quartos estranhos! Sneakers farejou com desconfiança, mas eu estava maluco de alegria, correndo de um lugar para o outro.

— Agora, a gente mora aqui, Max — disse Trent. — Você não precisa mais viver dentro de um apartamento.

Como ele estava falando comigo, eu corri e apoiei as patas nas pernas dele, e ele me pegou no colo. Olhei de soslaio para Sneakers, que estava fingindo não ligar.

* * *

Trent era um bom homem. Ele amava CJ, e ela o amava. Naquela noite, enquanto eu cochilava, aconchegado em minha menina com Trent dormindo do outro lado da cama, pensei em quanto Rocky tinha sido dedicado a Trent. Em geral, é possível dizer que um homem é bom se ele tem um cão que o ama.

Não voltamos mais para casa. Ficamos na casinha com escadas e, o mais delicioso, com um gramado ao fundo. Sneakers não ficou impressionada com o quintal, mas eu amei a parte de fora. Era mais quieto e havia pouco cheiro de comida, mas eu ouvia o som dos cachorros latindo e o cheiro das plantas e da chuva.

Eu estava feliz. Um ano se passou, e depois outro. CJ sempre estava um pouco doente, mas aos poucos parecia melhorar, ficar mais forte.

Já estávamos morando havia um tempo na casa nova quando minhas pernas começaram a me incomodar no inverno, ficavam duras e doíam quando eu acordava de manhã, diminuindo minha velocidade.

Nossas caminhadas ao ar livre ficaram tão vacilantes e curtas quanto eram quando CJ estava doente e empurrava aquela coisa à sua frente.

Sneakers também estava lenta. Nós dois cochilávamos sempre no sofá, em cantos opostos, acordando no meio do dia para trocar de lugar.

— Você está bem, Max? Pobrezinho. O remédio está adiantando? — perguntava CJ.

Eu conseguia ouvir a preocupação em sua voz e abanava o rabo quando ela dizia meu nome.

Meu objetivo agora era ficar com a minha menina sempre que, de dias em dias, ela ia se deitar no sofá. Meu objetivo era me aconchegar nela e tirar o máximo de sonecas possível. Era disso que ela precisava.

Eu me esforcei para esconder dela e de Trent a minha dor. Sentia sua preocupação imensa sempre que percebia minhas juntas ardendo com uma sensação muito parecida com aquela da mordida de Beevis que fez minha orelha sangrar.

Eu não corria mais no quintal, latindo de pura alegria. Estava cansado demais. Eu ainda era feliz, mas não demonstrava mais.

Às vezes, eu ficava deitado ao sol e quando CJ me chamava, eu erguia a cabeça. Minhas pernas, no entanto, não pareciam querer se mover.

CJ vinha, me erguia e me segurava no colo, e eu sentia sua tristeza. Então lutava contra a fraqueza que me debilitava, conseguindo erguer a cabeça e lamber seu rosto.

— Está tendo um bom dia, Max? Está com muita dor? — perguntou ela depois de um momento especialmente ruim, quando mal consegui me mexer por vários minutos.

— Acho que está na hora. Eu estava com medo desse momento, mas amanhã vou levar você ao Veterinário, está bem? Você não vai sofrer mais, Max. Eu juro.

Suspirei. Era bom ficar no colo de CJ. A dor parecia se afastar quando suas mãos me acariciavam.

Trent veio, e eu o senti bem ali também, sua mão me fazendo carinho.

— Como ele está? — perguntou Trent.

— Nada bem. Eu vim aqui fora e pensei que ele tinha ido.

— Que bom menino — murmurou Trent.

— Ah, Max — sussurrou CJ.

Ela parecia tão, tão triste.

E nesse momento senti uma sensação familiar crescendo dentro de mim, uma escuridão quente e suave. Algo estava acontecendo dentro de mim, algo rápido e surpreendente. A dor intensa nas minhas juntas começou a diminuir.

— Max? — perguntou CJ, mas sua voz parecia muito distante.

Eu estava morrendo.

Incapaz de me mexer ou de enxergá-los. Meu último pensamento quando senti as águas subindo e me levando embora foi que estava feliz por CJ e Trent ainda terem Sneakers para cuidar deles.

Sneakers era uma boa gata.

Capítulo 29

Eu tinha a vaga consciência de ter dormido por muito tempo, de ter acordado de um cochilo muito, muito longo. Por fim, abri meus olhos, mas tudo estava leitoso e escuro.

Quando minha visão clareou o bastante para que eu conseguisse me focar em minha mãe e em meus irmãos, vi que todos tinham manchas marrons, brancas e pretas, com pelo bem curto.

Não consegui ouvir a voz de CJ nem sentir seu cheiro. Mas havia outras pessoas, muitas, frequentemente vestindo roupas compridas e esvoaçantes e também pequenos lençóis na cabeça.

Estávamos em uma salinha com alguns tapetes no chão e uma luz que entrava de uma janela próxima do teto. Meus irmãos — duas meninas e três meninos — estavam sempre brincando, lutando e, conforme fomos envelhecendo, brincando de pega-pega. Eu tentava ignorá-los para poder me concentrar e ficar sentado na frente da porta para esperar CJ, mas a diversão às vezes era muito contagiante.

Pela primeira vez me ocorreu tentar imaginar se algum deles tinha vivido outras vidas e se também tinham pessoas a quem precisavam encontrar, mas com certeza não agiam como se estivessem preocupados com isso. Eu era o único filhote que parecia ter alguma preocupação além de brincar, brincar, brincar.

As pessoas que vinham nos ver eram todas mulheres. Logo aprendi a identificar seus cheiros e a discernir que, apesar de as roupas serem todas iguais, havia seis pessoas separadas, todas elas mais velhas do que CJ, mas mais jovens do que Hannah. As mulheres nos adoravam, entravam e riam enquanto os filhotinhos pulavam nelas e puxavam seus roupões compridos. Elas me pegavam no colo e me beijavam, mas uma delas prestava mais atenção em mim do que as outras mulheres.

— É este — dizia ele. — Está vendo como ele é calmo?

— Não existem beagles calmos — respondeu uma mulher.

— Ah, Margaret, um filhotinho não vai dar certo — disse outra. — Sei que eles são fofinhos, mas têm energia demais. Devemos pegar um cachorro mais maduro, como Oscar.

A mulher que estava me segurando, e eu logo percebi depois de ouvir seu nome várias vezes, se chamava Margaret.

— Você não estava aqui quando pegamos o Oscar, Jane — disse Margaret. — Tivemos vários inícios que não deram em nada, e quando finalmente pegamos o Oscar, ele ficou conosco por pouco tempo antes de morrer. Acho que treinar um filhotinho do começo nos renderá muitos anos.

— Mas não um beagle — disse a primeira mulher. — Beagles têm muita energia. É por isso que eu não queria adotar uma beagle esperando filhotinhos, para começo de conversa.

Eu tentei entender qual das mulheres se chamava "beagle".

Percebia, pelo peso de meus ossos e músculos, que eu seria um cachorro maior do que tinha sido como Max. Senti certo alívio por não precisar mais dedicar tanta energia para provar aos cães e às pessoas que, por dentro, eu era um cachorro grande que podia proteger minha menina. Quando a mulher me colocou no chão, eu fui até minhas irmãs e pulei em cima de uma delas — eu já era maior do que ela, e gostava de poder dominá-la com meu tamanho e não com minha atitude.

Logo depois de começarmos a comer comida pastosa de uma tigela comunitária, fomos levados para fora para uma área de grama e cercada. Era primavera e o ar estava quente e com cheiro de flores e de grama nova. Eu sentia o cheiro de umidade no ar, com chuvas frequentes o bastante para que novas espécies de árvores e de arbustos crescessem. Meus irmãos achavam que o quintal era o lugar mais incrível do mundo e, todas as manhãs, reagiam ao serem soltos, correndo por ele em círculos. Eu achava aquilo bem bobo, mas costumava me juntar a eles só por diversão.

Ficava me perguntando quando a CJ viria me buscar. Só podia ser este o motivo de eu ser um filhote de novo. Nossos destinos estavam ligados de modo inseparável, então, se eu tinha renascido só podia ser porque minha menina ainda precisava de mim.

Um dia, liderados por uma das seis mulheres que cuidavam de nós, uma família entrou no quintal — duas menininhas e um homem, além de uma mulher. Eu sabia o que a presença deles significava. Os filhotes correram para brincar com eles, mas eu fiquei para trás. Quando uma das menininhas me pegou no colo, no entanto, não resisti e beijei seu rosto sorridente.

— Este, papai. É este que quero de aniversário — disse a menininha.

Ela me levou até o pai dela.

— Na verdade, uma das freiras já falou sobre esse — disse a mulher. — Ele terá uma função. Esperamos que tenha, de qualquer modo.

A menininha me deixou no chão. Olhei para ela, abanando o rabo. Ela era mais velha do que CJ era quando a chamavam de Clarity, mas mais nova do que quando Rocky e eu fomos levados para casa por Trent e CJ — eu não tinha visto minha menina naquela idade, exatamente. Quando a menininha pegou um dos meus irmãos, eu me senti estranhamente decepcionado. Teria gostado de brincar mais com ela.

Um atrás do outro, meus irmãos foram para casa com outras pessoas, até que, em pouco tempo, eu era o único cachorro que restava junto à minha mãe, que se chamava Sadie. Nós dois, minha mãe e eu, estávamos no quintal tirando um cochilo quando várias das mulheres chegaram para nos ver. Peguei um osso pequeno de borracha e o levei a elas, esperando que uma o quisesse e corresse atrás de mim.

— Você tem sido uma menina tão boazinha, Sadie, uma mãe tão boa — disse Margaret.

Eu joguei o osso de borracha e pulei em cima dele para que elas me chamassem de bonzinho também.

— Você vai amar sua nova casa — disse outra mulher.

Uma terceira mulher me pegou e me segurou perto do focinho da minha mãe. Nós nos cheiramos, um pouco desconcertados com a situação esquisita e forçada.

— Diga adeus a seu filhote, Sadie!

A mulher prendeu uma guia na coleira de Sadie e a levou embora. Margaret me segurou para que eu não pudesse seguir minha mãe — era claro que estava acontecendo alguma coisa.

— Vou te chamar de Toby, está bem? Toby, você é um bom menino, Toby. Toby.

Margaret falou comigo com carinho:

— Seu nome é Toby.

Eu pensei que meu nome devia ser Toby. Fiquei surpreso — Toby tinha sido meu primeiro nome, há muito, muito tempo. Era óbvio que Margaret sabia disso.

Os seres humanos sabem de tudo, não só como dirigir ou onde encontrar bacon, mas também quando os cães são bons ou ruins e onde os cães devem dormir e com quais brinquedos devem brincar. Ainda assim, fiquei assustado ao ouvir Margaret me chamar de Toby. Eu sempre tinha marcado cada nova vida com um novo nome.

O que significava eu ser Toby de novo? Significava que estava começando tudo de novo, que em seguida eu me chamaria Bailey?

Sadie não voltou, e aos poucos eu fui entendendo que aquele lugar cheio de mulheres vestidas com lençóis era meu novo lar — um lar como nenhum outro em que eu já havia estado.

Na maior parte do tempo, eu vivia na área cercada, mas à noite era levado para dentro e deixado na mesma sala onde tinha nascido. Mas eu não era solitário — ao longo do dia, as mulheres vinham me ver, normalmente jogavam uma bolinha de borracha ou brincavam de cabo-de-guerra comigo. Logo aprendi a reconhecer a maioria delas pelo cheiro, apesar de as mãos delas terem vários cheiros parecidos.

O mais impressionante era que, diferentemente de qualquer outra vida, não havia uma única pessoa de quem eu precisasse tomar conta. Mais mulheres do que eu conseguia contar brincavam comigo, falavam comigo e me alimentavam. Era como se eu fosse o cachorro de todo mundo ali.

Margaret me ensinou um novo comando: "Parado". No começo, ela me segurava e dizia "Parado". Eu achava que ela queria brincar de lutinha, mas ela ficava dizendo "não, não, parado". Eu não fazia ideia do que ela estava dizendo, mas eu sabia que "não" significava que eu estava fazendo algo errado. Tentei lambê-la, me remexi e fiz todos os outros truques nos quais consegui pensar, mas nada disso a agradava. Por fim, desisti, frustrado.

— Bom garoto! — disse ela, me dando um petisco apesar de eu não ter feito nada.

Isso continuou por vários dias até finalmente eu perceber que "Parado" significava apenas "fique deitado aqui". Quando fiz essa ligação, pude me deitar e não me mexer por quanto tempo ela quisesse, apesar de mal conseguir conter minha impaciência. Por que tínhamos que esperar tanto para que eu recebesse um petisco?

Então, Margaret me levou a lugares nos quais eu nunca tinha estado antes dentro da casa. Vi mulheres sentadas, mulheres de pé e mulheres comendo — este último grupo me parecia o mais interessante, mas não passamos tempo com elas antes de sairmos. Margaret queria que eu ficasse "parado" enquanto estivesse no colo de outras pessoas. Eu não me importava muito com a operação toda, mas cooperei.

— Viu como ele é bonzinho? Bom menino, Toby. Bom menino.

Uma mulher foi até um sofá para se deitar, e eu fui colocado em um cobertor ao lado dela e recebi o comando. A mulher estava rindo e eu estava morrendo de vontade de beijar seu rosto, mas fiz o que me mandaram e ganhei um petisco por isso. Eu ainda estava deitado ali, sem me mexer, esperando mais pedaços de comida, quando várias mulheres se reuniram ao meu redor.

— Tudo bem, Margaret, estou convencida. Você pode levá-lo para trabalhar com você e ver como ele se sai — disse uma das mulheres.

Margaret se abaixou e me pegou.

— Ele vai ficar bem, irmã.

— Não vai, não. Vai incomodar todo mundo e mastigar todas as coisas — alertou outra mulher.

Na manhã seguinte, Margaret colocou uma coleira em mim e me levou pela guia até seu carro.

— Você é muito bonzinho, Toby — disse para mim.

Fizemos um passeio de carro e eu fui um cachorro de banco da frente! Mas ainda não era alto o bastante para deixar o focinho para fora.

Margaret me levou a um lugar muito parecido com aquele ao qual eu tinha ido com CJ para me sentar com ela no sofá. Senti o cheiro de muitas pessoas, e percebi que algumas estavam doentes. Estava silencioso, e o piso era macio.

Margaret andou comigo e as pessoas me agradavam e me abraçavam ou, no caso de algumas, permaneciam deitadas em suas camas e só olhavam para mim.

— Parado — dizia Margaret.

Eu me concentrei em não me mexer porque tinha aprendido que isso era o exigido na presença de pessoas doentes. Eu não sinalizava quando sentia o cheiro forte e familiar que saía de alguns deles — o cheiro que estivera presente no hálito de Trent por tanto tempo. Eu havia aprendido que o comando a sinalizar diante daquelas circunstâncias era "rezar" e ninguém me instruiu a fazer isso.

Margaret logo me colocou no chão do lado de fora, em um quintal que tinha muros de todos os lados. Eu tinha muita energia acumulada e corri pelo quintal por um tempo. Então Margaret me deu uma corda com uma bola de borracha na ponta e eu a chacoalhei e arrastei, desejando ter outro cachorro para poder participar da diversão. Eu via, do outro lado das janelas, as pessoas me observando, então tomei o cuidado de chamar a atenção com aquela corda.

E então Margaret me levou para dentro da casa e me mostrou uma jaula.

— Certo, Toby, esta é sua casa.

Havia um novo travesseiro no chão da jaula e quando Margaret se abaixou e deu um tapinha nele, eu obedeci e me sentei nele.

— Esta é sua cama, Toby. Está bem? — perguntou Margaret.

Eu não sabia se deveria ficar no travesseiro, mas estava cansado e tirei um cochilo. Acordei quando ouvi Margaret falando.

— Oi, pode enviar uma mensagem para o pager da Irmã Cecília para mim, por favor? Obrigada.

Eu olhei para ela, meio sonolento. Com um celular grudado no rosto, ela sorriu para mim quando bocejei.

— Cecilia? Aqui é a Margaret. Ainda estou na casa de repouso com Toby. Não, melhor do que isso. Adoraram ele. Hoje à tarde, alguns dos hóspedes até se sentaram e o observaram brincar no quintal. Não latiu nem uma vez. Sim, sério. Obrigada, Cecilia. Não, claro, mas eu não acho que isso vá acontecer. Ele é um cachorro muito especial.

Ouvi a palavra "cachorro" e abanei o rabo algumas vezes antes de voltar a dormir.

Nos vários dias seguintes, fui me ajustando à minha nova vida. Margaret ia e vinha, mas não todos os dias, e logo eu aprendi os nomes de Fran, Patsy e de Mona — três mulheres que gostavam de me levar para visitar pessoas que estavam deitadas em camas. Patsy tinha um cheiro forte de canela e um cheiro fraco de cachorros, e nenhuma delas usava a roupa esvoaçante que Margaret usava. Elas me mandavam Ficar Parado, e então eu ficava ali deitado com a pessoa. Às vezes, as pessoas queriam brincar comigo e às vezes elas me faziam carinho. Normalmente, no entanto, elas só queriam tirar um cochilo, embora eu quase sempre sentisse a alegria surgindo nelas.

— Você é uma alma antiga, Toby — disse Fran para mim. — Uma alma antiga no corpo de um cachorro jovem.

Abanei o rabo, ouvindo o tom elogioso de suas palavras. As pessoas são assim, eles sabem falar e falar sem nunca dizer "bom menino", mas é o que querem dizer. Além dessas visitas, eu era o dono do lugar. Todas as pessoas chamavam meu nome, algumas delas viviam sentadas em cadeiras que se movimentavam quando Fran ou uma das outras se posicionava atrás e empurrava. Elas me adoravam e me abraçavam, e me davam petiscos disfarçadamente.

Um lugar que eu adorava era a cozinha, onde um homem chamado Eddie estava sempre preparando alguma coisa. Ele me mandava sentar e então me dava um petisco maravilhoso, apesar de Sentar ser o mais fácil dos truques para um cachorro.

— Você e eu somos os únicos homens deste lugar — dizia Eddie para mim. — Precisamos nos unir, não é, Toby?

Antes, eu sempre ficava com apenas uma pessoa, e dedicava minha vida a amá-la. A princípio, essa pessoa era Ethan. Eu tinha tanta certeza que amá-lo era o motivo da minha vida como cachorro, que comecei a cuidar de Clarity porque sabia que Ethan desejaria que eu fizesse isso. Mas aos poucos, eu passei a amar CJ da mesma maneira, e comecei a entender que não era desleal com Ethan agir assim. Os cães podem amar mais de uma pessoa.

Naquele lugar, eu não tinha nenhuma pessoa em especial — meu propósito aparentemente era amar cada uma delas. Isso me deixava feliz.

Eu era um cão que amava muitas pessoas — era o que fazia de mim um cachorro bonzinho.

Meu nome podia ser Toby, mas eu tinha percorrido um longo, longo caminho desde a primeira vez em que as pessoas tinham me chamado assim. Eu sabia de muito mais coisas agora, coisas que eu tinha aprendido ao longo da minha jornada. Entendia, por exemplo, por que estavam me mandando ficar "Parado". Muitas das pessoas deitadas nas camas sofriam de dores que eu conseguia detectar, e se eu subisse em cima delas para brincar, poderia machucá-las. Só precisei pisar na barriga de um homem uma vez para aprender a lição — seu grito agudo ressoou em meus ouvidos por dias, e eu me senti péssimo. Eu não era Duke, um cachorro escandaloso que não conseguia se controlar. Eu era o Toby. Eu sabia ficar quieto.

Quando eu estava andando sozinho, sem ser levado a outros lugares por Mona, Fran ou Patsy, eu ia ver o homem em quem eu tinha pisado. Seu nome era Bob, e eu queria que ele soubesse que eu estava me desculpando. Como era comum na maioria dos quartos, ele tinha uma cadeira ao lado da cama, e ao subir nela primeiro, eu podia subir nos cobertores sem machucá-lo. Bob estava dormindo sempre que eu ia visitá-lo.

Certa tarde, Bob estava sozinho na cama e eu senti que ele se desligava desta vida. As águas quentes estavam subindo para levá-lo, para levar embora suas dores. Eu me deitei em silêncio ao lado dele, apoiando-o da melhor maneira que podia. Eu achava que se meu propósito era dar conforto às pessoas debilitadas, era ainda mais importante que eu estivesse com elas quando elas dessem seus suspiros finais.

Fran me encontrou ali, deitado. Ela deu uma olhada em Bob e cobriu a cabeça dele com o lençol.

— Bom menino, Toby — sussurrou ela.

A partir daquele momento, sempre que eu percebia que o momento de uma pessoa se aproximava, eu ia ao quarto dela e me deitava em sua cama para oferecer conforto e companhia enquanto ela deixava esta vida. Às vezes, a pessoa estava cercada por sua família e às vezes estava sozinha, mas normalmente, uma das pessoas que passavam os dias na casa, ajudando os doentes, estava sentada por perto, em silêncio.

De vez em quando, os familiares sentiam medo e raiva quando me viam.

— Não quero o cachorro da morte perto da minha mãe! — gritou um homem, certa vez.

Eu ouvi a palavra "cachorro" e senti uma onda de fúria saindo dele. Saí do quarto, sem saber o que tinha feito de errado.

Mas, na maioria do tempo, minha presença era bem-vinda por todos. Por não ter uma única pessoa como minha dona, eu ganhava muitos carinhos. Às vezes, as pessoas estavam sofrendo quando me abraçavam, e eu sentia a tristeza dentro delas perder força enquanto permanecia em seus braços.

Mas eu sentia muita falta de outros cachorros. Adorava a atenção das pessoas, mas sentia saudade da sensação de morder o pescoço de outro cachorro. Eu me peguei sonhando com Rocky, com Duke e com todos os outros cães do parquinho.

Foi por isso que, certo dia, quanto Fran me levou até o quintal, eu involuntariamente lati de surpresa ao dar de cara com outro cachorro!

Era um carinha compacto, atarracado e forte chamado Chaucer. Seus pelos tinham o mesmo cheiro de canela de Patsy. Imediatamente começamos a brincar de lutinha, como se nos conhecêssemos há anos.

— Era disso que Toby precisava — disse Fran a Patsy, rindo. — Eddie disse que ele tem se mostrado quase deprimido.

— É um presente para Chaucer também, melhor do que um petisco — disse Patsy.

Chaucer e eu olhamos para cima ao mesmo tempo.

Depois daquele dia, Chaucer vinha me visitar bastante, e apesar de eu ainda ter que obedecer ao comando Parado, sempre encontrava tempo para brincar com ele.

Às vezes, outros cachorros chegavam com famílias para ficarem nos quartos onde estavam as camas, mas eles estavam sempre ansiosos e raramente queriam brincar, mesmo se fossem soltos no quintal.

Alguns anos se passaram assim. Eu era um menino bonzinho que havia feito muitas coisas e podia ficar à vontade em meu novo papel como o cachorro que não era de ninguém, e ainda assim, de todo mundo.

Quando chegava o Feliz Dia de Ação de Graças, sempre havia muitas pessoas e muitos cheiros, além de petiscos para um cachorro que merecia recebê-los. Quando era Feliz Natal, as mulheres que usavam lençóis na cabeça vinham brincar comigo, me davam petiscos e se sentavam ao redor de uma grande árvore do lado de dentro. Havia brinquedos de gatos pendurados nelas, como sempre, mas nenhum gato para brincar com eles.

Eu me sentia satisfeito. Eu tinha um propósito — não tão específico quanto cuidar de CJ, mas ainda me sentia importante.

E então, uma tarde, eu despertei de meu cochilo e inclinei a cabeça.

— Preciso dos meus sapatos! — dizia a voz de uma mulher vinda de um dos quartos.

No mesmo instante reconheci aquele som.

Gloria.

Capítulo 30

SAÍ CORRENDO PELO CORREDOR, QUASE DERRUBANDO FRAN AO ENTRAR no quarto. Gloria estava na cama, seus perfumes fortes tomando o ambiente, mas eu a ignorei e me concentrei na mulher magra ao lado dela. Era a minha CJ, que me observava com descontração.

Quebrei totalmente o protocolo, deixando a postura reservada que sempre adotava no quarto dos outros e pulei em minha menina, com as patas esticadas para ela.

— Uau — disse ela.

Eu chorei, com o rabo entre as pernas e batendo no chão, girando em círculos e pulando. Ela se abaixou e segurou minha cara com as duas mãos, e eu fechei meus olhos e resmunguei de prazer ao sentir seu toque. CJ finalmente havia me encontrado. A alegria tomava conta de mim em ondas que me deixavam arrepiado. Eu estava com minha menina de novo!

— Toby! Sente-se — disse Fran.

— Tudo bem.

CJ caiu de joelhos, com as articulações fazendo cliques quando ela os dobrou.

— Que menino bonzinho.

Os cabelos dela estavam curtos e não caíam em minha cara como antes. Eu lambi seu rosto. Ela tinha cheiro de coisas doces, e de Gloria. Pude perceber que ela estava frágil e fraca, e suas mãos tremiam um pouco ao me tocarem. Isso significava que eu tinha que me conter, o que parecia quase impossível. Eu queria latir, correr pelo quarto e derrubar coisas.

— Toby é nosso cão de terapias — explicou Fran. — Ele vive aqui. Ele conforta nossos hóspedes. Todos adoram tê-lo por perto.

— Bem, Gloria não gosta — disse CJ, rindo e olhando com carinho dentro de meus olhos.

— Toby, você é um beagle e um terapeuta, uma misturinha das duas coisas!

Eu abanei o rabo. Sua voz tremia um pouco e parecia embargada, mas eu adorei ouvi-la mesmo assim.

— Clarity roubou meu dinheiro — disse Gloria. — Quero ir para casa. Chamem o Jeffrey.

CJ suspirou, mas continuou acariciando a cabeça de Gloria. Percebi que Gloria ainda era uma mulher muito infeliz. Ela também estava muito velha: dava para saber pelos odores que exalava. Eu andava perto de muitas pessoas idosas ultimamente.

Patsy entrou, com cheiro de canela e de Chaucer, como sempre.

— Bom dia, Gloria, como você está? — perguntou Patsy.

— Nada — disse Gloria. Ela se encolheu na cama. — Nada.

Patsy permaneceu com Gloria enquanto CJ e Fran entravam em uma salinha na qual havia uma mesa pequena.

— Toby, você também vem?

Fran riu quando eu corri porta afora antes que ela fosse fechada.

— Que menino bonzinho — disse CJ.

Eu abanei o rabo.

— Parece que ele gostou de você.

CJ se sentou em uma cadeira, e eu percebi uma fisgada de dor em sua expressão ao fazer isso.

Preocupado, encostei a cabeça em seus joelhos. Ela abaixou a mão e distraidamente me acariciou, com um leve tremor nos dedos. Eu fechei meus olhos. Eu havia sentido muita saudade dela, muita mesmo. Agora que ela estava ali, no entanto, era como se nunca tivesse ido embora.

— Gloria tem dias bons e dias ruins. Hoje é um dia muito bom. Na maior parte do tempo ela não é muito lúcida — disse CJ.

Abanei o rabo. Até mesmo ouvir o nome de Gloria ser dito por CJ me dava prazer.

— O Alzheimer pode ser muito cruel, a progressão pode ser muito instável — respondeu Fran.

— Essa obsessão com a questão do dinheiro me deixa maluca. Ela diz a todo mundo que roubei sua fortuna e sua casa. A verdade é que eu a sustento há quinze anos. E é claro que o que eu enviava para ela nunca era suficiente.

— Pelo que já vi, quase sempre há problemas não resolvidos em situações assim.

— Eu sei. E eu deveria saber lidar com isso tudo de um modo melhor. Também sou psicóloga.

— Sim, vi isso em sua ficha. Quer falar sobre como isso afeta sua relação com sua mãe?

CJ respirou fundo, pensativa.

— Acho que sim. A minha ficha caiu no ensino médio. Gloria é uma narcisista, então nunca questiona seu comportamento nem acha que tem algo pelo qual se desculpar. Então, não, nunca haverá um acordo com ela. Não havia chance de isso acontecer nem mesmo quando ela era totalmente funcional. Mas muitas crianças têm feridas narcísicas, por isso tê-la como mãe me ajudou com meu trabalho.

— Que é com alunos do ensino médio, pelo que eu sei? — perguntou Fran.

— Às vezes. Minha especialidade é trabalhar com distúrbios alimentares, que quase sempre são mais agudos em meninas adolescentes. Mas já estou quase aposentada.

Percebi, naquele momento, que havia uma bola embaixo de um dos armários de Fran. Fui até lá e enfiei o focinho, respirando profundamente. Tinha o cheiro de Chaucer nele. O que Chaucer estava fazendo com uma bola ali dentro?

— Também fiquei sabendo que você faz diálise há mais de vinte anos. Espero que não se importe com a pergunta, mas me parece que você seria uma boa candidata para um transplante. Nunca pensou nisso?

— Acho que não me importo em responder isso — disse CJ —, apesar de não saber muito bem o que essas perguntas têm a ver com Gloria.

Bati as patas na bola, tocando-a, mas sem conseguir deslocá-la.

— Uma boa casa de repouso não se preocupa apenas com o paciente. Ela envolve as necessidades da família toda. Quanto mais conhecermos vocês, melhor poderemos servi-los — disse Fran.

— Claro, tudo bem. Eu fiz um transplante, na verdade. Os meus vinte e dois anos de diálise são o tempo total em que lido com o problema. Recebi um rim de um doador falecido quando tinha trinta e poucos anos. Esse rim me deu mais de duas décadas de sobrevida antes de começar a falhar. Os médicos chamam de rejeição crônica, e não há nada que possa ser feito a respeito. Eu reiniciei a diálise há dezessete anos.

— E um outro transplante?

CJ suspirou.

— No fim das contas, há poucos órgãos disponíveis. Eu não consigo me ver pegando mais um órgão quando sei que existem outras pessoas que merecem mais e que estão esperando na fila.

— Que merecem mais?

— Destruí meus rins numa tentativa de suicídio quando eu tinha vinte e cinco anos. Há crianças que nascem com doenças que exigem transplantes sem que elas tenham qualquer culpa disso. Eu já peguei um rim extra. Não usaria outro.

— Entendo.

CJ riu.

— Tocar nesse assunto traz de volta cerca de cinquenta horas de psicanálise. Pode acreditar, já pensei nisso tudo.

Eu me recostei na perna de CJ, esperando que ela pegasse a bola para mim.

— Obrigada por discutir esse assunto, então — disse Fran. — Ajuda saber.

— Ah, minha mãe teria contado. Ela adora contar para todo mundo que eu ingeri anticongelante. Ela ficou em *home care* durante esses últimos três anos. Conseguiu convencer todo mundo de que eu sou a cria do diabo.

Eu bocejei agitado. Ninguém mais se importava com a bola?

— O que é isso? Por que você fez uma pausa? — perguntou Fran depois de um momento.

— Eu estava aqui pensando que talvez ela não conte a você. Ela tem ficado cada vez menos responsiva e praticamente parou de comer. Acho que uma parte de mim está tendo problemas para se ajustar à ideia de que realmente é o fim.

— É difícil — disse Fran — perder alguém que foi importante em sua vida.

— Não pensei que seria — disse CJ em voz baixa.

— Você já sofreu outras perdas.

— Ah, sim.

Eu me sentei, observando minha menina, esquecendo da bola. Ela pegou uma bola de papel macia e a pressionou contra os olhos.

— Meu marido, Trent, morreu no outono passado.

Elas ficaram em silêncio. Minha menina se abaixou na minha direção e eu lambi sua mão.

— Foi assim que conheci a casa de repouso. Trent faleceu em paz, cercado por pessoas que se importavam com ele.

Fez-se mais uma pausa comprida e triste. Eu gostava de ouvir o nome de Trent, mas o cheiro dele não estava em CJ. Foi quando percebi, quando era Max, que o cheiro de Rocky não estava mais em Trent. Eu sabia o que significava quando um cheiro desaparecia, fosse de homem ou de cachorro.

Era bom estar com CJ, mas fiquei triste pensando que nunca mais veria Trent.

— A doença de Gloria desperta sentimentos relacionados a seu marido? — perguntou Fran com delicadeza.

— Não exatamente. Isso é bem diferente. Além disso, meus sentimentos em relação a Trent estão *sempre* despertos. Ele era o amigo a quem eu sempre podia recorrer e que nunca pedia nada em troca. Acho que por muito tempo eu moldei minha compreensão de amor com base em minha relação com minha mãe. Quando finalmente parei de fazer isso, Trent estava à minha espera, e vivemos uma vida incrível juntos. Passamos por tudo juntos, e não foi brincadeira, levando em conta meu transplante, os imunossupressores e às idas ao hospital. Trent sempre foi minha rocha. Ainda hoje, não acredito que ele se foi.

— Ele me parece ter sido alguém muito especial — disse Fran. — Teria sido bom conhecê-lo.

A partir daquele dia, minha menina visitava Gloria e eu a recebia na porta, ficando ao seu lado até sua partida. Às vezes, CJ tirava petiscos do bolso e os dava para mim sem que eu tivesse que fazer qualquer truque.

— Você é tão bonzinho — sussurrava ela.

Eddie também me dizia que eu era bonzinho, e reforçava esse elogio com pedacinhos de carne!

— Os cães são anjos de Deus, sabia? É por isso que você está aqui, Toby. Para ajudar as feiras a fazerem o trabalho de Deus. Então, acho que um pouco de ensopado de carne é o mínimo que posso oferecer a você — disse Eddie.

Eu não sabia o que ele tinha dito, mas os petiscos dele eram os melhores que eu já tinha comido!

Assim como eu já tinha cuidado de Clarity bebê para Ethan, pensava que era minha tarefa cuidar de Gloria para CJ. Eu passava muito tempo no quarto de Gloria mesmo quando CJ não estava ali com ela. Não tentava pular em cima da cama porque na única vez que tentei os olhos dela foram tomados pelo medo e ela gritou comigo.

Tem gente que simplesmente não gosta de ter cachorros por perto. É triste pensar que há pessoas assim. Eu sabia que Gloria era uma dessas pessoas, e talvez seja por isso que ela nunca conseguiu ser verdadeiramente feliz.

Fran e CJ se tornaram amigas e com frequência almoçavam juntas no pátio. Eu me deitava aos pés delas e ficava atento à espera de migalhas que caíam.

Migalhas caídas eram minha especialidade.

— Tenho uma pergunta— disse CJ a Fran em um desses almoços —, mas quero que você pense bem antes de responder.

— Foi exatamente o que meu marido me disse quando me pediu em casamento — respondeu Fran, e as duas riram.

Abanei o rabo ao ouvir a risada de CJ. Ela parecia ter muitas dores fortes dentro de si; eu notava isso pelo modo com que ela se assustava quando caminhava, ou quando suspirava longamente ao se sentar com cuidado. Mas quando ela ria, a dor parecia diminuir.

— Bem, não é esse tipo de pergunta — disse CJ. — O que estou pensando é que gostaria de trabalhar aqui na casa de repouso. Com aconselhamento. Dá para ver como é difícil para você, Patsy e Mona lidarem com tudo. Eu me ofereceria como voluntária. Não preciso de dinheiro.

— Mas e o trabalho que você faz no momento?

— Tenho diminuído há muito tempo. Atualmente só trabalho como consultora. Para dizer a verdade, estou tendo dificuldade para me conectar com adolescentes, ou talvez seja o contrário. Eu digo a eles que me identifico com o que eles estão passando, mas vejo a falta de confiança nos olhos deles. Para eles, eu pareço alguém de cem anos.

— Normalmente nós desestimulamos relações de voluntariado entre familiares e a casa de repouso até um ano depois do falecimento do paciente.

— Eu sei, você disse. É por isso que quero que pense nisso. Acho que vocês poderiam abrir uma exceção para mim. Sei muito, muito bem como é se deitar em uma cama e se sentir péssimo. Faço isso três vezes por semana. E com certeza o que estou passando com Gloria me dá uma ideia de como as famílias se sentem.

— Como está sua mãe?

— Ela... não vai demorar muito.

— Você tem sido uma boa filha, CJ.

— Bem, sim, talvez nessas circunstâncias. Não tenho certeza se Gloria vai concordar, ou se teria concordado. Então, você vai pensar no assunto?

— É claro. Vou falar com o diretor e com as freiras também. Depende deles, sabe? Nós somos apenas funcionários.

Cerca de uma semana depois disso, eu estava sentado aos pés de CJ no quarto de Gloria quando senti uma mudança tomar conta de Gloria. Sua respiração estava ficando cada vez mais leve, e então parava, e em seguida ela respirava fundo duas vezes. Mas a cada ciclo, a respiração se tornava mais fraca, as expirações mais discretas.

Ela estava partindo.

Eu pulei na cadeira ao lado dela e olhei em seu rosto. Seus olhos estavam fechados, a boca aberta, as mãos firmes em cima do peito. Olhei para CJ, que estava dormindo. Eu sabia que ela desejaria estar acordada, então lati, um único latido firme que pareceu alto no quarto silencioso.

Minha menina despertou assustada.

— O que foi, Toby?

Ela se levantou e ficou ao meu lado. Ergui meu focinho e lambi seus dedos.

— Ah — disse ela.

Depois de um momento, ela pegou a mão de Gloria com as duas mãos. Vi lágrimas caindo de seus olhos e senti a dor triste dela. Ficamos de pé ali, daquela maneira, por muitos minutos.

— Adeus, mãe — disse CJ por fim. — Eu te amo.

Quando Gloria deu o último suspiro e se foi, CJ voltou para sua cadeira e se sentou. Pulei em seu colo, me enrolei e ela me segurou, e me balançou lentamente. Fiz o que pude por ela. Fiquei com ela enquanto ela sofria.

No fim daquele dia, eu caminhei com CJ e com Fran até as portas da frente.

— Vejo você na missa — disse Fran, e as duas se abraçaram. — Tem certeza de que está bem para ir para casa sozinha? — acrescentou Fran.

— Estou bem. Para dizer a verdade, é um alívio ver tudo isso acabado.

— Eu sei.

CJ olhou para mim e eu abanei o rabo. Ela se ajoelhou, fazendo uma careta ao fazer isso, e então me puxou para si.

— Você é um menino incrível, Toby. O que você faz por todos, confortando e orientando os pacientes nos últimos momentos... Você é um milagre, um anjo da guarda.

Abanei o rabo porque anjo da guarda era algo como menino bonzinho, outro nome que indicava que eu era bom e amado.

— Obrigada, muito obrigada, Toby. Você é um bom menino e eu te amo.

CJ ficou de pé, sorriu para Fran, e partiu na noite.

CJ não voltou no dia seguinte, nem no outro. Mais dias se passaram até eu não mais correr até as portas quando elas se abriam — aparentemente, minha menina não precisava de mim agora.

As coisas são assim. Eu teria preferido ir com CJ, mas minha tarefa agora era cuidar e amar todo mundo em minha casa, e estar com as pessoas quando elas deixassem esta vida. E também Sentar quando Eddie mandasse para que ele me desse frango.

Eu sabia que se CJ precisasse de mim, ela poderia me encontrar, como sempre tinha feito antes.

Enquanto isso, eu só podia esperar.

Capítulo 31

Então um dia, quando as folhas amareladas lá fora voaram com o vento fazendo um barulho alto que eu conseguia ouvir de todos os lugares da casa, minha menina entrou pela porta. Eu fiquei atento enquanto ela subia a calçada porque não tinha certeza que era ela — ela caminhava de um jeito estranho, e o casaco volumoso em seus ombros escondia sua magreza frágil. Quando a porta se abriu e o vento soprou seu cheiro maravilhoso em meu rosto, eu saí correndo até ela. Tomei o cuidado de não saltar, temendo derrubá-la, mas abanei o rabo com felicidade e fechei os olhos quando ela me acariciou.

— Olá, Toby, você sentiu minha falta?

Fran se aproximou e a abraçou, e CJ colocou algumas coisas sobre uma mesa em um dos quartos. Daquele dia em diante, levamos a vida ao contrário do que sempre tínhamos levado antes. Agora, CJ ia embora à noite e só voltava pela manhã, em vez de sair de manhã e só voltar à noite. Ela nunca me levava à sala dos sofás, mas eu sentia o cheiro que indicava que ela ainda ia lá com frequência.

CJ se movimentava pela casa, visitando as pessoas nos quartos e conversando com elas, e às vezes as abraçava. Eu estava sempre atrás dela, mas quando ela ia embora à noite, sempre havia alguém que precisava de mim na cama, então eu ficava deitado com a pessoa, e às vezes os membros da família me abraçavam.

Geralmente, as pessoas que conversavam com CJ estavam sofrendo, independentemente de estarem deitadas na cama ou de pé ao lado dela. Só que, depois de uma conversa discreta, de um modo geral eu sentia a dor delas um pouco menor. Normalmente, alguém da família me chamava e era minha tarefa deixar que o paciente me abraçasse pelo tempo e com a força que precisasse, ainda que isso me deixasse pouco à vontade.

— Bom menino — dizia CJ. — Bom menino, Toby.

Normalmente, Fran ou Patsy ficavam no quarto com CJ, e elas diziam as mesmas coisas:

— Bom menino, Toby.

Eu estava feliz por ser um bom menino.

CJ também estava com dor. Eu conseguia sentir e via como isso a deixava mais lenta. Ela se sentia um pouco melhor quando me abraçava também.

Uma família estava muito triste porque uma mulher que estava deitada na cama sofria e tinha um hálito muito metálico. Havia um homem da idade dela e três filhos que tinham a idade que CJ tinha quando eu era Molly. Quando um dos filhos me pegou e me colocou na cama com a mulher, eu fiz o Parado.

— Dawn — disse CJ à mais velha entre os filhos, uma garota mais alta do que CJ e de cabelos compridos e claros, que tinha cheiro de sabonete de flores e cujas mãos tinham o cheiro forte de maçãs. — Quer tomar um café comigo?

Senti Dawn se assustar. Ela olhou para a mãe, que estava dormindo, alheia à minha presença ao lado dela, e então para o homem, seu pai, que assentiu.

— Vá, querida.

Eu sentia algo como culpa em Dawn quando ela saiu do lado da mãe, relutante. Decidi que independentemente do que estivesse acontecendo, CJ precisava que eu ficasse mais com ela e com Dawn do que com a mulher na cama. Com movimentos muito cuidadosos, eu atravessei o corredor em silêncio atrás da minha menina.

— Ei, quer comer alguma coisa? Uma banana, talvez? — perguntou CJ.

— Claro — disse a menina.

Logo senti o cheiro pungente e doce de uma nova fruta misturada às maçãs nas mãos da menina enquanto elas faziam barulhos de mastigação. Eu me deitei aos pés delas embaixo da mesa.

— Deve ser difícil ser a mais velha. Suas irmãs respeitam você, percebi — disse CJ.

— Sim.

— Quer falar sobre isso?

— Acho que não.

— Como está seu pai?

— Ele... não sei. Ele fica dizendo que temos que enfrentar. Mas minha mãe...

— Ela não está mais enfrentando — disse CJ delicadamente depois de um momento.

— Isso.

— Deve ser muito estressante.

— É.

Elas ficaram em silêncio por uns instantes.

— O que você gosta de comer para se sentir melhor? — perguntou CJ.

— Manteiga de amendoim — respondeu Dawn com uma risada sarcástica. — Ah, e sabe aquelas lasanhas de micro-ondas?

— Comer ajuda no estresse — disse CJ.

Dawn ficou quieta.

— E depois você fica achando que comeu demais? — perguntou CJ, discretamente.

Dawn se alarmou. Ela se endireitou na cadeira.

— Como assim?

— Quando eu estava no ensino médio, eu tive esse problema. Eu sempre me sentia melhor quando comia — disse CJ. — Mas a cada mordida eu me odiava porque eu já me sentia gorda e sabia que estava engordando. Eu praticamente sentia minha bunda crescendo. Então depois de comer à beça, eu me livrava do que tinha comido.

Quando Dawn falou, ouvi o tremor que o coração acelerado causava em sua voz.

— Como?

— Você sabe como, Dawn — respondeu CJ.

Dawn respirou fundo.

— Meus olhos tinham pintinhas de sangue o tempo todo. Assim como os seus — disse CJ. — Às vezes, minhas bochechas ficavam tão inchadas quanto as suas também.

— Preciso ir.

— Fique um pouco mais, por favor? — pediu CJ.

Dawn remexeu os pés. Eu percebi que ela estava com medo.

— Estes dentes não são meus dentes de verdade, sabe? — prosseguiu CJ — Caíram todos quando era jovem, devido à acidez. As pessoas da minha idade costumam ter dentaduras, mas eu tive que colocar a minha na época da faculdade.

— Você vai contar ao meu pai? — perguntou Dawn.

— Sua mãe sabe?

— Ela... Acho que sabe, mas nunca me disse nada. E agora...

— Eu sei. Dawn, existe um programa...

— Não! — disse Dawn, enfática, afastando a cadeira da mesa.

— Eu sei como você se sente. É horrível guardar esse segredo, ele pode fazer você se odiar.

— Quero voltar para o quarto da minha mãe.

As duas se levantaram.

Eu me levantei, bocejando com ansiedade. CJ não estava tão tensa quanto Dawn, mas sentimentos fortes tomavam as duas.

— Estou do seu lado, Dawn — disse CJ. — Nos próximos dias ou nas próximas semanas, sempre que sentir vontade, aquela necessidade incontrolável, quero que me ligue. Pode fazer isso?

— Você promete não contar ao meu pai?

— Só se eu tiver certeza de que você não vai se machucar, querida.

— Então você *não* está do meu lado — disse Dawn.

Ela se virou e se afastou muito mais rápido do que minha menina conseguia se movimentar. CJ suspirou com tristeza, e eu encostei o focinho em sua mão.

— Menino bonzinho, Toby — disse ela, mas não estava prestando muita atenção a mim.

Eu estava deitado ao lado da mãe de Dawn quando ela se foi, e todos ficaram muito tristes. Os filhos se agarraram a mim e eu fiz o Parado para eles. Fran e Patsy estavam ali, mas CJ, não. Normalmente, mesmo se CJ estivesse presente, eu ficava com Fran ou Patsy porque elas precisavam mais de mim.

Foi uma boa maneira de passar os anos. Não havia passagem para cães na porta, mas sempre que eu me aproximava da porta para ir ao quintal, ela se abria para mim, e os cheiros lá fora me diziam quando ia nevar ou chover e quando era verão ou outono. Chaucer ainda vinha brincar com frequência, mas quando ele percebeu que Eddie dava petiscos, passávamos quase tanto tempo na cozinha quanto no quintal.

Às vezes, CJ passava uma semana ou duas longe, mas sempre voltava. Um dia, na hora do almoço, logo depois de uma de suas ausências mais longas, eu senti que CJ estava um pouco temerosa enquanto conversava com Fran, por isso me sentei e fiquei em alerta.

— Temos um novo paciente chegando. Provavelmente já na segunda — disse CJ.

— É mesmo? — perguntou Fran.

— Eu. A paciente sou eu.

— O quê?

— É quase uma benção, Fran. Há tantas coisas erradas comigo agora que os médicos quase não sabem por onde começar. E para dizer a verdade, eu estou cansada. Estou cansada de toda a dor, da falta de sono e do mal-estar. Estou cansada dos quarenta comprimidos por dia. Quando Gloria morreu, percebi que isso significava que minhas obrigações tinham terminado. Não devo nada a ninguém.

— CJ...

CJ se remexeu na cadeira, inclinando-se para a frente.

— Esta é uma decisão tomada há muito tempo, Fran. Você não vai conseguir me fazer mudar de ideia. Na reunião de família eu contei a todos e me despedi. Meus assuntos estão resolvidos.

CJ deu uma risadinha antes de prosseguir:

— Assim, eu sempre serei mais jovem do que a Gloria. Isso vai deixá-la maluca.

— Acho que devemos conversar sobre isso. Talvez você pudesse se consultar com alguém.

— Trabalhei esse assunto com minha terapeuta. Pode acreditar, não falamos sobre quase mais nada no último um ano e meio.

— Eu ainda acho...

— Eu sei o que você acha, mas está enganada. Não se trata de suicídio, mas de aceitação. É só uma questão de tempo antes de outra coisa acontecer dentro de mim. Morro de medo de pensar que outro derrame possa me deixar debilitada. Depois de ver como Gloria ficou, não consigo lidar com a ideia de algo assim acontecer com meu cérebro. Assim, eu controlo o que, onde e quando acontece.

— Mas não tem como você saber se um dia terá outro derrame.

— Fran. Eu parei a diálise.

— Ah, Deus.

— Não, você não faz ideia. A *liberdade*. Não preciso voltar lá nunca mais. Tive meus altos e baixos, mas vivi uma vida boa e eu não me arrependo da minha decisão. Por favor, tente entender. Para mim, é como se eu tivesse sido mantida viva artificialmente, e talvez por um bom motivo, porque eu ajudei muitas pessoas. Mas o prognóstico é que tudo acabe mal. Quero que minha partida seja em um momento escolhido por mim, não quero que seja prolongada artificialmente, sem uma preocupação com minha qualidade de vida. Não quero acabar vegetando.

O medo já havia deixado CJ. Encostei o focinho em sua mão e ela me acariciou com delicadeza.

Alguns dias depois, CJ chegou para morar conosco. Mas logo no começo, eu percebi que ela se sentia pior do que nunca. Eu subia em sua cama e ficava ali com ela, às vezes perto de sua cabeça, às vezes enrolado a seus pés.

— Bom menino, Toby — dizia ela, sempre.

Mas sua voz estava cada vez mais fraca.

— Você não é só uma misturinha de terapeuta e beagle, você é um anjo da guarda, assim como Max, assim como a Molly.

Eu abanei o rabo, ouvindo aqueles nomes mencionados com tanto carinho. Minha menina sabia quem eu era, que eu sempre estivera com ela, cuidando dela e protegendo-a de perigos.

Muitas pessoas foram visitar CJ em seu quarto, e ela sempre ficava feliz em vê-los. Algumas delas eu conhecia, como Gracie, que era uma menininha quando eu fui Max, mas que agora era uma mulher madura e com filhos. CJ beijava toda as crianças e ria, e a dor dentro dela se retraía até se esconder. Outra era uma mulher que eu reconhecia de pouco tempo antes. Seu nome era Dawn, a menina com mãos que tinham cheiro de maçã. Ela se sentou ao lado de CJ e ambas conversaram por horas. Eu saí dali por um tempo para ver se Fran ou se Patsy precisavam de mim, mas quando voltei, Dawn ainda estava ali.

— As pessoas ficam me perguntando qual especialidade quero, e eu sempre digo a elas que estou concentrada apenas em entrar na faculdade de medicina. Como vou saber qual área vai me interessar? Ainda nem entrei.

— Você vai entrar — disse CJ. — Sei que vai.

— Você sempre acreditou em mim, CJ. Você salvou minha vida.

— Não, você salvou a sua própria vida, querida. Sabe o que eles dizem no programa... Ninguém mais pode fazer isso por você.

— Sim, eu sei — disse Dawn.

CJ tossiu meio fraca e eu pulei para estar perto dela. Ela acariciou minhas costas.

— Acho que é melhor eu ir embora — disse Dawn, por fim.

— Agradeço muito por você ter vindo, Dawn.

Elas se abraçaram e eu senti o amor fluir entre elas.

— Boa viagem de volta — disse CJ. — E lembre-se, pode me ligar quando precisar.

Dawn assentiu, enxugando os olhos. Ela sorriu e acenou ao deixar o quarto, e eu me aconcheguei ao lado da minha menina, sentindo que ela adormecia.

Certa tarde, CJ estava me dando pedacinhos de um sanduíche de presunto e queijo que Eddie havia levado para ela, quando parou e olhou para mim. Eu continuei olhando para o sanduíche.

— Toby — disse ela — ouça. Sei que você é muito ligado a mim, mas vou deixá-lo. Eu poderia ficar, mas já tive todas as coisas boas que esta vida pode me oferecer e estou cansada das ruins. Cansada principalmente do que pode vir a acontecer se eu tentar prolongar. Quero ficar com meu marido. Só me arrependo de deixar meus amigos, e você é um desses amigos, Toby. Mas eu sei que você é amado e que recebe cuidados, e eu sei que ser amado e ter um trabalho é mais importante do que qualquer coisa para um cachorro. Você faz com que eu me lembre muito da minha Molly, da delicadeza dela, mas também de Max, com sua autoconfiança. Pode dizer aos meus dois anjos que estarei com eles em breve? E pode ficar comigo em meus momentos finais? Não quero sentir medo... E se você estiver ao meu lado, eu sei que terei coragem. Você é meu amigo para sempre, Toby.

O amor fluiu forte entre nós quando minha menina me puxou para perto dela.

CJ partiu numa tarde fria e clara de primavera. Fran tinha passado o dia todo sentada ao lado dela. Eu havia pousado minha cabeça em seu peito e ela mantinha a mão acariciando meus pelos, mas sem força. Quando a mão parou de se mexer, eu olhei para Fran, que aproximou a cadeira e a segurou, agora mole. Pouco a pouco, CJ deixou sua vida, até que, com um suspiro final, minha menina se foi.

— Bom menino, Toby — disse Fran para mim.

Ela me abraçou e suas lágrimas caíram em meu pelo.

Pensei na bebê Clarity caindo na água na Fazenda. Lembrei de seus olhos me olhando quando Gloria a pegou no colo. "Bigão", dizia ela. Eu me lembrei de quando ela chegou com Trent para me levar para casa. Pensei em seus abraços e em seus beijos, de quando, enquanto fui Max, ela me abraçava e me mantinha aquecido.

Eu teria que viver sem seus abraços agora.

Minha CJ. Ela me ensinou que era bom amar mais do que apenas meu menino Ethan, abrindo meus olhos ao fato de que eu havia amado outras pessoas em minhas vidas, que amar seres humanos era meu maior propósito. A presença dela em minha jornada foi o ponto central da minha existência, foi o que me possibilitou ajudar as pessoas que ficam em suas camas em quartos, para que lutem contra seus medos e encontrem a paz e a aceitação.

Servi essas pessoas por muitos anos depois de CJ partir, mas nunca um dia se passou sem que eu me lembrasse dela. Sem que me lembrasse da bebê Clarity entrando no celeiro do cavalo, sem que me lembrasse de CJ me abraçando no carro perto do mar, sem que me lembrasse do tempo que vivi com Trent enquanto fui Max.

Quando uma dor forte me fez chorar, certa manhã, enquanto eu fazia minhas coisas, Patsy, Fran e Eddie me levaram ao Veterinário, e eu sabia por que faríamos um passeio de carro. Nessa época, eu estava quase cego, mas ainda conseguia sentir os cheiros de canela e de Chaucer nas mãos de Patsy quando ela me pegava e me carregava, ofegante, ao consultório do Veterinário e me colocava sobre a mesa de metal. As mãos fortes e com cheiro de frango de Eddie me acalmaram, e todos sussurraram em meu ouvido quando aquela perfuração rápida trouxe um alívio quase imediato.

— Nós amamos você, Toby — disseram eles.

Dessa vez, quando as ondas me tomaram, não eram escuras. Tinham uma luz densa dançando em milhões de bolhas. Eu levantei a cabeça e flutuei em direção àquele brilho, emergindo à superfície da água para a luz gloriosa do nascer do sol. Dourada. A luz era dourada quando passei pelas ondas delicadas, e minha visão de repente ficou clara e nítida como a de um filhote. Um buquê de cheiros incríveis alcançou meu focinho, e meu coração se acelerou quando percebi quem eu estava cheirando.

— Molly!

Ouvi alguém chamar.

Virei a cabeça, e ali estavam elas, as pessoas cujo cheiro eu estava sentindo. Todo mundo a quem eu havia amado na vida, de pé à beira da água, sorrindo e aplaudindo. Vi Ethan e Hannah, e Trent e CJ na frente, juntamente com Andi e Maya, Jakob e todos os outros.

— Bailey! — gritou Ethan, acenando.

Meu nome era Toby, e Amigão, Molly, Max e Bailey, e também Ellie.

Eu tinha sido um bom menino. Aquela era minha recompensa. Agora eu ficaria ao lado de todos que eu amava.

Eu me virei, choramingando de alegria, e nadei na direção daquela praia dourada.

Este livro foi impresso em Rio de Janeiro, em 2019,
pela Edigráfica, para a HarperCollins Brasil.
A fonte usada no miolo é Iowan Old St Bt, corpo 11/15,8.
O papel do miolo é Pólen Soft 80g/m², e o da capa é cartão 250g/m².